all the little MOMENTS

Weil jeder Augenblick zählt

G BENSON

Ylva

Übersetzung aus dem Englischen

WIDMUNG

Für meine Mum:

Denn ohne dich gäbe es mich nicht.

Du hast mir immer gesagt, ich kann alles werden, was ich sein möchte.

Du hast mir Flügel verliehen.

x

DANKSAGUNG

Wo soll ich anfangen?

Lauren. Du warst die Erste, der ich davon erzählt habe und meine erste Testleserin. Du warst schon immer eine meiner größten Unterstützerinnen, trotzdem kann ich mich darauf verlassen, dass du mich wieder auf den Boden der Tatsachen zurückholst, wenn es nötig wird. Danke, dass du da warst und es wieder getan hast.

Für Erin, die damit klarkommen musste, meine erste Beta-Leserin zu sein. Deine Vorschläge und Kommentare haben mich zum Lachen gebracht und mich über deine Weisheit staunen lassen. Ich habe dich mit Fragen gelöchert und du hast immer ehrlich geantwortet. Ich hoffe, wir werden wieder zusammenarbeiten – und wieder und wieder!

Ein großes Dankeschön geht an das Ylva-Team, besonders an Michelle, die das hier zu dem pointierten, professionellen Buch gemacht hat, das es jetzt ist.

Melissa, ohne dich hätte ich nie gelernt, auch nur einen Essay zu schreiben, geschweige denn ein Buch. Du hast schon mein Teenagergekritzel Korrektur gelesen und auch zehn Jahre später kann ich mich auf deinen Rat verlassen – danke.

Last but not least: Vielen Dank an Astrid (und Daniela, die Astrid dazu gebracht hat, mir immer wieder zu mailen, bis ich klein beigegeben habe). Danke, dass ihr mich nicht aufgegeben habt. Danke, für die Ratschläge, die Ideen, die Unterstützung. Dieses Buch wäre nicht halb so gut, wie es jetzt ist, wenn ihr nicht gewesen wärt. Ihr habt an meine Geschichte geglaubt, als ich es nicht getan habe und mich für jeden anderen Verlag verdorben. Ihr seid Gold wert.

KAPITEL 1

Der Wagen bog in eine ruhige Seitenstraße ein. Anna blinzelte überrascht, als sie feststellte, dass sie schon kurz vor dem Haus ihrer Eltern waren. Ihr Nacken schmerzte von der langen Fahrt und sie drehte sich umständlich auf dem Beifahrersitz um. Unwillkürlich verzogen sich ihre Mundwinkel zu einem halben Lächeln: Hayley lag ausgebreitet auf der Rückbank, der Gurt drückte gegen ihren Hals. Die sonst so selbstsichere und seriöse Anwältin schlief mit offenem Mund, aus dem sich ein dünner Spuckefaden abseilte.

Die letzten vierzehn Stunden waren die Hölle gewesen und sie beide mittlerweile ziemlich erschöpft.

Anna schluckte schwer, wandte sich wieder nach vorne und ballte ihre Hände auf ihrem Schoß zu Fäusten. Sie sah ihren Vater nicht an, hatte Angst vor seinem Gesichtsausdruck, als er in die Einfahrt fuhr. Im Wagen war es die ganze Strecke vom Flughafen hierher gespenstisch ruhig gewesen. Für diese Situation gab es einfach keine Worte.

Als der Motor schwieg, fühlte sich die Stille noch beklemmender an.

Mit rasendem Herzen bemühte sich Anna langsam auszuatmen. Das Haus sah aus wie immer: weiß, zwei Stockwerke und ein kleiner Vorgarten. Alles sah aus wie immer, doch so vieles hatte sich geändert. Wie konnte es sein, dass sie noch gestern entspannt an einem Strand auf den indonesischen Gili-Inseln gelegen und einen Mojito geschlürft hatte?

Ihr Vater räusperte sich, öffnete die Tür und stieg aus. Wie gewohnt folgte Anna seinem Beispiel, während Hayley den Gurt löste und auf Annas Seite des Wagens rauskletterte. Sie drückte tröstend Annas Hand. Dankbar erwiderte Anna den Händedruck, während sie neben dem Auto standen und zum Haus blickten.

Wenn sie einfach hierbleiben und nicht reingehen würde, dachte Anna, dann könnte sie der Realität ausweichen. Vielleicht wäre ihr Bruder Jake dann einfach da und würde sie grinsend fragen, warum sie so lange gebraucht hatte. Er würde ihr zuzwinkern und fragen, ob die Inseln so romantisch waren, wie es immer hieß. Sally würde lachend die Augen verdrehen und ihren Mann in die Seite zwicken.

Doch nichts dergleichen würde wirklich geschehen.

Sie wollte nicht hineingehen.

Anna erschrak, als die Fahrertür zugeknallt wurde. Warme Finger legten sich um ihr Handgelenk und Hayley sah sie eindringlich an.

»Sandra wird dich sehen wollen.«

Anna seufzte. Sie wusste nicht, ob sie bereit war, ihrer Mutter gegenüberzutreten.

Der Gang zum Haus dauerte eine gefühlte Ewigkeit.

Vom Hotel aus hatte sie nicht mal eine Minute mit ihrer Mutter gesprochen, die ihr unter Tränen die Nachricht überbracht hatte. Es war ihr unmöglich gewesen, länger zuzuhören, als der Schock sich in ihrem Inneren ausbreitete. Sie musste den Hörer an Hayley weiterreichen.

Die Haustür war nicht verschlossen und ließ sich einfach öffnen. Sandra stand mitten im Flur und wirkte kleiner als sie war. Beim Anblick ihrer rot unterlaufenen Augen und des verhärmten Gesichts schluckte Anna mühsam den Kloß in ihrem Hals hinunter. Sandra fiel ihrer Tochter fast entgegen, griff nach ihr wie nach einem Rettungsring.

Sie schluchzte heiß gegen Annas Wange, ihre Finger gruben sich in ihre Haut. Anna schlang die Arme um ihre Mutter und strich ihr über das grauer werdende Haar. Sie brachte kein Wort heraus und nur Sandras Schluchzen zerriss die Stille.

Anna wollte sich nach Hayley umsehen, der Person, die immer das Richtige zu sagen wusste, doch ihre Mutter hielt sie so fest, dass sie sicherlich blaue Flecken bekommen würde. Alles, was sie tun konnte, war, ihre Mutter leicht zu wiegen und das Brennen in ihrem eigenen Hals zu ignorieren.

»Na!«

Anna zuckte beim entzückten Schrei ihres Neffen zusammen. Seine Begeisterung stand in völligem Gegensatz zur Verzweiflung ihrer Mutter. Den ganzen Weg von der Insel hierher nach Melbourne hatte Anna sich nicht erlaubt, an die Kinder zu denken.

Ihre Mutter atmete einmal tief ein, bevor sie ihre Schultern straffte und sich noch schnell über die Augen wischte.

Jakes fünfzehn Monate alter Sohn, Toby, tappte Stufe für Stufe die Treppe hinab, in einer Hand seine verlotterte, blaue Decke, während er sich mit der anderen am Geländer festhielt. Mit Schnuller im Mund grinste er sie an. Toby war seinem Vater wie aus dem Gesicht geschnitten, und während sie ihn so beobachtete, wie er die Treppe hinabstolperte, konnte sie nicht anders, als zu lächeln. Es war das erste aufrichtige Lächeln seit sie die schreckliche Nachricht erhalten hatte. Doch ihr Herz schmerzte und ihr Magen krampfte so heftig, dass sie fürchtete, sich übergeben zu müssen.

Trotzdem machte sie zwei große Schritte auf die Treppe zu und breitete die Arme aus; Toby fiel ihr entgegen, seine kleinen Arme wickelten sich um ihren Hals, die Beine stießen gegen ihre Taille. Er kicherte, als sie sich an ihn kuschelte. Sie schloss die Augen fest zu und presste ihn an sich. Warm und sicher lag er in ihren Armen und kicherte erneut. Als sie die Augen wieder öffnete, sah Anna im Augenwinkel, wie ihr Vater das Gesicht verzog und über den Flur in seinem Arbeitszimmer verschwand. Die Tür schloss sich mit einem dumpfen Schlag.

Toby ließ Annas Nacken los. Er hielt die Decke mit einer Hand fest an seine Brust gepresst und zog sich mit der anderen den Schnuller mit einem *Plopp* aus dem Mund. Nachdenklich sah er sie mit großen, blauen Augen an. Sein Lächeln war verschwunden. »Na«, sagte er mit einem Nicken. Er streichelte ihr Gesicht, der Schnuller rieb ihr dabei gegen die Wange, dann grinste er wieder. »Bleiben!«

Selbst als ihr Magen rebellierte und ihr Galle den Hals hochstieg, nickte Anna und erwiderte das Lächeln. »Natürlich bleibe ich, Tobes. Ich hab dich vermisst.«

Sie drückte ihn wieder an sich.

Toby wand sich in ihren Armen, wahrscheinlich, weil er es kaum erwarten konnte, wieder auf seinen kleinen, pummeligen Beinchen herumzurennen. Sobald er wieder festen Boden unter den Füßen hatte, zog er sie Richtung Wohnzimmer.

Anna sah zu ihrer Mutter auf und tat so, als sähe sie die frischen Tränen auf ihren Wangen nicht. »Wo ist Ella?«

»Oben.« Sandras Stimme klang wie eine zu stramm gezogene Gitarrensaite. »Sie ist sehr still.«

Das Versprechen, dass sie gleich wiederkäme, stimmte Toby gnädig. Er rannte zu seinen Bauklötzen, um entweder etwas zu zerstören oder wieder neu aufzubauen.

Als sie schon halb die Treppe hinauf war, drehte Anna sich noch einmal zu Hayley um. »Du kommst hier unten klar?«

Hayley lächelte und nickte. »Sandra und ich werden einen Tee trinken.«

Anna nickte geistesabwesend und ging dann weiter, in Gedanken schon bei ihrer Nichte.

Ella war ein unglaublich lebhaftes Kind – ein unglaublich lebhaftes Kind, das seine Tante liebte. Sie war als Überraschung in das Leben ihres Bruders und seiner Verlobten getreten, als sie beide fünfundzwanzig gewesen waren. Eine Überraschung, die ihren lauten, vorwitzigen Bruder in einen Softie verwandelte hatte, der bereit war, für seine Tochter Berge zu versetzen. In dem Moment als er das zierliche, strampelnde Bündel im Arm gehalten hatte, konnte man ihm diese Veränderung schon ansehen. Als er nach seinem Urlaub drei Monate später wieder in den Irak zurückgekehrt war, trug er eine neue Liebe seines Lebens im Herzen.

Plötzliche, alles verzehrende Wut ließ Anna ihre Hände zu Fäusten ballen. Ihr Bruder hatte einen Krieg überlebt, der Tausende Opfer gefordert hatte, nur um Jahre später zusammen mit der Frau, für die er den aktiven Dienst aufgegeben hatte, von einem betrunkenen Arschloch in einem Auto getötet zu werden.

Manchmal war die Welt ein beschissener Ort.

Leicht benommen stand sie vor dem Zimmer, das ihre Eltern für die Kinder hergerichtet hatten. Sie atmete tief ein und klopfte, bevor sie die Tür öffnete. »Ella?«

Stille.

Sie sah sich im Zimmer um: Ein Einzelbett, ganz in Pink, stand in einer Ecke, das Reisebett auf der anderen Seite und überall lag Spielzeug herum. Ein Hicksen drang an ihre Ohren und ihr fielen die neonorangenen Converse ins Auge, die unter dem Bett hervorlugten. Anna lächelte: Sie hatte Ella die Schuhe vor fünf Wochen zum sechsten Geburtstag geschenkt.

Jake hatte gelacht und die Augen verdreht, als er sie zu Gesicht bekommen hatte. Das war der Tag, an dem Anna ihn das letzte Mal gesehen hatte.

Er hatte gemeint, die Schuhe seien albern und dass Ella zu schnell aus ihnen herauswachsen würde. Anna hatte ihm auf den Arm geboxt, damit er den Mund hielt, und Ella hatte sie sofort angezogen. Als Anna am Abend gegangen war, hatte Jake ihr ein Foto von Ella geschickt, die tief und fest in ihrem Bettchen schlief, die Schuhe noch an den Füßen.

Sie konnte sich nicht erklären, wie das erst fünf Wochen her sein sollte. In ihrem Hals formte sich ein Kloß, den sie nur schwer runterschlucken konnte. Sie kroch zu Ella unters Bett, bis sie Schulter an Schulter neben ihr lag.

Ella blieb still liegen und starrte stur auf die Sprungfedern über ihren Köpfen.

Anna konzentrierte sich darauf, sie nicht zu berühren. Ellas braunes Haar lag ihr wirr um den Kopf. Sie war bemüht, Anna nicht anzusehen. Irgendwie waren die Sommersprossen auf ihrer Nase noch süßer geworden, seit Anna sie das letzte Mal gesehen hatte.

»Hey, Ella Bella«, sagte Anna sanft.

Ella starrte immer noch nach oben.

Anna war nicht gut in diesen Dingen. Sie hatte sich bewusst entschieden, lieber Anästhesistin zu werden als eine andere Fachärztin oder Krankenschwester, weil sie nicht gut im Small Talk oder allgemein in Konversationen war. Wenn es ein Patient nicht schaffte, war es nicht ihre Aufgabe, der Familie die schlimme Nachricht zu überbringen. Sie musste nicht wissen, was sie sagen oder wie sie sich verhalten sollte. Kinder waren ihr ein noch größeres Rätsel. Sie konnte ein Kind anlächeln, das Schmerzen hatte, bis es ebenfalls lächelte und sich beruhigte, sodass sie die Narkose legen konnte. Kinder zu unterhalten, mit ihnen zu spielen, war auch kein Problem. Sie liebte es, mit ihrer Nichte und ihrem Neffen ein paar Stunden zusammen zu sein und ihnen Geschichten vorzulesen. Es war das Größte, sie zum Lachen zu bringen und zu sehen, wie sich ihre Augen weiteten, wenn sie ihnen vorlas.

An einem Wochenende, das sie nie vergessen würde, hatte sie unüberlegt angeboten, die Kinder zu nehmen, damit Jake und Sally zwei Nächte für sich hatten. Danach hatte sie die Kleinen wieder abgegeben und ihr Leben weitergelebt. Sie war damit keine dauerhafte Verpflichtung eingegangen – ein paar Tage waren machbar, denn sie wusste, dass sie die beiden wieder abgeben würde.

Doch das hier? Sie wusste nicht, wie sie *das hier* tun sollte, wie sie eine Sechsjährige trösten sollte, die gerade ihre Eltern verloren hatte.

Sie hob eine Hand, dankbar, dass unter dem Bett ein bisschen Platz war, und strich Ella eine Locke hinters Ohr. Und mehr brauchte es nicht; die stoische Maske fiel von dem kleinen Gesicht und die Tränen liefen, als sie sich in Annas Arm zusammenrollte. Das Mädchen war so zierlich. Anna legte die Arme um ihre zitternde, schluchzende, fast schon keuchende Nichte, so gut es in dieser beengten Umgebung ging.

»Letztes Jahr ist unser Klassen-Kaninchen gestorben. Er ist nie zurückgekommen.«

Annas Hals zog sich zusammen und sie drücke Ella fester an sich.

»Heißt das, Mummy und Daddy kommen auch nie wieder?« Ella schluchzte bei jedem Wort.

Anna wusste nicht, was sie sagen sollte. Also entschied sie sich für die Wahrheit. »Nein, Schatz, sie kommen nicht zurück.«

Die Beerdigung war schön und grässlich zugleich.

Die ganze Zeit hielt Ella sich abwechselnd an ihren Großeltern und an Anna fest, sah mit großen, grünen Augen zu und sprach kaum ein Wort. Mitten im Gottesdienst mussten Anna und Hayley Toby rausbringen und mit ihm spielen. Er verstand nicht, was vor sich ging und konnte nicht still sitzen.

Sallys Eltern sprachen kaum ein Wort mit irgendjemandem. Sie sagten nur schnell den Kindern Hallo, bevor sie wieder verschwanden. Zu ihren Enkeln hatten sie nie eine Beziehung aufgebaut, und Anna versuchte ihr Bestes, um nett zu sein, während sie ihnen insgeheim eher feindselig gegenüberstand. Die Geschichten, die Sally erzählt hatte, ließen nie eine besondere Familienbindung vermuten. Trotzdem hatte Anna während der Totenwache nach ihnen Ausschau gehalten, denn sie war sich sicher gewesen, dass sie kommen würden.

An diesem Abend in der Küche trat Haley unbemerkt hinter sie und strich Anna über den Arm.

Sie drehte sich erschrocken um.

»Was war mit Sallys Eltern los?«

Anna lehnte sich an die Spüle und zuckte mit den Schultern, dann verschränkte sie die Arme vor der Brust. »Sie sind wiedergeborene Christen.«

Hayley riss die Augen auf. »Oh.«

»Japp.«

Sie zog Halyley für einen Kuss zu sich, erleichtert, dass diese als Schild zwischen ihr und den weinenden Verwandten fungierte. Eigentlich hatte Anna immer behauptet, als Single glücklich zu sein, doch als sie vor dreieinhalb Jahren Hayley getroffen hatte, hatten sich die zwei Frauen, die sich nicht binden wollten, füreinander entschieden. Sie lächelte bei dem Gedanken an die vielen gebrochenen Frauenherzen in Brisbane, weil sie sich Hayley geschnappt hatte.

»Warum lächelst du?«

Anna schüttelte den Kopf und zog Hayley für einen weiteren Kuss zu sich. »Nur so.«

Es war nicht leicht, die Partnerin einer Trauernden zu sein. Hayley schlich um Anna herum, bot Trost, wo sie nur konnte, was schwierig war, wenn die andere Person ihn nicht annahm. Anna wusste, dass ihr Verhalten unerträglich sein musste, doch sie wollte nicht reden. Sie wollte nur das Gefühl unterdrücken, das dabei war, sie aufzufressen. Wann immer sie Hayley an sich zog und ihre Lippen auf ihre presste, sah Hayley fast erleichtert aus. Sex war einfacher als reden, und nach fünf Tagen im Haus ihrer Eltern hatten sie gelernt, leise zu sein.

Wenn jemand fragte, wie es ihr ging, wusste Anna nichts zu sagen. Wenn Hayley sie mitten in der Nacht ansah und sagte: »Schatz, du musst doch irgendetwas fühlen, über das du reden willst«, war Schweigen ihre Antwort. Anna rollte sich dann auf die Seite und zog Hayleys Arm um sich. Sie schlief nicht, auch wenn sie so tat als ob.

Worüber sollte sie denn reden? Ihr einziger Bruder war tot. Es gab keine Worte für den Verlust des Menschen, der für sie halb Bruder, halb bester Freund gewesen war. Die Verbindung zwischen ihnen war nie schwächer geworden, auch als Erwachsene nicht.

Als er den Einsatz in Übersee gehabt hatte, war sie genauso wahnsinnig vor Angst gewesen wie Sally. Die zwei hatten zusammen Unmengen Wein getrunken, mehr, als wohl angemessen gewesen war.

Sie war nicht bereit dazu, ihren besten Freund zu verlieren.

Wie sollte sie nur über den Ausdruck in den Augen ihrer Mutter sprechen? Oder über den Scotch, den sie im Atem ihres Vaters riechen konnte, auch wenn er es vermied sie anzusehen? Oder darüber, dass Ella immer noch so still war und ihr Essen kaum anrührte? Darüber, dass der arme Toby langsam mitbekam, dass etwas ganz furchtbar falsch lief und immer anhänglicher und aufgewühlter wurde? Er rief oft nach Ma und Da und war dann einen Moment lang verwirrt, wenn seine Großmutter diejenige war, die sich um ihn kümmerte, bevor er zu seinem altbewährten Grinsen zurückfand.

Wie sollte sie darüber sprechen, dass sie sich vor dem Treffen mit dem Anwalt fürchtete, der den Letzten Willen verlesen sollte? Darüber, dass sie nicht zusehen wollte, wie ihre Mutter zusammenbrach und ihr Vater unerschütterlich vor sich hinstarrte, während das Testament seines Sohnes und seiner Schwiegertochter eröffnet wurde? Darüber zu sprechen machte es so unglaublich endgültig. Das Alles passierte so schnell – viel zu schnell.

Und wie sollte sie darüber sprechen, dass es sich anfühlte, als wäre ein Teil von ihr ebenfalls gestorben?

Zwischen einigen Schlucken Tee sprach der glatzköpfige Anwalt monoton über das Testament. Er saß mit ihnen im Wohnzimmer, auf einem der Küchenstühle, die sie reingestellt hatten. Anna versuchte, sich auf die komplizierte Juristensprache zu konzentrieren, die der Mann herunterbetete, doch es fühlte sich an, als hörte sie ihm unter Wasser zu. Sie lehnte schwer an Hayley, nickte ab und zu und vertraute darauf, dass ihre Spitzenanwältin von Freundin für sie aufpasste. Abgelenkt beobachtete sie Sandras Hände, die mechanisch über Tobys weiches, braunes Haar strichen, während er zwischen Annas Eltern auf dem Sofa schlief. Der Tee, der unberührt in Andrews Schoß stand, war wahrscheinlich kalt. Er saß kerzengerade auf dem Sofa und hatte bisher noch nicht einmal geblinzelt.

Mit dem Anflug eines Schuldgefühls sehnte ein Teil von ihr das Ende herbei, damit sie heimgehen, sich in ihre Arbeit verkriechen und ignorieren konnte, was geschehen war. Ein anderer Teil von ihr wollte einfach unter die Bettdecke schlüpfen und nie wieder hervorkommen.

Sie vermisste Jake.

Der Anwalt räusperte sich und Anna blinzelte, zwang sich dazu, ihn anzusehen.

»Nun, das Testament lässt sich ziemlich einfach zusammenfassen: Anna Foster werden das Haus in Melbourne und die beiden Fahrzeuge – Entschuldigung, das verbliebene Fahrzeug – überschrieben. Das Vermögen, finanziell sowie materiell, geht in ihren Besitz über.«

Stille breitete sich im Raum aus und die Worte kamen endlich in Annas Kopf an. »Entschuldigung. Wie bitte?«

Hayleys Hand, die sanft über ihren Rücken gerieben hatte, hielt inne.

Der Anwalt fuhr fort. »Das Sorgerecht für Ella und Toby wird Anna Foster übertragen, wie einstimmig von den biologischen Eltern beschlossen wurde.«

Annas Mund blieb offen stehen. Sie blinzelte erneut.

Der Anwalt, dieser dumme, langweilige Mann, sah von seinen Papieren auf und wirkte überrascht angesichts des Ausdrucks auf ihrem Gesicht. »Jake sagte, er hätte darüber mit Ihnen gesprochen.«

»Ähm …« Es gab da ein Gespräch, das Anna bruchstückhaft in Erinnerung war:

»Wenn ich sterbe, kümmerst du dich um die Kinder, ja?«

Sie schwang auf ihrem Barhocker herum und hob eine Augenbraue. »Wir sitzen hier und stoßen auf die Geburt deines ersten Kindes an und du redest schon im Plural?«

»Oh, ich werde noch mehr haben. Hast du das Baby gesehen? Ich mache gute Kinder. Es ist unerlässlich, dass ich mehr davon mache, kleine Schwester.«

Anna grunzte. »Oh, ja, du bist es der Menschheit schuldig.«

»Freut mich, dass du das auch so siehst. Also, ist das ein Ja? Ich werde nicht zulassen, dass meine Kinder zu Sallys Eltern kommen, die sind gruselig. Verdammt, sogar Sally will nicht in ihrer Nähe sein.«

»Mum und Dad können sie nehmen. Außerdem wirst du nicht sterben.«

»Mum und Dad?! Ich liebe sie, aber sie sind alt, und Kinder brauchen niemand Altes. Und Dad … Du kennst Dad – er ist nicht gerade herzlich, Anna. Als wir klein waren, gab es nur dich und mich. Also bleibst du übrig.«

Anna kippte einen Kurzen und schob einen weiteren zu Jake rüber. »Ja, klar, ich werde super mit den Kindern zurecht kommen.«

Anna starrte den Anwalt an. *Jake Foster, das war kein Gespräch darüber, dass ich deine Kinder großziehe, wenn du weg bist.* Plötzlich war sie absurderweise wütend darüber, dass er nicht da war, um sich von ihr erwürgen zu lassen.

Ein Blick zu ihren Eltern zeigte ihr, dass sie nicht überrascht waren. Dann sah sie zu Hayley, die den Anwalt mit erschrockenen, großen Augen anstarrte.

Annas Welt fiel mehr und mehr auseinander.

KAPITEL 2

Der Anwalt war vor zwei Stunden gegangen und Anna war immer noch verstört. Die Stille im Auto, als sie Hayley zum Flughafen brachte, drückte auf ihre Ohren. Beide starrten wie betäubt auf die Straße, Annas Gedanken tosten und sie ignorierte die Tatsache, dass ihre Freundin sich vollkommen in sich zurückgezogen hatte.

Es war einfacher, sich auf die Wut in ihrem Bauch zu konzentrieren. Wahrscheinlich war es nicht gesund, so zornig auf ihren toten Bruder zu sein, doch sie war es – was fast schon eine Erleichterung bedeutete, denn die Wut überblendete alles andere.

Die Wut schaltete das Gefühl aus, das ihre Brust zusammenschnürte und ihr die Luft zum Atmen nahm. Das Gefühl, dass sich alles drehte, während sie stillstand; das Gefühl, das sie überkam, wenn sie sah, wie ihr Vater die Tür zum Arbeitszimmer schloss und dann hörte, wie die Flasche an den Glasrand stieß oder wenn sie ihre Mutter ertappte, wie diese wie versunken auf einen Teller starrte, die Hände überzogen mit trocknendem Spülwasser.

Die rote Ampel schaltete auf Grün und Anna brauchte zu lange, um zu reagieren. Hinter ihnen wurde laut gehupt, als sie versuchte, die Erinnerung an Ella abzuschütteln, die schweigend auf ihr unangerührtes Essen gestarrt hatte. Anna fuhr an, versuchte sich zu konzentrieren, doch sie konnte nicht aufhören, an die Kinder zu denken. Als sie und Hayley das Haus verlassen hatten, war der Kloß in Annas Hals fast unerträglich geworden bei dem Anblick von Toby auf dem Schoß seiner Schwester. Ella hatte die Arme um den Kleinen gelegt und er hatte seine Schmusedecke festgehalten, während er sich an Ella lehnte. Er hatte kurz zu Anna aufgesehen und sich dann wieder seinem Buch gewidmet.

Der Anblick und die Tatsache, dass diese beiden Kinder ihre Eltern nicht mehr hatten, schmerzte. Eine Sechsjährige, die sich immer daran erinnern würde, verlassen worden zu sein und ein Anderthalbjähriger, der sich an gar nichts erinnern würde – was würde nun mit ihnen geschehen? Würde Ella für immer eine Rolle spielen, die viel zu groß für sie war?

Anna schaute kurz zu Hayley rüber, die so konzentriert aus dem Fenster starrte, als würde sie gleich flüchten wollen. Der beunruhigende Gedanke, dass sie genau das tun würde, nagte an Anna, doch dann brodelte die Wut wieder hoch und überdeckte alles andere. Wie konnten Jake und Sally sie in diese Lage bringen, wenn sie verdammt noch mal genau wussten, wie ihre Einstellung zum Thema Kinder war? Sie umklammerte das Lenkrad so fest, dass ihre Knöchel weiß hervortraten. Außer an diesem Abend in der Bar hatte Jake nie darüber gesprochen, er hatte einfach die Tatsache ignoriert, dass sie keine Kinder wollte. Annas Griff wurde noch fester, als sie über die Konsequenzen nachdachte. Diese Art von Verpflichtung hatte sie ihr ganzes Leben lang gemieden. Allein der *Gedanke* daran, mit ihrer Freundin ein Apartment zu kaufen, hatte Anna nervös gemacht. Jake hatte das gewusst.

Anna richtete die Augen stur auf die Straße und schluckte schwer. Sie konnte kaum Atmen. Jake war tot, und sie konnte ihn nicht einmal anschreien.

Auf Jake wütend zu sein war einfacher, als um ihn zu trauern.

Anna schlug heftiger gegen den Blinker als beabsichtigt und fuhr auf den Parkplatz des Flughafens. Die grässliche Stille ließ sie fast aus der Haut fahren.

»Wir kriegen das hin«, sagte Anna.

Hayley blinzelte und sah dann zu ihr rüber, ihre Hand legte sie auf Annas Schenkel. »Wir überlegen uns was.«

»Meine Eltern können sie nehmen.« Anna fand eine Parklücke und schaltete den Motor aus.

Ihre Blicke trafen sich, doch die Entfernung zwischen ihnen war riesig.

»Vielleicht.« Hayley zögerte. »Sie schienen mit Jakes Entscheidung einverstanden.«

»Sieht so aus, als hätte er mit ihnen darüber gesprochen.« Anna schlug unvermittelt mit der flachen Hand gegen das Lenkrad. »Verdammt, Jake!«

Ein Gefühl der Schuld machte sich in ihrem Bauch breit, als Anna sich gegen die Kopfstütze sinken ließ. Tränen standen ihr in den Augen, doch sie blinzelte sie weg.

Hayley sah sie an, ihr Griff wurde fester. »Hey. Wie du schon sagtest, wir kriegen das hin.«

Annas Wangen brannten und sie hielt die Augen geschlossen.

»Es tut mir leid, dass ich gehen muss, jetzt – also– jetzt, wo alles noch so ist. Tut mir leid, dass ich so früh gehen muss. Ich habe dein Ticket für in drei Tagen gebucht – dann fliegst du zurück, ja?«

Anna drehte den Kopf zur Seite und sah Hayley endlich an. »Ja. Und ich rede mit meinen Eltern, versuche herauszufinden, was das alles genau bedeutet.«

Sie stiegen aus und Anna zog Hayleys Tasche aus dem Wagen, dann lehnte sie sich an die Beifahrertür.

Hayley machte einen Schritt auf sie zu und küsste sie. »Ich ruf dich an, wenn ich gelandet bin.«

Anna nickte.

»Versuche, auch ohne den Sex zu überleben, ja?« Hayley lächelte.

Anna rollte mit den Augen. »Das wird schwer werden.«

Mit der Tasche in der Hand ging Hayley davon. Nach ein paar Metern hielt sie an und drehte sich ein letztes Mal mit schief gelegtem Kopf um. »Es ist okay zu weinen, Anna.«

Sie schaffte es nicht, Hayley in die Augen zu sehen, also zuckte Anna nur mit den Schultern und presste die Lippen zusammen, als Hayley sich schließlich umdrehte und ging. Anna sah ihr nach, bis sie durch die Tür verschwunden war und stieg dann wieder ins Auto. Mit klopfendem Herzen griff sie das Lenkrad, startete den Wagen und parkte zu schnell aus. Sie versuchte, sich zusammenzureißen. Doch ihr Magen drehte sich. Sie konnte der Realität nicht entfliehen. Und ihr Bruder musste völlig verrückt gewesen sein.

Jake hatte seine Entscheidung getroffen, doch sie konnte sicher mit ihren Eltern sprechen, ihnen sagen, dass es das Beste wäre, wenn sie sich um die Kinder kümmerten. Sie sahen sie regelmäßig; das machte viel mehr Sinn. Anna war bloß die lustige Tante, und sie wollte das alles nicht. Kinder verdienten es, bei jemandem aufzuwachsen, der sie wollte.

Sie schlug mit der flachen Hand erneut auf das Lenkrad und sagte laut: »Spricht mit ihnen, aber nicht mit mir. Klar, das macht Sinn.« Sie biss sich auf die Lippe. Jetzt redete sie schon mit sich selbst.

Ein Gedanke nagte still und leise an ihr. Sie liebte ihre Eltern, und im Gegensatz zu vielen anderen Kindern hatten sie und Jake unglaubliches Glück gehabt. Doch Jake hatte Wert darauf gelegt, dass seine Kinder nicht bei ihnen aufwuchsen. Was hatte er gesagt? Ihr Vater war nicht gerade herzlich. Anna lachte auf. Das war die Untertreibung des Jahres. Andrew konnte ein kühler, angsteinflößender Mann sein. Das bisschen körperliche Zuwendung, das er ihnen als Kinder geschenkt hatte, war nie von Dauer gewesen. Er hatte sie auf Armeslänge gehalten und von ihnen erwartet, dass sie beherrschte, ruhige Kinder waren und sich über nichts beschwerten. Nun erwartete ihr Vater von ihnen, unauffällige Erwachsene zu sein.

Anna fuhr zu einem Park in der Nähe ihres Elternhauses und lehnte ihren Kopf schwer gegen das Lenkrad. Ein Blick auf die Uhr verriet ihr, dass sie sich noch ein bisschen länger vor dem Nachhausefahren drücken konnte, daher schloss sie die Augen und stellte sich Jake in seiner Vaterrolle vor.

Sie hatte sich gefragt, wie ein Mann, der mit einem emotional unterkühlten Vater wie ihrem aufgewachsen war, wohl selbst als Vater sein würde, doch die Kinder hatten ihren Bruder verändert, hatten ihn lebendiger gemacht. Die Elternschaft hatte ihm und Sally gut gestanden. Jake war all das gewesen, was ihr Vater nie gewesen war: lebhaft, liebevoll und herzlich. Wo ihr Dad auf strikte Disziplin bedacht war, konnte Jake seinen Kindern aus vollem Herzen den Rücken stärken. Jake wollte nicht, dass seine Kinder in diesem Klima aufwuchsen. Soviel hatte er gesagt.

Mit einem Seufzen fuhr Anna eine Stunde später weiter. Sallys Eltern standen noch nicht einmal zur Debatte. Und wie Jake gesagt hatte, blieb nur Anna übrig. Diese Kinder waren alles, was von ihrem Bruder geblieben war.

Und dieser Gedanke ängstigte Anna fast zu Tode.

Als sie in die Einfahrt einbog, leuchteten die Straßenlaternen schon, und Anna wusste, dass die Kinder im Bett sein würden. Schuld nagte an ihr, doch sie unterdrückte sie. Sie hatte keine Ahnung, was sie tun sollte.

Nachdem sie die Tür aufgeschlossen hatte, ging sie leise durch den Flur zur Küche, wo ihre Mutter schon Tee für sie einschenkte, als hätte sie auf Anna gewartet.

Anna stützte sich auf die Arbeitsplatte und nahm die Tasse dankbar an.

»Er wollte, dass du die Kinder nimmst, Anna.«

Sie sah auf und ihrer Mutter direkt in die Augen, die rot unterlaufen und dunkel umschattet waren. »Mum, warum? Warum gerade ich? Ich lebe in einer anderen Stadt. Ich wollte nie Kinder. Und ich habe grauenvolle Arbeitszeiten.« Anna schloss die Finger um ihre Tasse und legte den Kopf schief, während sie Sandra ansah, die sich ihr gegenüber hinsetzte.

»Meinst du nicht, das hätte ich ihm nicht auch alles gesagt?« Ihre Mutter hob belustigt eine Augenbraue.

Dieser lahme Witz traf Anna nicht einmal. »Na also, sogar du siehst das so. Ich bin so fürsorglich wie ein Teelöffel.«

»Du und ich, wir wissen beide, wie fürsorglich du sein kannst. Und genau genommen stimme ich Jakes und Sallys Entscheidung zu.«

»Du willst die Kinder nicht bei dir haben?« Die Überraschung schwang in ihrer Stimme mit und Anna warf einen kurzen Blick nach oben, obwohl sie wusste, dass Ella und Toby tief und fest schliefen.

Sandras Miene wurde härter. »Die Kinder bedeuten mir alles. Aber dein Bruder hat seine Entscheidung erklärt, und sie hat Sinn gemacht. Seit du dein Praktisches Jahr und die Facharztausbildung hinter dir hast, sind deine Arbeitszeiten besser. Du bist auch ruhiger, seitdem du Hayley kennst – wir fangen jetzt nicht von deinen Alkohol- und Partyexzessen vor dieser Zeit an.«

Anna vermied es, ihre Mutter anzusehen und trank ihren Tee. Es konnte schon sein, dass ihr jüngeres Ich das Leben ein bisschen zu sehr genossen hatte.

»Du bist verantwortungsbewusst, liebst die Kinder und du könntest problemlos einen Job in Melbourne finden. Oder die Kinder können zu dir nach Brisbane ziehen, doch ich glaube nicht, dass das fair wäre.«

Anna konnte kaum den Impuls unterdrücken, ihre Teetasse auf den Boden zu schleudern und hysterisch zu schreien, dass nichts von alledem fair war. Sich wie ein Kind zu benehmen würde ihre Probleme allerdings auch nicht lösen.

Es wäre *den Kindern* gegenüber nicht fair? Sie wurde darum gebeten, ihr ganzes Leben stehen und liegen zu lassen und die Stadt zu wechseln, um die Kinder ihres Bruders zu betreuen – für immer. Ihr Bruder und ihre Schwägerin waren gerade gestorben. Seit der Verlesung des Testaments konnte ihre Freundin ihr kaum noch in die Augen schauen, und nun saß Hayley in einem Flugzeug und schob Panik. Annas Vater suchte Trost in einer Flasche Scotch, während er sich in seinem Arbeitszimmer versteckte, und die Augen ihrer Mutter waren praktisch immer blutunterlaufen. *Fair* war ein Begriff, mit dem Anna gerade nichts anfangen konnte.

Ihre Mutter schien ihren inneren Konflikt zu spüren. »Er wollte es so, Anna.« Die Worte drangen in ihr Bewusstsein, als ihre Mutter ihr die Hand auf den Unterarm legte. »Dein Vater und ich sind nun mal Großeltern. Wir sind alt. J… Jake wusste schon, was er tat.«

Es schmerzte zu hören, wie ihre Mutter über seinen Namen stolperte. Es schmerzte, zu wissen, dass sie die Wahrheit sagte.

Alles schmerzte und Anna wollte nur raus. Sie wusste, dass es selbstsüchtig war. Doch wenigstens war sie ehrlich genug, sich das einzugestehen.

Anna würde sich um die Kinder ihres Bruders kümmern.

Sie würde in das grauenvolle Melbourne ziehen.

Ihre Freundin würde stinksauer sein.

Von wegen zwei Einkommen, keine Kinder.

Verdammt.

Die nächsten zwei Tage waren ein Kuddelmuddel aus Versuchen, die Kinder zu beruhigen, Telefonate mit Anwälten zu führen und herauszufinden, was der nächste Schritt sein könnte. Andrew ließ sich nicht blicken und Sandra beschäftigte die Kinder, während Anna versuchte, sich vor der Realität zu verstecken.

Doch sie konnte dem, was geschehen war, nicht entkommen.

In der Dusche brach der Schmerz des Verlustes regelrecht über sie herein, nur um erneut von irrationaler Wut auf ihren Bruder und Sally erdrückt zu werden. Was hatten sie sich bloß gedacht? Wie in einem Käfig tigerte Anna im Haus hin und her, bis sie endlich einen Spaziergang an der frischen Luft machte. Verzweifelt versuchte sie, der Trauer, die ihr immer auf den Fersen war, zu entkommen. Mit klopfendem Herzen lief sie ziellos umher, in der Hoffnung, dass es aufhörte, wehzutun. Nie hatte sie gedacht, dass sie sich so fühlen könnte; sie konnte immer noch kaum glauben, dass ihr Bruder fort war.

In der Nacht vor ihrem Abflug schlich Anna auf Zehenspitzen ins Zimmer der Kinder, bevor sie zu Bett ging. Der Raum war dunkel und sie konnte Toby sanft in seinem Reisebettchen schnarchen hören. Vorsichtig ging sie zu ihm. Toby lag ausgestreckt in seinem Bettchen, sein Schnuller vergessen neben ihm … das war ein Bild, das sogar sie bewegte.

Anna deckte ihn zu und strich mit den Fingern über sein seidiges Haar. Er war wirklich ein süßer Kerl, der einen unbändigen Bewegungsdrang hatte und dessen Vokabular weniger als zehn Worte umfasste. Toby würde seinen Vater und seine Mutter nie kennenlernen. Seine Zukunft war gerade unwiderruflich verändert worden.

»Tante Na?«

Anna drehte sich um.

Ella sah sie mit großen Augen an.

Sie ging zu ihr, hockte sich neben das Bett und legte ihre Hand auf die Decke. »Was ist los, Ella Bella?«, fragte sie leise, um Toby nicht zu wecken.

»*Musst* du morgen gehen?«

Anna lächelte sanft. »Ja. Aber ich bin ganz schnell wieder da.«

»Und dann gehen wir alle wieder nach Hause?« Ella verzog das Gesicht, als versuchte sie, die ganzen Veränderungen zu verarbeiten. »Du, ich und Toby?«

»Japp. Ist das okay?«

Ellas Gesicht blieb ausdruckslos. Sie antwortete nicht, griff aber nach Annas Hand und legte sich mit dem Blick zur Wand wieder hin.

Anna saß ein paar Minuten so da, wartete darauf, dass Ellas Atem tiefer wurde und ihre Hand sich entspannte. Dann ging sie hinaus und schloss leise die Tür. Jake hatte immer gelacht und behauptet, dass Ellas Persönlichkeit eine Miniaturausgabe von Anna wäre. Anscheinend war das gar nicht so weit hergeholt. Sie lehnte sich an die Wand und schloss die Augen. Dann atmete sie lang ein und langsam wieder aus.

Was sollte sie nur tun?

»Du machst es also?«

Mit pochendem Herzen nickte Anna.

Sie tranken beide ihren Wein; Hayley leerte fast das ganze Glas, bevor sie sich über die Lippen strich. »Und wann musst du zurück?«

Anna bemühte sich, zur Ruhe zu kommen. Es war ein langer Tag gewesen. Nach dem Heimflug hatte sie versucht, alles so schnell wie möglich zu organisieren. Es hatte der Sache nicht gerade geholfen, dass sie eine Stunde auf der Couch auf Hayley gewartet hatte, während sie in Gedanken immer wieder durchgespielt hatte, was sie sagen wollte. »Ich habe heute mit meinem Boss geredet; er unterstützt mich.« Sie atmete tief aus. »Es wird wohl etwa eine Woche dauern. Kommt ganz drauf an.«

Hayley beugte sich vor, stellte ihr Weinglas ab und sah dann Anna an. »Worauf?«

»Auf uns.«

Hayley befeuchtete ihre Lippen. Sie nahm sich Zeit für die Antwort, als würde sie es sich ganz genau überlegen. »Muss es so schnell gehen?«

»Meine Mum meint, dass es besser wäre, wenn die Kinder so schnell wie möglich zum normalen …«

»Für sie wird nichts mehr normal sein.«

»Nein, wird es natürlich nicht.« Seufzend rieb Anna sich über die Augen. »Aber sie denkt, dass wir es ihnen so einfach wie möglich machen sollten.«

Anna hielt sich an ihrem Wein fest. Das alles war so unfair. Sie hatten sich ein Leben aufgebaut, das genau diese Situation vermied. Doch wo Anna keine Wahl hatte, bestand eine für Hayley. »Das haben wir nie gewollt.«

Hayley nickte.

»Du musst nicht … wir können einfach … ich werde gehen. Du kannst bleiben.«

Mit einem Seufzer griff Hayley wieder nach ihrem Wein. »Ich … du hast recht, so etwas wollte ich nie. Ich bin gerade befördert worden. Aber … wir … was, wenn wir es versuchen? Ich kann nichts versprechen. Aber was, wenn wir es versuchen? Ich würde hier wohnen bleiben, aber sooft es geht vorbeikommen, und dann sehen wir weiter.

In ein paar Wochen oder so könnte ich runterfliegen und wir probieren es mit einer Fernbeziehung.«

Anna starrte Hayley an, traute sich aber kaum zu atmen. »Das musst du nicht tun.«

»Ich will es aber.«

Erleichterung keimte in Anna auf und sie küsste Hayley, bevor sie versuchte, die Stimmung aufzulockern. »Ich hatte meiner Mutter gegenüber fast einen Wutanfall.«

Hayley grinste, dann legte sie Anna die Hand in den Nacken und zog sie zu sich. »Ich verurteile dich nicht. Kann ich stattdessen einen kleinen Wutanfall bekommen?«

Die nächsten sechs Tage waren damit gefüllt, Sachen zusammenzupacken, Freunde zu besuchen und sich durch Mietverträge zu wühlen. Außerdem musste Anna die Übergabe auf der Arbeit erledigen. Hayley kam immer spät nach Hause, nachdem sie den ganzen Tag in der Kanzlei verbracht hatte. Anna beschäftigte sich mit dem Organisieren und Zusammenpacken ihres Lebens und lotste Hayley ins Schlafzimmer, sobald diese die Wohnung betrat. Anna schaffte es, überhaupt nicht nachzudenken. Sich abzuschotten war immer ihre Stärke gewesen.

Sie schob den Gedanken an Jakes Tod in die letzte Ecke ihres Gehirns, vergrub ihn dort so tief sie konnte. Dennoch gab es Momente, meistens wenn sie etwas vollkommen Banales tat, in denen sich ihr Brustkorb unvermittelt zusammenzog und sie kaum Luft bekam. Wenn es so schlimm wurde, biss sie sich auf die Lippe, um sich abzulenken.

Sie hatten beschlossen, dass Hayley nach etwa einem Monat für eine Woche zu ihnen nach Melbourne kommen würde und danach sooft wie möglich an den Wochenenden. Vor Anna lag eine Zeitung auf dem Tisch, rote Kreise markierten die Jobangebote in Melbourne. Sie wusste wirklich nicht, was sie tat. Sie stellte ihr ganzes Leben für zwei Kinder auf den Kopf – und für ihren toten Bruder, dem sie immer noch rechts und links eine runterhauen wollte.

Die Wut war noch nicht wirklich verflogen.

Am Abend vor der Abreise stand Anna mitten in der Wohnung und blies sich die Haare aus den Augen. Ihr Zopf löste sich langsam auf, während sie Packband über die letzte Umzugskiste klebte. Das Apartment war ein Saustall: Annas Kartons stapelten sich zwischen Hayleys Sachen, der Packbandabroller und anderes Zeug lagen überall herum. Sie seufzte tief. Ihr war bewusst, dass ihre Liebe für dieses Apartment fast schon ein bisschen extrem war. Aber sie hatte es so schön hergerichtet – ein Zuhause mit ihrer Partnerin. Obwohl beide immer so lange arbeiten mussten, dass sie nie viel Zeit hier verbracht hatten, war es trotzdem ihr Zuhause.

Anna hörte ein Geräusch vom Schlafzimmer und drehte sich um.

Hayley stolperte fast über eine Kiste, als sie ins Wohnzimmer trat.

»Wie elegant.«

Hayley zuckte mit den Schultern und sah sich um.

Anna biss sich auf die Lippe.

Mit großen Augen starrte Hayley auf all die Kisten. Sie hatte ihr Ich-flipp-gleich-aus-Gesicht aufgesetzt und wirkte, als würde sie platzen, wenn sie sich nicht sofort Luft machte. Dieser Ausdruck war in den letzten Tagen regelmäßig über ihr Gesicht gehuscht.

Anna verschränkte die Arme vor der Brust und verlagerte ihr Gewicht auf den anderen Fuß. Sie wartete darauf, dass Hayley ihr endlich in die Augen sah. »Ist schon gut, Hayley. Sag es.«

Hayley zuckte leicht zusammen. »Ich kann das nicht.«

Anna schluckte.

»Ich will es nicht aufschieben. Ich will nicht in vier Wochen runterfliegen, eine Woche bei euch sein und dich dann nur noch alle paar Wochenenden sehen. Wir würden uns beide miserabel fühlen, bevor ich schließlich in Panik ausbreche und es beende.« Sie biss die Zähne zusammen und trat einen Schritt vor. »Wir wissen beide, dass ich das tun werde.«

Anna bewegte sich nicht. Innerlich packte sie alle Informationen und Gefühle in kleine Kästchen und teilte diese auf, damit es einfacher war, sie wegzuschieben. Für dieses Talent war Anna immer dankbar gewesen – in diesem Augenblick mehr denn je.

»Anna, es tut mir leid. Ich wollte es versuchen. Ich wollte nicht das Miststück sein, das dich verlässt, nachdem dein Bruder gestorben ist und du … diese riesige Verantwortung tragen musst, aber ich … ich kann das einfach nicht. Das bin ich nicht. Und die Kanzlei … Ich bin gerade befördert worden.«

»Ich weiß.«

Hayley war eine Frau, die fast nie weinte und Anna ertrug es fast nicht, ihr in die feuchten Augen zu sehen.

»Ich … es tut mir leid. Kinder – ich … ich kann einfach nicht. Ich liebe dich. Aber das kann ich nicht.«

»Ist schon gut, Hayley.« Die Worte klangen härter, als Anna beabsichtigt hatte und Hayley kam dichter zu ihr. Sie sah aus, als wäre sie bereit, noch mehr einzustecken. Doch Erschöpfung brach über Anna herein und die Wut verschwand so schnell, wie sie gekommen war.

Hayley trat einen weiteren Schritt vor. »Du darfst wütend auf mich sein.«

Anna musste fast lachen. »Danke für die Erlaubnis, Hayley. Aber ich verstehe es wirklich.«

Verbitterung brodelte in ihrem Magen. Sie verstand tatsächlich. Wenn sie eine Wahl gehabt hätte, wäre sie auch davongelaufen. Über drei Jahre Beziehung, Pläne, ein Apartment zusammen zu kaufen, Pläne, ein Leben miteinander aufzubauen, und was brauchte es, um das alles zu zerstören? Einen betrunkenen Autofahrer.

»Ich …«

»Hayley. Ich glaube, ich möchte, dass du gehst. Ich kann nicht … Ich fliege morgen Abend. Ich möchte dich vorher nicht mehr sehen.«

Hayley hielt inne, sie sah überrascht aus. »O… okay.«

»Tut mir leid.«

»Mir tut es leid. Ich wollte nicht … Ich will das nicht.«

Anna nickte.

Hayley trat vor, als wollte sie Anna umarmen.

Automatisch machte Anna einen Schritt zurück, die Arme noch immer vor der Brust verschränkt. Die Augen richtete sie auf einen Punkt über Hayleys Schulter, um irgendwo hinzusehen, nur nicht direkt in ihr Gesicht.

Nickend blieb Hayley stehen. Sie sahen sich eine Sekunde lang an, dann drehte Hayley sich um, nahm ihre Tasche und die Schlüssel und ging.

Anna atmete tief aus und ließ sich auf die Couch fallen. Sie griff nach ihrem halb leeren Weinglas und vermied es, sich im Raum umzusehen. Ihr Bruder war tot, ihre Schwägerin ebenfalls. Ihre Freundin hatte sie verlassen und am nächsten Tag würde sie in eine ewig regnerische Stadt ziehen, um sich um ihre Nichte und ihren Neffen zu kümmern. Für immer.

Sie trank einen Schluck.

Es war nicht genug Wein im Haus.

KAPITEL 3

Anna konnte sich nicht dazu durchringen, die Tür zu öffnen.

Ihre Finger waren taub vor Kälte und ihre Lider schwer. Sie starrte das Holz vor sich an. Nachdem sie spät gelandet war, war sie direkt zum Haus ihres Bruders gefahren, um ihr Gepäck abzuladen. Alles, was sie jetzt noch wollte, war Schlaf, und nun brachte sie es nicht einmal fertig, ins Haus zu gehen.

Stattdessen sah sie sich auf der Veranda um. Sie hätte heulen können. Erst vor acht Wochen war sie hier gewesen. Damals hatte sie mit Sally geredet, während sie darauf gewartet hatten, dass Jake aus der Dusche kam und sie zum Flughafen fuhr. Sally und sie hatten hysterisch über etwas gelacht und Anna wünschte sich, sie könnte sich daran erinnern, was es gewesen war. Sie starrte auf die Stufen und versuchte sich daran zu erinnern; sie biss sich auf die Unterlippe, doch es wollte ihr schlicht nicht einfallen. Alles, woran sie sich erinnern konnte, war, wie Jake rausgekommen war. Er hatte über sie beide den Kopf geschüttelt und Sally über seine Schulter geworfen, um sie trotz ihres lachenden Protests ins Haus zu tragen.

Anna schüttelte den Kopf und atmete tief ein. Wenn sie es jetzt nicht tat, würde sie es nie tun. Der Ersatzschlüssel fühlte sich heiß an, weil sie ihn so lange festgehalten hatte. Schließlich schloss sie die Tür auf. Warme Luft hüllte Anna ein; Luft, die nach *ihrem* Zuhause roch. Es machte sie ganz benommen und Anna brauchte einen Moment, sich wieder zu fassen.

Sie wappnete sich und schleifte erst einen extragroßen Koffer die Treppe zum Gästezimmer hinauf und dann den anderen. Es war ein nettes Zimmer, in dem sie schon oft geschlafen hatte. Die Wände waren weiß und die Deko zurückhaltend.

Es war undenkbar für sie, im Schlafzimmer ihres Bruders zu übernachten.

Während sie die Koffer auspackte, dachte sie darüber nach, dass die Umzugskartons ankommen und ihr ganzer Kram nirgends hinpassen würde. Es dauerte nicht lange, ihre Sachen wegzuräumen, und am Ende stand sie mitten im Raum, ein wenig außer Atem und unsicher, was sie als Nächstes tun sollte.

Eigentlich wusste sie es, doch sie wollte es vermeiden.

Anna musste sich regelrecht zwingen, den Flur hinabzugehen. Mit leicht zittrigen Knien blieb sie vor dem Elternschlafzimmer stehen. Wiederholt hob sie die Hand, um die Tür zu öffnen, ließ sie aber wieder fallen und ballte sie zur Faust. War es besser für die Kinder, wenn das Zimmer bei ihrer Rückkehr leer war oder machte es das nur schlimmer? Sollte sie etwas ändern oder erst einmal alles beim Alten belassen?

Schließlich drehte Anna sich um und fuhr zum Haus ihrer Eltern, um dort zu schlafen, denn sie hielt die drückende Stille nicht mehr aus.

Völlig desorientiert wachte Anna von einem undefinierbaren Geräusch auf. Gleißend helles Licht stach in ihre Augen, als sie sie öffnete und schnell kniff sie sie wieder zusammen. Sie drehte sich um, zwang sich, die Augen wieder aufzumachen und richtete ihren Blick langsam auf Ella. In deren Schoß lag ein aufgeschlagenes Buch, dessen Seiten sie gedankenverloren umblätterte. Wortlos hob Anna die Bettdecke an und ihre Nichte kletterte darunter. Es versetzte ihr innerlich einen Stich, wie hart Ella sich gegen sie fallen ließ; ihre Finger krallten sich in Annas Rücken, die kalte Nase vergrub sie in ihrem Nacken.

Anna hatte keine Ahnung, was sie tun sollte und blieb einfach still liegen. Ihre einzige Hoffnung war, dass die Kinder ihr helfen würden, einen gemeinsamen Weg zu finden.

Den Tag verbrachten sie bei Annas Eltern und erst zum Abendessen gingen sie alle zurück zum Haus. Diesmal erlaubte Anna sich nicht, zu zögern: Obwohl sich ihr Magen zusammenzog, öffnete sie die Tür und trat ein, als wäre es gar nichts.

Ihre Eltern blieben und Sandra machte das Abendbrot. Ella schob das Essen auf dem Teller nur hin und her und sah sich im Esszimmer um. Ihre Wangen waren bleich und sie sprach kein Wort. Toby brabbelte, glücklich und zufrieden, jetzt, wo er zu Hause war. Es dauerte nicht lange und Anna hatte Kartoffelbrei im Haar, den Toby durch die Gegend gefeuert hatte.

Einmal hielt er inne, den Kopf zur Seite gelegt, ein Lächeln auf den Lippen und starrte in den Flur, als hätte er etwas gehört. »Ma?«

Schlagartig hörten alle auf zu essen und sahen ihn an, sogar Ella. Sie beobachteten, wie ihm langsam klar wurde, dass niemand kommen würde und er sich schließlich wieder seinem Kartoffelbrei widmete. All dies hinterließ ein leeres Gefühl in Annas Magen.

Als sie die Kinder ins Bett brachten, sagte Ella immer noch nichts. Anna wollte bei ihr bleiben, bis sie einschlief, doch als sie schließlich den Raum verließ, war sie sich ziemlich sicher, dass Ella nur vortäuschte zu schlafen.

Später am Abend, als ihre Eltern sich verabschiedeten, legte Sandra die Arme um Annas Hals. »Hayley wird bald kommen; das wird helfen.«

Erst jetzt erzählte Anna ihr die Wahrheit – Hayley würde nicht kommen.

Ihre Mutter sah aus, als wollte sie in Tränen ausbrechen, doch ein Blick in Annas Gesicht ließ sie die Beherrschung wahren. Ihr Vater war schon im Wagen und hupte.

Sandra drückte Anna ein weiteres Mal und bat sie, anzurufen, falls sie etwas brauchte.

Als sich die Tür hinter Sandra schloss, stand Anna allein im Flur. Sie wollte die Tür wieder aufreißen und schreien, dass ihre Mutter zurückkommen sollte, damit Anna wieder in ihr altes Leben zurückfliegen konnte. Stattdessen griff sie mit zitternden Fingern nach der Weinflasche, die ungeöffnet im Kühlschrank stand, und setzte sich auf die Couch. Sie versuchte zu verdrängen, dass der Wein Sallys und ihre Lieblingssorte gewesen war; sie hatten ihn immer zusammen getrunken.

Das Haus war grauenhaft still.

Annas Herz raste. Sie fragte sich, ob sie gerade eine Panikattacke hatte. Ihr Atem ging etwas schneller als sonst und das Kribbeln in ihren Fingern war stärker geworden. Sie leckte sich über die Lippen und versuchte, sich zu beruhigen.

Die Kinder würden morgen, einem Freitag, zu Hause bleiben. Der Plan war, dass Ella am Montag wieder zur Schule gehen würde. Sandra hatte gesagt, sie habe mit der Schulpsychologin gesprochen, und je schneller sie Ella wieder eine Art von Normalität bieten könnten, desto besser wäre es. Anna würde sich mit Ellas Lehrerin und der Psychologin treffen, um zu bereden, wie sie alles so normal wie möglich belassen konnten. Aber was *war* normal?

Spielzeug lag in der Ecke des Zimmers, ein wahllos zusammengewürfelter Haufen aus Disney-DVDs stapelte sich vor dem Fernseher. Alles war so bunt. Mit angezogenen Beinen atmete Anna tief ein und ließ den Kopf sinken. Sie sehnte sich danach, mit Hayley eine

Flasche Wein auf der Couch zu teilen. Sie wollte mit ihr ins Bett fallen, sich im Sex verlieren, Haut an Haut. Sie wollte nicht allein ins Bett gehen, im Haus ihres toten Bruders, während die Kinder am anderen Ende des Flurs schliefen.

Etwas stach ihr unangenehm in den Rücken. Sie zog die Fernbedienung zwischen den Kissen hervor. Mit einem Seufzer ließ Anna das Ding wieder aufs Sofa fallen. Sie konnte Hayley keinen Vorwurf machen. Das bedeutete aber nicht, dass sie keinen Groll gegen sie hegte. Sie waren schließlich drei Jahre zusammen gewesen, und Anna fand, dass Hayley sich wenigstens ein bisschen mehr Mühe hätte geben können.

Sie selbst hatte es getan. Ihr Leben war völlig auf den Kopf gestellt worden, doch sie, Anna, gab ihr Bestes.

Sich über sich selbst ärgernd stand sie auf, stellte das Weinglas in die Spüle und die Flasche in den Kühlschrank.

Als sie die Treppe hochging, hörte sie Toby weinen. Mit klopfendem Herzen wartete sie und hoffte, dass er wieder einschlafen würde.

Ein Schluchzen folgte.

Sie atmete einmal tief durch und ging in sein Zimmer.

»Mama«, jammerte er und dann: »Da.«

Es brach Anna fast das Herz. Sie fragte sich, wie lange es dauern würde, bis er vergaß, wie lange, bis er nicht mehr um die Eltern weinte, die sonst immer für ihn da gewesen waren.

Der Teppich war weich unter ihren Zehen und Anna schlich durch den Raum, um sich über Tobys Bettchen zu beugen. Er saß aufrecht, seine Decke hatte er fest an sich gedrückt, die braunen Haare waren zerzaust und seine kleinen Wangen rot und nass. Feuchte, blaue Augen sahen sie eine Weile an, erkannten sie erst nicht, doch dann streckte er die Arme nach ihr aus. Sie nahm ihn hoch und er kuschelte sich an sie.

Schwer schluckend setzte Anna sich in den Schaukelstuhl. Sie lehnte sich umständlich zurück, drückte Toby an ihre Brust, strich ihm die Haare aus der Stirn und rieb seinen Rücken. Sein Atem ging schwer und unruhig. Mehrere Male murmelte er »Da«, bevor er sich schließlich beruhigte. Seine Finger kneteten rhythmisch ihr Shirt. Schließlich fielen seine Lider zu.

Der Stuhl wiegte sie leise und Anna streichelte seinen Rücken, während sie sich an das letzte Telefonat mit ihrem Bruder erinnerte.

»Toby schläft immer noch nicht durch. Du bist doch Ärztin, ist das normal? Ella hat immer wie ein Stein geschlafen.«

»Jake, wirklich, wie oft noch? Ich bin Anästhesistin – wenn Kinder schreien, bringe ich sie zum Schlafen.«

»Perfekt! Genau das wollen wir. Welche Drogen brauche ich?«

Anna lachte und verdrehte die Augen, dann nahm sie das Telefon in die andere Hand. »Sehr witzig. Ich bin mir nicht sicher. Wacht er schreiend auf oder wacht er nur auf?«

»Nur Aufwachen, alle paar Nächte. Ich kann ihn ja nur mit Ella vergleichen.«

»Ich würde sagen, das ist nur eine Phase. Beruhigt er sich schnell wieder?«

»Ja, sofort. Leider nur, wenn ich bei ihm bin. Jetzt hat Sally eine Entschuldigung dafür, mich nachts aus dem Bett zu werfen, wenn er weint. Der Junge liebt seinen Dad.«

Es war schwer, auf Jake sauer zu sein, wenn solche Erinnerungen sie zerrissen.

Anna presste die Lippen an den Kopf ihres Neffen, der endlich wieder eingeschlafen war. Nicht zum ersten Mal – und ganz sicher nicht zum letzten – fragte sie sich, was zum Teufel sie hier tat.

Zu viel Fernsehen war nicht gut für Kinder – Anna hatte das irgendwo gelesen. Trotzdem verbrachten sie den Freitagmorgen damit, zahllose Cartoons zu schauen. Da sie an diesem Nachmittag ein Vorstellungsgespräch hatte, würde ihnen allen eine kleine Auszeit sicher ganz guttun. Ihr ehemaliger Chef hatte schon mit dem Krankenhaus telefoniert und sie für den Job empfohlen, doch Anna musste trotzdem die Formalitäten erledigen.

Außerdem war es eine gute Entschuldigung, um aus dem Haus zu kommen.

Ihre Mutter kam vorbei, warf einen Blick auf die Kinder – Toby hatte einen Lego-Eimer auf dem Kopf, auf den Ella mit einem Holzlöffel einschlug, während sie in den Fernseher starrte – und sagte: »Ich gehe mit ihnen in den Park.«

Anna formte ein tonloses »Danke« und griff sich ihre Tasche, während sie »Bis gleich« zu den Kindern sagte, und dann schnell verschwand. Als sie fast bei der Tür war, hörte sie Toby protestieren, doch das leise Flüstern ihrer Mutter beruhigte ihn wieder.

Da der Park gleich am Ende des Blocks lag und Sandra ihren Wagen deshalb nicht brauchte, nahm Anna ihn. Sie konnte sich nicht dazu überwinden, sich in das Auto ihres Bruders zu setzen.

Langsam navigierte sie durch die Straßen und war erstaunt darüber, dass sie nur fünfundzwanzig Minuten bis zum Krankenhaus brauchte.

Anna hielt auf dem Besucherparkplatz und ging dann in Richtung Eingang. Das Gebäude ragte hoch vor ihr auf und war mit seinen grauen Mauern einschüchternd. Das Teil war riesig. Glücklicherweise war der Mann an der Information sehr hilfsbereit und erklärte ihr den Weg zum Büro, in dem das Gespräch stattfinden sollte. Der gewohnte Krankenhausgeruch entspannte Anna ein wenig.

Als sie in den Aufzug stieg, folgte ihr eine große, blasse Frau.

»Suchen Sie das Büro von Luke McDermott?«

Anna sah sie erstaunt an. »Ähm, ja?«

»Entschuldigen Sie, aber ich habe Ihr Gespräch eben mitbekommen. Ich will auch dorthin. Wenn Sie möchten, zeige ich Ihnen den Weg.«

Anna atmete erleichtert aus. »Danke, das wäre nett. Die Wegbeschreibung war nicht wirklich ausführlich.«

Die Frau schob ihre Hände in die Kitteltaschen. »Es ist schon ein kleines Labyrinth.«

»Ich bin Anna Foster.« Sie streckte die Hand aus.

Die Frau schüttelte sie. »Kym Drew.«

»Arbeiten Sie schon lange hier?«

»Ein paar Jahre. In der Psychiatrie.«

Anna zuckte zusammen. »Mutig. Schön, jemanden zu treffen, dem ich hier vielleicht öfter begegnen werde.«

»Vorstellungsgespräch?«

Sie stiegen aus dem Fahrstuhl und gingen den Flur hinab, bevor sie nach links in einen weiteren abbogen.

Obwohl Anna schon etwas orientierungslos war, versuchte sie sich den Weg zu merken. »Ja, tatsächlich. Oberärztin in der Anästhesie. Ich bin gerade aus Brisbane hergezogen.«

Kym riss die Augen etwas auf. »Ach, Moment mal. Der Chef hat eine Frau aus Brisbane erwähnt – der Job gehört praktisch Ihnen, falls das hilft.«

»Das tut es tatsächlich, danke.«

»Also, was bringt Sie nach Melbourne? Sie verlassen die sonnige Küste für das schöne Wetter hier?« Kym deutete mit dem Kopf zu dem Fenster, an dem sie gerade vorbeiliefen. Draußen waren nur dunkle Wolken zu sehen.

»Ähm, familiäre Dinge. Ich musste gewissermaßen umziehen.« Anna war nicht bereit, ihre Geschichte einer Fremden zu erzählen.

Ihr Gesichtsausdruck musste etwas verraten haben, denn Kym sah sie ernst an. »Entschuldigung, ich hätte nicht fragen sollen. Ich rede manchmal zu viel. Vor ein paar Monaten ist mein Mann gestorben, und seitdem teile ich noch mehr privaten Kram als ohnehin schon.« Sie kam vor einer Tür zum Stehen und fingerte an ihrem Kittel herum. »Wie jetzt gerade zum Beispiel.« Sie lächelte schief. »Momentan bin ich wohl keine gute Psychiaterin.«

Anna betrachtete Kyms Gesichtsausdruck, wie ihre Augen hin und her huschten, wie sie sanft vor und zurück wippte. »Nein, ist schon gut. Mein Beileid wegen Ihres Mannes.« Sie hielt inne. »Mein … also, mein Bruder ist gestorben, vor fast drei Wochen. Die Dinge sind ein wenig … kompliziert? Ich musste hierherziehen.«

Kym sah ihr direkt in die Augen. Sie lächelte sanft. »Es tut mir leid um Ihren Bruder. Vielleicht wollen wir mal einen Kaffee zusammen trinken?«

Anna wusste nicht einmal, wie sie Arbeit und Kinder unter einen Hut bringen sollte, geschweige denn ein Kaffeetrinken mit einer Kollegin. Dennoch antwortete sie: »Das wäre sehr schön.« Anna deutete auf die Tür. »Gehen Sie ruhig zuerst.«

»Ich brauche nur 'ne Minute.« Kym war etwa dreißig Sekunden später wieder draußen. »Danke.«

Sie lächelte. »Kein Problem.«

»Ich habe ihm gesagt, dass Sie warten. Gehen Sie einfach rein.«

»Danke, Kym. Es war nett, Sie kennenzulernen.«

»Ich freue mich auf den Kaffee.«

Anna lächelte und drehte sich dann zur Tür, um zu klopfen, bevor sie reinging. Dabei dachte sie: *Diese Frau hat die traurigsten Augen, die ich je gesehen habe.*

Als Anna am Samstagmorgen aufwachte, erkannte sie an dem fahlen Licht, dass es noch sehr früh sein musste. Ein Blick aus dem Fenster zeigte ihr einen wolkenverhangenen Himmel, der gerade im Begriff war, sich aufzuhellen. Sie kuschelte sich tiefer in die Decke.

Gott sei Dank schliefen die Kinder noch – eine gute Gelegenheit, kurz mal in Panik auszubrechen. Der Job im Krankenhaus gehörte ihr – eine Beförderung, da Sie nun eine der Oberärztinnen in ihrem Team war. Sie wollte stolz sein, aufgeregt sogar. Stattdessen fühlte sie sich wie gelähmt. Sie würde viel lieber immer noch in Brisbane arbeiten, Jake wäre noch da und würde sein Leben mit seiner Frau und den Kindern führen. Alle würden dort sein, wo sie sein sollten, nicht dort, wo sie gezwungenermaßen sein mussten. Und niemand wäre tot.

Sie seufzte, trat die Decke zur Seite. Ohne Hayley zu schlafen, war schwer zu ertragen.

In einer Woche würde die Arbeit beginnen. Das gab Anna Zeit, die Betreuung für Toby zu organisieren – anscheinend bekamen die Mitarbeiter des Krankenhauses einen guten Rabatt im betriebseigenen

Kindergarten. Sie musste sich darum kümmern, dass Ella wieder zur Schule ging, und eine Nachmittagsbetreuung organisieren.

Alles war noch so überwältigend. Selbst nachdem sie ihrem neuen Boss ihre aktuelle Situation erklärt und Vorkehrungen getroffen hatte, sodass sie möglichst oft bei den Kindern sein konnte, machte Anna sich immer noch Sorgen um die Arbeit. Notfälle konnten immer reinkommen, OPs liefen länger. Und selbst wenn man das alles ausklammerte, wie sollte sie sich um zwei Kinder kümmern, Vollzeit?

Sie zerdrückte das Laken in ihrer Faust und versuchte, das ziehende Gefühl in ihrem Magen zu ignorieren. Sie vermisste Hayley, vermisste die Gesellschaft Erwachsener. Sie vermisste ihren Bruder. Und Sally. Eigentlich vermisste sie das Leben, das sie gerade erst aufgegeben hatte, jetzt schon.

Sie rollte sich aus dem Bett und entschied sich, Krach zu machen, damit die Kinder aufwachten und sie nicht mehr nachdenken musste.

Cheerios verteilten sich auf dem Boden, dem Tisch und in Tobys Haaren. Milchverschmierte Fingerabdrücke bedeckten den Hochstuhl. Toby saß mit verwuschelten Haaren darin, grinste Anna an und sammelte die Frühstücksflocken einzeln auf.

Sie konnte nicht anders, als ebenfalls zu lächeln. Er war grummelig und quengelnd aufgewacht und hatte nach Sally gerufen. Es hatte etwas gedauert, doch mittlerweile war er wieder fröhlicher.

»Na!«, sagte er immer noch grinsend und beschäftigte sich dann wieder mit den Cheerios.

In seinem vertrauten Umfeld war er nun meistens glücklich und ausgelassen. Doch er rief noch oft nach seiner Mutter und seinem Vater. Das Weinen in der Nacht war am schlimmsten.

Ella verdrückte fast ihr ganzes Frühstück, worüber Anna froh war, während sie gleichzeitig versuchte, daraus keine große Sache zu machen. Ella sprach kein Wort, doch Anna beschloss, mit dem zufrieden zu sein, was sie kriegen konnte. Ihre Nichte war die meiste Zeit still und in sich gekehrt, war launisch und sprach nur selten – außer, wenn sie mit Toby zusammen war. Unwillkürlich plapperte sie mit ihm, hielt seine Hand und erfand Geschichten, die sie ihm erzählen konnte.

Ein Cheerio traf Anna an der Schulter und sie lenkte ihre Aufmerksamkeit wieder auf Toby.

»Leckere Cheerios, Mister?« Sie nahm einen Bissen von ihrem Toast, lächelte, als er nickte, und versuchte, den Geruch zu ignorieren, der ihr in die Nase stieg. Windeln wechseln stand ziemlich weit unten auf ihrer Liste der Lieblingsbeschäftigungen.

»Können wir heute wieder in den Park gehen?«

Erstaunt, Ella sprechen zu hören, riss Anna den Kopf herum. »Klar. Es ist ein perfekter Tag für den Park. Hattest du dort gestern Spaß mit Oma?«

Ella zuckte mit den Schultern. »Es war okay. Da waren andere Kinder.«

»Heute werden noch mehr dort sein, es ist Samstag. Du kannst so lange mit ihnen spielen, wie du möchtest.«

»Okay.«

Nachdem sie die Stille einmal durchbrochen hatten, war es zu frustrierend, wieder dorthin zurückzukehren. Sie wollte dieses Gespräch aufrechterhalten: »Freust du dich auf die Schule am Montag?«

»Nein.«

Überrascht von der ehrlichen Antwort, fragte Anna sich, wie sie die Situation angehen sollte. Direkt zu sein, schien ihr am sinnvollsten. »Warum nicht, Süße?«

Ella zermatschte die vollgesogenen Cheerio-Reste in der Schale mit ihrem Löffel, bevor sie antwortete: »Die anderen Kinder werden mich nach Mummy und Daddy fragen.«

Der Toast in Annas Mund schmeckte plötzlich fade und trocken. Sie bekam ihn nur mit Mühe runter. »Also, wenn sie dich fragen und du nicht darüber reden möchtest, dann sagst du einfach ›Können wir über was anderes reden?‹, okay?«

Ella konzentrierte sich immer noch auf das Zermatschen ihrer Cerealienreste.

»Du kannst darüber reden, wenn du möchtest. Mit anderen Kindern oder Lehrern. Oder mit Oma oder mir. Ja?«

»Ich will nicht darüber reden.«

Ratlos nickte Anna nur. »Das ist auch okay.«

Wenn es etwas gab, das Anna verstand, dann das. Aber war das auch in Ordnung für eine Sechsjährige? Sollte sie sie drängen, zu reden? Ab welchem Zeitpunkt war es nicht mehr okay für Ella, ihr Essen nicht anzurühren? Ab wann sollte Ella sich wieder wie ein Kind verhalten und nicht wie eine stille kleine Erwachsene? Würde sie je wieder einfach unbeschwert Kind sein können?

»Wie wäre es, wenn du dich fertig machst und ich kümmere mich um Toby, damit wir in den Park gehen können?«

Ella nickte und wurde etwas munterer bei der Vorstellung, gleich aufzubrechen. Nachdem sie ihre Schüssel ins Spülbecken gestellt hatte, flitzte sie aus dem Zimmer.

Anna sah ihr nach und wandte sich dann wieder Toby zu, der sein Schälchen an die Lippen geführt hatte und den letzten Rest Milch schlürfte. Das meiste davon kleckerte allerdings an ihm herunter. Anna verzog das Gesicht.

Er stellte die Schüssel mit einem lauten ›Ah!‹ ab und grinste Anna mit tropfendem Kinn an.

Sie hob die Brauen, ein Lächeln spielte um ihre Lippen. »Wundervolle Manieren, Tobes.«

»Park!«

Anna nahm Toby das riesige Lätzchen ab. Glücklicherweise hatte es einen Großteil der Milch aufgefangen. Mit Toby im Arm ging sie nach oben. »Japp. Wir gehen in den Park. Das ist ja ein neues Wort. Hat Oma dir das beigebracht?«

Er lächelte sie nur an und streichelte ihr mit seinen klebrigen Fingern über die Wange, seine Beinchen baumelten herum.

Anna betrat sein Zimmer. »Also gut, wir kümmern uns um diese Monsterwindel und dann gehen wir in den Park. Deal?«

Er kicherte.

»Du hast gut lachen. Du machst nur die Sauerei. Ich muss sie sauber machen.«

Fünf Minuten später kam Anna mit einem viel saubereren Toby wieder herunter. Sie hatte ihm den grünen Einteiler angezogen. Erst setzte sie ihn vor das Schaumstoffpuzzle im Wohnzimmer und dann rief sie nach Ella: »Ich hole nur den Kinderwagen und dann können wir los, Ella.«

Anna atmete tief ein, um sich zu beruhigen. Sie schaffte das. Toby war angezogen und sauber. Sie hatten gegessen. Ella wollte in den Park. Das hier war alles überhaupt kein Problem.

Durch die Küche ging sie in die Garage und schaltete das Licht ein, sodass der ganze Raum erhellt wurde. Als sie Jakes SUV sah, stöhnte sie bei der Vorstellung, ein Auto wie diese Fußball-Muttis zu fahren.

Der Wagen, den sie in Brisbane gehabt hatte und der nun zum Verkauf stand, war ziemlich sportlich gewesen und ihrer Leidenschaft für schnelles Fahren entgegengekommen. Als Anna sich das Ding hier anschaute und den Knopf drückte, um die Türen zu entriegeln, blieb sie einen Moment lang wie angewurzelt stehen. Ihr kam ein Gedanke: Wenn Jake und Sally mit dem SUV unterwegs gewesen wären und nicht mit Sallys kleinerem Auto, hätten sie dann den Unfall überleben können? Ihr Herz hämmerte und Anna presste die Lider fest zu, blendete den Gedanken aus. Sie würde den Kinderwagen ausladen und in den Park gehen.

Das würde sie an diesem Morgen tun.

Kleine Schritte.

Sie ging zur Rückseite des Wagens, öffnete den Kofferraum und zog den Klappwagen heraus. Als er auf dem Boden vor ihr lag, beäugte sie ihn argwöhnisch. Das Ding sah eher aus, als wäre er für die Berge gemacht. Seit wann hatten Kinderwagen drei Räder?

Anna seufzte und beugte sich vor. Sie zog am Handgriff und an den Rädern und versuchte so, das Teil zum Ausklappen zu bewegen. Ihre Mutter hatte gesagt, es würde einfach aufspringen.

Nichts geschah.

Anna schüttelte es, hielt es mit einem Fuß unten und zog am Handgriff.

Wieder nichts.

Anna war eine gefragte Anästhesistin, die ihren Abschluss mit Auszeichnung gemacht hatte. Sie konnte komplexe Berechnungen über Narkotika im Schlaf anstellen. Ihre *Mutter* konnte das hier. Da würde sie es doch wohl auch schaffen, einen verfluchten Kinderwagen aufzuklappen.

Sie hockte sich davor und entdeckte einen kleinen roten Hebel. Vorsichtig legte sie ihn um, was wohl eine Sperre löste, denn der Rahmen lockerte sich. Erneut zog sie am Griff und endlich sprang das Teil auf und traf Anna am Kinn, sodass sie auf dem Hintern landete.

Mit der Hand an ihrem Kinn funkelte sie das Mistding an und rieb sich die verletzte Stelle. Ihr stiegen Frusttränen in die Augen.

Sie schaffte das alles einfach nicht.

Ein Kichern ertönte hinter ihr. Anna drehte sich um und sah Ella im Türrahmen stehen, die Hand über den Mund gelegt, als wollte sie den Laut einfangen und zurückschieben.

Anna konnte das vorsichtige Lächeln auf ihren eigenen Lippen nicht aufhalten. »Lachen Sie mich etwa aus, junge Dame?«

Ella zog die Hand von ihrem Mund fort, ein hartnäckiges Grinsen erschien. Es ließ ihr ganzes Gesicht erstrahlen, ihre grünen Augen leuchteten und Grübchen bildeten sich auf ihren Wangen. »Du bist nicht so gut in diesen Sachen, oder, Tante Na?«

Anna lächelte schief und wischte sich die Hände an der Jeans ab. »Nicht wirklich, Ella Bella, aber ich werde besser.«

KAPITEL 4

Die Lebensmittel stapelten sich schon in ihrem Einkaufswagen, obwohl Anna noch nicht mal halb durch den Laden war. Ella war erst den zweiten Tag wieder zurück in der Schule und Sandra passte aus Mitleid auf Toby auf, damit Anna einkaufen gehen konnte. Anscheinend bedeutete es nämlich harte Arbeit, mit einem Kind einen Einkauf zu erledigen, also war Anna ihrer Mutter für die Hilfe sehr dankbar.

Dies war das erste Mal seit Tagen, dass Anna allein war und witzigerweise genoss sie die Einkaufstour sogar. Oh, wie sich ihr Leben verändert hatte.

Sie konnte nicht glauben, wie viel Essen sie verbrauchten. Selbst bei Ellas leidlichem Appetit verschlangen sie Brot, Milch und Frühstücksflocken für eine kleine Armee. Und Toby steckte sich alles in den Mund, was nach Essen aussah. Einmal hatte sie ihn mit einem Deko-Apfel zwischen den Zähnen erwischt; Toby hatte recht verwirrt dreingeschaut, weil er ihn nicht zerkauen konnte.

Anna fand sich in der Cerealienabteilung wieder und war überwältigt von der Auswahl, die einen ganzen Gang füllte. Bunte Schachteln reihten sich in den Regalen aneinander, priesen wenig Zucker und keine Zusätze an und erteilten jede Menge Informationen über die Ernährungsbedürfnisse von Kindern. Mit schwitzenden Handflächen starrte Anna auf die schier endlosen Reihen und vermisste die Tage, an denen ein einfacher Kaffee zum Frühstück genug gewesen war.

Sie atmete tief durch und versuchte, die Panik zu ersticken, die in ihr aufkeimte. Sich für Frühstücksflocken zu entscheiden, war kein Grund auszuflippen. Doch Panik war ihr ständiger Begleiter, seit sie am Tag zuvor die Papiere beim Anwalt unterschrieben hatte. Eigentlich war Panik schon ein Dauerzustand seit diesem Anruf vor zwei Wochen in ihrem Urlaub. In einigen Wochen, vielleicht auch Monaten, sollte die Vormundschaft offiziell sein. Die Kinder, das Haus, alles würde auf ihren Namen laufen. All das war noch viel realer geworden, seit eine geschwätzige Sozialarbeiterin ihr am Abend zuvor einen Besuch abgestattet und verkündet hatte, dass sie nun regelmäßig vorbeischauen würde.

Anna starrte die leuchtend bunten Schachteln in den Regalen an. Es war zu viel. Alles wuchs ihr über den Kopf. Sie schluckte schwer und griff nach den Cheerios. In der letzten Zeit hatte es einfach zu viele Veränderungen gegeben. Sie ließ die Packung in den Wagen fallen, dachte kurz darüber nach und nahm kurzerhand noch zwei weitere mit. Überhaupt eine Entscheidung getroffen zu haben, fühlte sich gut an. Wie so oft in den letzten Tagen hatte die Wirklichkeit sie wieder eingeholt, genau wie die Kopfschmerzen, verursacht vom Wein, den sie am vorigen Abend getrunken hatte. Was sie wirklich tun wollte, war, ihren Bruder anzurufen. Sie wollte mit ihm über alles reden. Weil sie immer mit ihm über solche Dinge gesprochen hatte, und weil sie noch immer so voller Wut war, die sie zu gern an ihm ausgelassen hätte.

Anna schlenderte zum nächsten Gang und war froh darüber, dass sie die verwirrende Cerealienhölle verlassen konnte. Sie schob den Wagen um die Ecke, und noch bevor sie es sehen könnte, hörte und fühlte sie, wie er mit einem anderen zusammenstieß. Schnell zog sie ihn zurück. »O Gott, das tut mir leid!«

Sie fuhr ganz um die Ecke und machte einen großen Bogen um die arme Seele, die sie aus überraschten, braunen Augen ansah.

Die Frau, die sie angerempelt hatte, lachte und brachte ihren Wagen wieder in die Ausgangsposition. »Schon gut, ich stehe hier ein bisschen im toten Winkel.«

»Trotzdem tut es mir leid. Ich war so in Gedanken.«

Die Fremde grinste und Anna musste auch lächeln.

»Wer hängt nicht den eigenen Gedanken nach, wenn er sich so durch die Gänge schiebt?»

»Nun ja, die Auswahlmöglichkeiten zwischen den Gewürzen haben mich über die Komplexität des Lebens nachdenken lassen.«

Etwas in Anna kribbelte, als die Frau zur Antwort noch breiter lächelte.

Sie trat dabei von einem Fuß auf den anderen und bewegte sacht den Kopf, um die dichten, dunklen Locken aus dem Gesicht zu befördern. »Senf oder Ketchup, normale Mayonnaise oder fettreduziert. Das sind alles weitreichende Lebensentscheidungen, meinen Sie nicht?«

»Vergessen Sie nicht die unglaublich schwierige Entscheidung zwischen den Olivenölen.« Anna lehnte sich an den Wagengriff und genoss den verbalen Schlagabtausch.

»Da bin ich raus. Virgin, light und extra virgin – was soll das sein, jungfräulich? Ich wusste gar nicht, dass Olivenöl noch auf dem College ist.«

Überrascht von diesem Witz musste Anna laut auflachen.

Die Frau lächelte, als wäre sie zufrieden mit der Reaktion. Sie war wirklich hübsch, das Lächeln erhellte ihr Gesicht, ihre Haut war dunkel und die Augen so braun, dass Anna den Blick nicht abwenden konnte. »Ich bin Anna – eigentlich stelle ich mich vor, bevor ich Leute im Supermarkt umfahre.«

Ohne zu zögern, streckte die Frau ihre Hand aus. Kräftige Finger legten sich um Annas Hand, der Händedruck der Fremden war fester, als Anna erwartet hätte. »Lane. Und Sie fahren also öfter Leute über den Haufen?«

Sie verblieben einen Moment so, bevor Anna die Hand losließ. »Dafür bin ich bekannt.«

Ein amüsierter Ausdruck huschte über Lanes Gesicht. »Haben Sie deshalb diesen interessanten blauen Fleck am Kinn? Andenken von einem anderen Fremden, den Sie im Supermarkt überrollt haben?«

Annas Wangen glühten rot. Der blaue Fleck vom Vorfall mit dem Kinderwagen war gerade erst dabei, zu verblassen. »Das … das ist eine lange Geschichte. Ich hatte eine Auseinandersetzung mit einem widerspenstigen Objekt.«

»Diese Geschichte würde ich zu gern eines Tages hören.«

Anna zwinkerte. »Vielleicht erzähle ich sie Ihnen eines Tages.«

Lanes Handy, das sie in der Hand hielt, piepte und sie sah kurz darauf, bevor sie sich entschuldigend wieder Anna zuwandte. »Schade, aber ich bin spät dran für eine Party – vor Wochen schon wurde ich für die Cracker und den Käse eingeteilt, und natürlich habe ich es vergessen und muss jetzt auf dem Weg dorthin noch alles besorgen.«

»Kein Grund, sich schlecht zu fühlen. Ich habe gerade eine unschuldige Kundin im Supermarkt angefahren.«

Lane grinste erneut. »Wenn Sie mich das nächste Mal anrempeln, bekomme ich vielleicht die Geschichte zu diesem blauen Fleck zu hören.«

»Klingt fair.« Anna stelle sich gerade hin und legte die Hände auf den Griff des Einkaufswagens. »Viel Spaß bei der Party.«

»Danke. Lassen Sie sich die Cheerios schmecken. Sieht aus, als könnten Sie nicht genug davon bekommen.« Mit einem letzten Lächeln, das sie Anna über die Schulter zuwarf, ging Lane davon.

Dunkle Jeans schmiegten sich viel zu gut an ihre Figur an und Anna ließ die Augen für einen Moment wandern, bevor sie sich geistig ohrfeigte. Den Rest des Einkaufs erledigte sie mit einem Lächeln auf den Lippen.

Anna schaffte es durch die Kasse, ohne groß über die Kosten eines Einkaufs für eine Erwachsene und zwei Kinder auszuflippen, und konzentrierte sich stattdessen auf das Gespräch, das sie gerade geführt hatte. Es war witzig gewesen, mit einer Prise Flirterei. Anna schüttelte den Kopf. Sie würde Lane wahrscheinlich nie wiedersehen. Das wollte sie auch gar nicht. Sie hatte gerade eine Langzeitbeziehung beendet und ihr Leben war ein einziges Chaos.

Doch Lane war wirklich hübsch.

Und jemand Hübsches konnte eine nette Ablenkung bedeuten.

Anna schob den Wagen hinaus und lud die Tüten in das dämliche, überdimensionierte Auto. Sie glitt in den Fahrersitz und nahm ihr Handy. Lane hatte wirklich ein wunderbares Lächeln.

Mit den Gedanken immer noch bei Lane, wählte sie Jakes Nummer, denn er war immer der Erste, mit dem sie über Frauen sprach. Immer noch ein halbes Lächeln auf dem Gesicht, traf sie fast der Schlag, als der Anruf direkt auf die Mailbox weitergeleitet wurde und ihr wieder einfiel, dass das Handy bei dem Unfall zerstört worden war. Jakes Stimme erfüllte den ganzen Wagen.

Hey, hier ist Jake Foster. Hinterlasst eine Nachricht und ich rufe zurück. Oder ruft direkt Sally an, sie ist sowieso zuverlässiger.

Anna wusste nicht, wie lange sie dort saß und auf das Handy in der einen Hand starrte, während sie mit der anderen krampfhaft das Lenkrad umschloss, sodass die Knöchel weiß hervortraten.

Sie hatte es vergessen. Für fünf Minuten hatte sie es vergessen.

Sie war bestürzt, traurig und fühlte sich schuldig.

Ihr Magen drehte sich so heftig, dass sie kurz dachte, sie müsste sich übergeben.

Und als die Erinnerung und der Schrecken über sie hereinbrachen, vermisste sie Jake noch zehnmal mehr.

Ihr Bruder war tot.

Am Donnerstagabend machte Anna Fischstäbchen, Pommes und Salat. Ein einfallsloses Essen, aber sie hatte keinen Nerv für etwas Aufwendigeres. Während sie den Salat schnippelte, versuchte sie, nicht über das gerade beendete Telefonat mit ihrer Mutter nachzudenken.

Sandra hatte sie in Tränen aufgelöst angerufen, nachdem sie sich wohl Babyfotoalben von ihr und Jake angesehen hatte. Anna hatte ihr zugehört und beruhigende Geräusche gemacht, als Aussagen wie ›mein Baby‹, und ›die armen Kinder‹, und ›ihr zwei wart unzertrennlich‹ gefallen waren. Während des Telefonats war Anna den Flur hinuntergeschlichen und hatte sich bei der Garderobe versteckt, um weit genug vom Wohnzimmer entfernt zu sein. Dort zerstörte Toby nämlich gerade das Puzzle, das Ella geduldig zusammensetzte. Sie wollte nicht, dass die Kinder sie hörten.

Sie war fix und fertig gewesen, als sie aufgelegt hatte. Ihrer Mutter hatte sie geraten, ein heißes Bad zu nehmen und einen Scotch zu trinken, und versprochen, mit ihr und Toby am nächsten Tag in den Park zu gehen.

Anna versuchte, ihre Gedanken zu beruhigen und konzentrierte sich darauf, die Tomate in kleine Stücke zu schneiden. Seit sie aus Versehen Jakes Handy angerufen hatte, war sie gereizt. Die Unterhaltung mit ihrer Mutter hatte da nicht geholfen. Wie sollte sie es schaffen, die Kinder, sich selbst *und* ihre Mutter zu trösten?

Als Anna Ella von der Schule abgeholt hatte, hatte das Mädchen keinen einzigen Ton gesagt. Toby war so süß wie immer gewesen, ein kleines, wenn auch zerstörerisches Energiebündel aus Kichern und Unsinn. Obwohl er die meiste Zeit glücklich und zufrieden schien, gab es Tage, an denen er anhänglich und verwirrt war und nach Mummy und Da rief. Glücklicherweise war er in einem Alter, in dem Ablenkung und das Zusammensein mit Menschen, die er kannte, genügten, um seine Aufmerksamkeit auf anderes zu lenken. Doch wenn er nach Menschen rief, die nicht antworten konnten, und er sich dann verwirrt umsah, wenn sie sich nicht zeigten, dann schmerzte Annas Magen, weil sie ihm nicht einmal erklären konnte, was los war.

Alles, was sie tun musste, war, sich während des Essens zusammenzureißen. Dann würde sie die Kinder baden und ins Bett stecken – danach konnte sie sich auf die Couch setzen, zu viel Schokolade essen und im Internet nach Ferienzielen suchen, die nun unerreichbar waren.

Oh, die Strände, zu denen sie gereist war, bevor ihr Leben über ihr zusammengebrochen war, waren atemberaubend.

Ein schrilles Klingeln schreckte Anna auf. Sie wischte sich die Hände an der Jeans ab und zog das Handy aus der Hosentasche. Mit hochgezogenen Augenbrauen las sie den Namen auf dem Display. Einen Moment lang überlegte sie wirklich, nicht ranzugehen. Seufzend drückte sie dann doch den grünen Knopf. »Hayley?«

»Hey, Anna.«

»Na – wie geht's dir?«

»Gut, es geht mir gut.«

Stille breitete sich zwischen ihnen aus.

»Ich wollte nur mal hören, wie es so läuft.«

Mit dem Handy zwischen Schulter und Ohr, machte Anna sich daran, weiter zu schnippeln. »Ich komme ganz gut klar. Ich schneide Tomaten. Nicht für Ella, die hasst die Dinger.«

»Sie ist ein bisschen jung, um solche Anwandlungen zu haben.«

Anna lachte freudlos. »Tja. Im Moment kann sie hassen, was sie möchte.«

»Nur fair.«

Als die Tomaten geschnitten waren, gab Anna ein paar in Tobys Schälchen. An ihrem ersten Abend hatte sie ihm einen richtigen Teller mit Pasta hingestellt. Großer Fehler.

»Also, wie geht es dir wirklich, Anna?«

Anna schnürte sich der Hals zu. Warum ging es einem nur so lange gut, bis jemand aufrichtig fragte, wie es einem ging? »Hayley … Es geht mir gut.«

»Anna …«

»Hör mal, ich kann das nicht. Ich … du bist gegangen, Hayley. Und das ist okay. Aber du kannst mich nicht anrufen und dir Sorgen um mich machen. Wir haben uns erst vor zwei Wochen getrennt.«

Hayley seufzte. *»Ich weiß, es tut mir leid. Ich … das habe ich nicht vergessen. Ich weiß, dass ich diejenige war, die gegangen ist. Ich mache mir nur Sorgen um dich. Das ist … das ist alles ganz schön viel. Ich vermisse dich.«*

Anna schloss die Augen und atmete tief ein, das Messer hielt sie ruhig. »Ich weiß das zu schätzen, Hayley. Aber ich … ich kann das nicht. Die Kinder müssen zu Abend essen und bald ins Bett. Ella hat morgen Schule.«

Sie sagten beide nichts, denn die Absurdität dieser Situation, dass Anna von Abendessen, Schule und Kindern sprach, schwebte über ihnen.

»Okay. Es tut mir leid. Ich wollte nur mal hören, wie es läuft.« Sie machte eine Pause. *»Ich bin mir sicher, du kriegst das fantastisch hin, Anna.«*

»Danke. Pass auf dich auf, Hayley.« Sie legte auf und schob das Handy mit leicht zitternden Fingern wieder in die Hosentasche zurück. Etwas traf sie am Bein und sie schaute hinunter. Dann lächelte sie.

Mit dem Schnuller im Mund grinste Toby sie an.

»Hey, junger Mann. Bist du hungrig? Und wo hast du den Schnuller her? Laut Oma ist der nur zum Schlafen da.«

Zur Antwort streckte Toby nur die Arme nach ihr aus.

Anna beugte sich vor und hob ihn hoch. Dann setzte sie ihn in den Hochstuhl und stellte ihm sein Schälchen mit Salat hin, damit er darin rumpicken konnte, während sie das Essen aus dem Ofen holte. Sie richtete ihren eigenen und Ellas Teller an, dann zerteilte sie Tobys Portion in kleine Stücke, damit sie schneller abkühlte, bevor sie sein Schälchen vor ihn stellte. Ihre Mutter hatte ihr den Hinweis gegeben, so viel Ketchup darauf zu verteilen, dass sie eine Kleinstadt damit ertränken könnte. Sie platzierte die Teller auf dem Tisch und rief nach Ella. Anna musste zweimal rufen, bevor Ella langsam hereinschlurfte und sich setzte.

Mit verschmiertem Gesicht quasselte Toby munter drauflos und aß mit den Händen. Ella knabberte ein paar Pommes und Anna versuchte sich selbst dazu zwingen, wenigstens eine kleine Portion zu essen, obwohl sie keinen großen Appetit hatte.

»Wie war es in der Schule, Ella?«

Ella zuckte die Schultern.

»Habt ihr etwas Neues gelernt?«

»Nein.«

Anna aß ihren Salat und stellte sich auf ein schweigsames Abendbrot ein. Sie war nicht in der Stimmung, jemanden zum Reden zu zwingen. Der Tag heute hatte sie fertiggemacht, sie war erschöpft und aufgedreht zugleich. In ihrem Kopf herrschte Chaos und sie wollte überall sein, nur nicht hier. Sie fühlte sich eingesperrt.

Toby schaffte es, alles aufzuessen, genau wie Anna, doch Ella hatte nur eine Handvoll Pommes und ein kleines Stück Fisch gegessen. Den Rest massakrierte sie nun mit ihrer Gabel.

Anna seufzte. »Ella. Du musst etwas mehr essen, bitte.«

Ella hackte noch ein bisschen entschlossener auf ihrem Essen herum. »Bin nicht hungrig.«

»Das solltest du aber sein. Nach der Schule wolltest du auch nichts essen. Nimm dir noch etwas Salat.«

»Nein.«

»Ella, verdammt noch mal, iss was!« Anna hatte nicht vorgehabt, sie so anzuschnauzen.

Ella schob ihren Teller so energisch fort, dass er fast bis zum anderen Ende des Tisches glitt. »Warum?« Mit roten Wangen sah Ella sie wütend an.

»Weil du essen musst. Deine Mum würde wollen, dass …«

»Du bist nicht meine Mum! Du weißt nicht, was sie wollen würde!«

Anna riss die Augen auf.

Ellas Miene spiegelte ihre eigene wider. Beide atmeten schwer und sahen sich eine ganze Weile an, bevor Ella den Stuhl zurückschob und aus dem Zimmer rannte. Ihre Schritte hallten durchs Haus, als sie die Stufen hinaufpolterte.

Anna schluckte und sah zu Toby, der gerade dabei gewesen war, seinen Ketchup auf dem Hochstuhl zu verschmieren und sie nun mit großen Augen anstarrte. Sie schloss kurz die Lider und versuchte, Kräfte zu sammeln. Schließlich stand sie auf und warf alle Teller in die Spüle. Nachdem sie Toby schnell saubergewischt hatte, hob sie ihn aus seinem Stuhl. Ihr zugeschnürter Hals machte es schwierig, so zu tun, als ob alles okay wäre. Anna setzte Toby im Wohnzimmer vor das Puzzle, auf das er sich sofort stürzte, um alles auseinanderzureißen. Sie gab ihm noch ein paar Bauklötze und hoffte, dass ihn das eine Weile beschäftigen würde.

Dann ging sie zum Fuß der Treppe. Sie war nicht überrascht, dass Ella ausgeflippt war. Doch Anna hätte sich Ohrfeigen können, dass sie selbst so laut geworden war und Ellas Reaktion damit provoziert hatte. Die letzten zwei Tage waren wirklich furchtbar gewesen, die nette Begegnung im Supermarkt ausgenommen. Trotzdem hätte sie einfach nicht so laut werden dürfen.

Sie atmete tief durch und ging hinauf, dann hielt sie vor Ellas Zimmer kurz inne. Direkt auf Augenhöhe bildeten orangene Buchstaben Ellas Namen. Anna klopfte. Jake hatte diese Buchstaben angebracht, nachdem Sally sie in einem Geschenkeladen gefunden hatte. Das war noch vor Ellas Geburt gewesen. Sally hatte den Namen *Ella* von Anfang an geliebt und war sich sicher gewesen, dass sie ein Mädchen bekommen würde. Jake hatte den Namen angebracht und Anna dann ein Foto mit dem Titel *Eine Ella für Tante Anna?* geschickt.

Anna öffnete die Tür. Ihre Nichte lag zusammengerollt auf dem Bett, das Kissen über den Kopf gezogen, mit dem Gesicht zur Wand. Stille Schluchzer brachten ihren ganzen Körper zum Zittern.

Einmal mehr wusste Anna nicht, was sie tun sollte. »Ella?« Ihre Stimme war rau.

»Geh weg.«

Selbst Anna wusste, dass sie genau das nicht tun durfte. Sie kam näher und setzte sich auf den Rand des Bettes. »Das werde ich nicht tun, Liebes.«

Ein Schluchzen schlüpfte unter dem Kissen hervor.

Ihr Herz brach, weil dieses kleine Mädchen zu jung war, um mit allem, was passiert war, umzugehen. Anna legte sich zu ihr aufs Bett. Sie schlang den Arm um Ella, zog sie dichter an sich.

Ellas Köper zitterte immer noch. Anna streichelte ihr Haar und drückte einen Kuss auf Ellas Hinterkopf.

»Ich … ich ver… vermisse Mummy und Daddy.« Ella brachte die Worte kaum heraus.

Tränen brannten in Annas Augen. Sie blinzelte sie fort, presste die Lider fest zusammen und drückte ihr Gesicht in Ellas Haar. »Ich weiß.«

»Tust du nicht.« Ellas ehrliche Worte wurden durch das Kissen gedämpft, doch sie hatte sie definitiv geschrien. »Ich will, dass es wieder ist wie früher.«

Anna nickte, obwohl sie wusste, dass Ella es nicht sehen konnte. Sie wollte ihrer Nichte sagen, dass es besser werden würde, doch da war sie sich selbst nicht so sicher.

»Ich … ich vermisse sie wirklich.« Ellas Stimme brach.

»Ich auch, Süße. Ich auch.«

Sie schluckte, atmete bebend ein. »Ja?«

»Ja, Liebes. So sehr.« Annas Stimme zitterte. »Dein Daddy war mein Bruder und ich vermisse ihn so sehr.«

Ella zog das Kissen vom Gesicht, das tränenfeucht und gerötet war. In ihren großen, grünen Augen hingen Tränen. »Dein Bruder?« Sie hatte die Stirn gerunzelt und schien verwirrt.

»Ja, genau wie Toby dein Bruder ist, war er meiner. Das macht mich zu deiner Tante.«

Ella schien über diese neue Erkenntnis nachzudenken, auch wenn die Tränenflut noch nicht ganz abgeebbt war. Sie blinzelte und eine frische Träne rann ihre Wange hinab. Sie lagen eine Weile so da, Anna um Ella gewickelt, die sich halb in ihren Armen umdrehte.

»Tante Na?«

»Ja?«

»Ich hab dich gern als meine Tante.«

»Ich bin auch sehr gern deine Tante.«

Sie drückte die Nase in Ellas Nacken, schüttelte den Kopf, um sie zu kitzeln, und Ella machte ein kleines, hustendes Geräusch, das kein Lachen, aber auch kein Weinen war.

Plötzlich setzte Anna sich auf, als ihr eine Idee kam. »Ella?«

Ella sah sie an.

»Komm mit.«

Kurze Zeit später war sie mit Toby und Ella in der Küche. Nachdem sie im Schrank danach gesucht hatte, zog Anna einen Kochtopf und eine Pfanne hervor. Die Pfanne stellte sie auf den Herd, den Topf und einen Holzlöffel gab sie Toby, der sogleich begeistert mit einem Trommelkonzert begann.

Ella stand nur da und sah sie verwirrt an. »Was machst du da?«

Anna hatte eine Schüssel und Messbecher rausgestellt und holte nun Mehl, Eier, Milch und Honig aus den Schränken. »Wir machen Pancakes.«

Ein kleines Lächeln erschien auf Ellas Gesicht. »Aber es ist Abendbrotzeit. Und du hast schon Fisch gemacht.«

»Na und?« Anna zog einen Fußhocker vor die Arbeitsfläche und hob Ella hoch, nur um sie mit einem übertriebenen ›Uff‹ auf dem Hocker abzusetzen. Mehl und den Messbecher stellte sie vor sie hin. »Wir brauchen zwei Becher davon in der Rührschüssel.«

Ella riss die Augen auf. »Ich darf das machen?«

»Japp.«

Mehlwölkchen explodierten in der Luft, als Ella den Messbecher in die Verpackung tauchte und etwas Mehl in die Schüssel schüttete. Sie grinste, als die Wolke aufstieg; die Tränen waren schon fast auf ihren Wangen getrocknet.

Die Pancakes entstanden in einem Chaos aus Mehl, und Toby trommelte lautstark auf den Kochtopf ein, um so viel Lärm zu verursachen, wie er nur konnte. Anna schlug Eier auf. Ella schüttete Milch über den Mix und rührte alles mit dem Elan einer Sechsjährigen zusammen. Mehl verteilte sich überall auf ihren Gesichtern und der Teig war ein klumpiger Haufen.

Ella stand auf ihrem Hocker und rief Anna mit heiserer Stimme zu, in welche Formen sie die Pancakes backen sollte, während Toby noch mehr Krach machte, nur weil er es konnte. Anna formte Diamanten, Sterne, Quadrate und Dreiecke und versuchte sich sogar an einem Hund, der allerdings nur ein großer Klecks wurde.

Alles, was Ella sich wünschte, versuchte Anna, dafür erntete sie Gekicher und betont erwachsenes Augenrollen über die unordentlichen Figuren, die auf ihren Tellern landeten.

Sie überzogen die heißen Pancakes mit Honig und aßen sie, sobald sie fertig waren, während die nächsten schon in der Pfanne brieten. Sie waren klumpig und an manchen Stellen nur halb durch. Doch Ella riss ihre auseinander und teilte sie mit Toby. Ellas Wangen waren mit Honig und Mehl beschmiert und sie grinste von einem Ohr zum anderen. Ohne dass sie es merkte, aß sie jeden Pfannkuchen, den Anna ihr gab.

Sie blieben bis nach zehn auf. Toby schlief auf der Couch unter einer Decke ein, während Ella müde auf Annas Schoß saß, sich *Megamind* zweimal hintereinander ansah und die Stimmen nachmachte.

Anna strich Ella die Haare aus dem Gesicht und legte ihre Wange an den Kopf des Mädchens.

Es war nicht alles, aber auch nicht nichts.

KAPITEL 5

In Anbetracht der Umstände fragte die Schule nicht nach, als Anna Ella krankmeldete. Nach der letzten Nacht wollte sie beide Kinder um sich haben – ein Gefühl, das sie überraschte. Sich mit den Kindern zu beschäftigen half ihr, sich nicht damit auseinanderzusetzen, was genau sie in diese Lage gebracht hatte. Die Ablenkung war womöglich nicht ideal, doch willkommen war sie allemal.

Sie schliefen alle etwas länger als gewöhnlich, Ella bei Anna, und Toby in seinem Gitterbett. Für ein kleines Mädchen nahm Ella ziemlich viel Platz in Anspruch. Die ganze Nacht hindurch hatte Anna entweder einen Ellbogen, einen Fuß oder ein knochiges Knie im Rücken.

Als Tobys Geplapper sie kurz nach acht weckte, stand sie auf, um ihn zu holen.

Sein Gesicht brach in ein breites Grinsen aus, als er sie sah. Er klammerte sich am Gitter fest und stand in seinem Bettchen auf. Seine Haare waren ganz verwuschelt.

»Morgen, kleiner Mann.« Anna zog ihm den Schnuller aus dem Mund und warf ihn in sein Bett. Gott sei Dank zuckte er dabei kaum, starrte sie nur weiter an. Als sie ihn auf den Arm nahm, legte er ihr den Kopf auf die Schulter und drückte sich für das morgendliche Kuscheln enger an sie. Es überraschte Anna immer wieder, wenn er sich so unbefangen glücklich an sie drückte. Genau wie dieses warme Gefühl, das sie überkam, wenn er das tat und sich seine kleinen Finger an ihr Shirt klammerten.

Sie stand eine Weile so da, wiegte mit ihm hin und her und rieb seinen Rücken. »Sollen wir zu Ella gehen?«

Er setzte sich in ihren Armen auf und deutete auf die Tür. »El!«

Anna wechselte die Windel und nutzte die Gelegenheit, ihm schnell ein paar Klamotten anzuziehen. Als er wieder auf ihrem Arm war, legte sie einen Finger an die Lippen und sagte: »Psst. Lass uns Ella aufwecken.«

Toby kicherte nur.

Anna schlich wie eine Cartoonfigur über den Flur und in ihr Zimmer. Toby kicherte wie wahnsinnig, als Anna ihn auf den Hügel im Bett setzte.

Der Hügel grunzte.

Begeistert zog Toby an der Decke und zerrte sie herunter. Nicht gerade sanft schlug er auf Ellas Wange.

»Toby!« Ella öffnete die Augen und sah ihn wütend an. »Ich schlafe!«

Toby interessierte das nicht im Geringsten. »El! El!«

Ella hob die Hände und kitzelte Toby am Bauch; er jauchzte und warf sich rücklings aufs Bett. Die rotbraunen Haare lagen ihr wirr um den Kopf, als Ella sich aufsetzte, plötzlich hellwach, wie nur ein Kind es sein konnte – das hatte Anna gelernt. Sie bewunderte, wie Ella manchmal so unglaublich geduldig mit Toby sein konnte. Sie war sich ziemlich sicher, dass sie und Jake nicht so vorsichtig miteinander gewesen waren. Vielleicht war es der Altersunterschied.

Schließlich gingen sie vom Bett in die Küche runter, um zu frühstücken. Anna hatte am vorigen Abend noch aufgeräumt, sodass nun nichts mehr von Mehl bedeckt war.

Der Morgen fühlte sich irgendwie anders an. Ella war froh, nicht zur Schule zu müssen, ja, fast schon aufgeregt über den stibitzten freien Tag. Als Anna durch den Inhalt des Kühlschranks schaute, wurde ihr klar, dass sie mehr Milch und Brot brauchten – erschreckend, wenn man bedachte, dass sie gerade einen Tag zuvor einkaufen gewesen war.

»Ella Bella?«

»Ja?«, antwortete Ella mit dem Mund voller Cheerios.

»Was hältst du von ein bisschen Zeit allein mit Oma? Ich gehe mit Toby einkaufen, bevor er seinen Mittagsschlaf hält, und dann treffen wir euch heute Nachmittag im Park?«

Ella wurde ein bisschen munterer. »Wirklich?« Zeit allein mit Oma zu verbringen war schwierig mit einem kleinen Bruder.

»Wirklich. Sie weiß gar nicht, dass du die Schule schwänzt, also können wir sie überraschen, wenn sie herkommt.«

»Okay.«

Anna war sich sicher, dass ihre Mutter begeistert sein würde, gerade nach dem Telefongespräch gestern, bei dem sie so aufgelöst gewesen war. Und es bedeutete, dass Anna mal eine Pause machen konnte, wenn Toby schlief. Die brauchte sie wirklich sehr dringend.

Ella stellte die Schalen in die Spüle, während Anna Toby mit einem Waschlappen sauber machte. Am ersten Morgen hatte Anna das nicht getan und ihre Schulter und Hosenbeine waren danach mit Joghurt und Gott weiß was beschmiert gewesen.

Als sie ihn aus seinem Hochstuhl hob, klopfte es an der Tür, kurz bevor sie auch schon geöffnet wurde.

Sandra rief nach ihnen, als sie in den Flur trat.

»Oma!« Ella rannte sofort los, um sie zu begrüßen.

Anna stellte einen zappligen Toby auf dem Boden ab und auf wackligen Beinchen machte er sich in Richtung Haustür auf.

»Ich schwänze heute die Schule!«, verkündete Ella.

»Das sehe ich!«

Ella wickelte sich um das Bein ihrer Großmutter. »Heute Morgen gehört nur uns beiden allein, Oma.«

Sandra lächelte und kniete sich hin, dann legte sie die Arme um Ella. »Was bin ich bloß für ein Glückspilz?«

Toby stürmte wie ein Wirbelwind auf Sandra zu und sie umarmte auch ihn.

Sie schaute über Ellas Schulter zu Anna und lächelte angespannt. »Guten Morgen, Liebes.«

»Hast du etwas dagegen, Mum? Ich dachte mir, du könntest heute etwas Zeit mit Ella verbringen, während ich mit Toby einkaufen gehe. Und nach seinem Mittagsschlaf treffen wir uns alle im Park, so gegen zwei?«

Ihre Mutter stand auf und stöhnte, als ihre Knie knackten. »Das klingt spaßig. Den ganzen Tag mit meiner Enkelin zu verbringen. Wir können irgendwo zu Mittag essen, Ella, was meinst du?«

»Und eine heiße Schokolade trinken?«

»Ich denke, das ist Pflicht. Geh und hol deine Jacke, dann suchen wir uns schon was, das wir zwei anstellen können.«

Als Ella schnurstracks die Treppen hinaufrannte, sahen Anna und Sandra sich an.

»Keine Schule heute?«

Anna verschränkte die Arme und lehnte sich an das Geländer, dabei sah sie zu, wie Toby die Schuhe alle einzeln aus dem Regal fischte. »Wir hatten eine anstrengende Nacht. Ich dachte mir, sie braucht mal einen Tag frei.«

»Jeder braucht das mal.«

Anna nickte.

»Du auch. Ich kann die Kinder immer mal nehmen, Anna. Du bist hier nicht allein.«

Anna richtete den Blick weiterhin hartnäckig auf Toby, damit sie ihrer Mutter nicht in die Augen schauen musste, dann nickte sie und schluckte die Worte, die sie eigentlich ausspucken wollte, herunter. Sie wollte ihrer Mutter erzählen, wie überwältigt sie sich fühlte; wie sehr sie daran zweifelte, dass sie es sein sollte, die das hier tat. Und zwischen alledem machte sich noch diese nagende Einsamkeit breit. Sie *war* allein. Sie vermisste Hayley. In manchen Nächten wachte sie nachts mit ausgestrecktem Arm auf und wunderte sich, warum sie nur kalte Laken spürte und nicht die warme Haut ihrer Freundin. Manchmal fragte sie sich, ob sie wirklich Hayley vermisste oder nur die Vorstellung von ihr. In jedem Fall hatte sie in den meisten Nächten das Gefühl, an ihrer Panik zu ersticken.

Anna sah endlich ihre Mutter an.

»Hast du mit jemandem geredet? Es mal rausgelassen?« Sandra verschränkte die Arme. »Geweint?«

Sie vermied den Blickkontakt, indem sie Toby hochnahm, der gerade dabei war, alle Schuhe wieder zurückzustellen. Seine Hände griffen ihre Halskette und spielten damit.

»Es geht mir gut, Mum.« Sie schaute zu ihrer Mutter. »Wirklich.«

Sandra hob eine Augenbraue. »Ich kenne dich. So machst du das und für eine Weile ist das auch okay. Doch dann explodierst du – du bist genau wie dein Vater. Such Dir jemanden, mit dem du reden kannst, Liebes. Es ist auch okay, wenn nicht ich das bin.« Sie lächelte liebevoll. »Dein Vater, du und Ella, ihr seid drei Generationen von Vermeidern.«

»Es geht uns gut.«

»Es geht euch wunderbar.«

Dankbar, Ella die Treppe runterkommen zu hören, wandte Anna ihre Aufmerksamkeit von ihrer Mutter ab. Das kleine Mädchen hatte rosige Wangen, ihre Augen leuchteten. Sie sah mehr wie sie selbst aus, als das in den letzten Wochen der Fall gewesen war.

»Fertig?«, fragte Sandra.

Ella wackelte mit dem Fuß in der Luft, damit alle ihre orangenen Converse sehen konnten, dann nickte sie. »Ich hab mir die Schuhe selbst zugebunden«, sagte sie mit stolzgeschwellter Brust.

Anna lächelte. »Super.«

»Daddy hat es mir beigebracht.«

Aufgeregt streckte Toby sich in Annas Armen. »Da!«

Den schmerzverzerrten Ausdruck auf Sandras Gesicht und Annas zusammengepressten Zähne sah Ella nicht, als sie sich die Jacke anzog.

Sandra half ihr mit dem Reißverschluss und lächelte gezwungen. »Das hat er dir gut beigebracht, Schatz. Lass uns losgehen und dir diese heiße Schokolade besorgen.«

Ella winkte zum Abschied und folgte dann ihrer Großmutter nach draußen.

Toby winkte von Annas Arm aus energisch zurück, eine Geste, die er ständig benutzte, auch wenn Anna nur den Raum verließ, um in die Küche zu gehen.

Sobald die Tür zugefallen war, blinzelte Toby sie großäugig an, als wäre er überrascht, sich plötzlich allein mit ihr wiederzufinden.

Anna wippte ihn auf ihrer Hüfte, da lächelte er. »Also gut, kleiner Mann. Shopping?«

Sie brauchte ein bisschen Normalität, also hielt Anna auf dem Weg zum Supermarkt an einem Café. Ein Getränk in einem Café war eines der Dinge, wofür es sich in Annas Augen zu leben lohnte. Mit seinem

Babycino vor sich erzeugte Toby innerhalb von Sekunden eine Sauerei, während Anna ihren Latte schlürfte. Sie versuchte, die lächelnden Menschen zu ignorieren, die Toby amüsierte Blicke zuwarfen und wahrscheinlich dachten, sie wären Mutter und Sohn. Mit ihren braunen Haaren, den Grübchen und den großen blauen Augen war es nicht verwunderlich, dass die Leute so etwas annahmen. Aber das war so was von falsch. Eigentlich fühlte es sich wie betrügen an, wenn diese Menschen meinten, sie wäre seine Mutter. Gerade wenn man bedachte, wie hin- und hergerissen sie gewesen war, die Kinder zu nehmen. Und noch immer zweifelte sie an ihrer Entscheidung.

Anna schüttete den zu heißen Latte hinunter und zwang sich, für einen Moment an etwas anderes zu denken.

Sie zwinkerte Toby zu, nachdem der vierte Unbekannte ihnen zugelächelt hatte. »Kein Wunder, Tobes. Du bist so was von süß.«

Er wedelte mit dem Löffel vor ihr herum und grinste zu zwei Frauen hinüber, die ihn anstrahlten, als sie an ihrem Tisch vorbeikamen.

Anna senkte die Stimme und flüsterte ihm zu: »Und du wärst ein ziemlich guter Frauenmagnet, wenn ich mich im Moment mit so was beschäftigen könnte.«

Toby stopfte sich den Löffel in den Mund und kicherte.

Die Worte, die ihre Mutter so unschuldig geäußert hatte, hallten in ihrem Kopf wider – *so sehr wie ihr Vater*. Und ihre Mutter hatte nicht nur über Trauer gesprochen – Anna benahm sich in vielen Dingen wie der distanzierte Vater, mit dem sie aufgewachsen war.

Obwohl Sandra nie verstanden hatte, warum Anna keine Kinder wollte, hatte sie es doch respektiert. Sie hatte gewusst, dass es ein Teil davon war, was Anna ausmachte. Und hier war Anna nun, mit den Kindern ihres Bruders bei Babycinos, und versuchte verzweifelt, die

Familie mit Pancakes und Trickfilmen zusammenzuhalten, während sie langsam aber sicher an einem Leben erstickte, das sie nie gewollt hatte.

Anna vermisste den Umgang mit Erwachsenen. Und die Aussicht darauf, bald endlich wieder arbeiten zu können, war ihr Rettungsanker, trotz der Schwierigkeit, Kinder und Dienstplan unter einen Hut zu bekommen. Allein der Gedanke daran, neue Leute kennenzulernen und ihr Gehirn zu stimulieren, brachte Anna dazu, sofort anfangen zu wollen. Sie vermisste die Herausforderung, die Ablenkung und die Konzentration, die von ihr gefordert wurden. Die Frau, die sie im Aufzug kennengelernt hatte, Kym, schien nett zu sein. Vielleicht würde sie ihre Einladung auf einen Kaffee annehmen. Selbst wenn Anna keine Lust hatte, über ihr Privatleben zu reden, sah es doch so aus, als gäbe es von Kyms Seite genug zu erzählen. Es könnte helfen, sie abzulenken, könnte ihr das Gefühl geben, wieder sie selbst zu sein. Ihre Mutter würde sich um die Kinder kümmern, ihr eine Pause gönnen und ihr etwas Zeit verschaffen, sich mit Erwachsenen zu treffen.

Es überkam sie der schleichende Gedanke, dass sie sich hinter den Kindern versteckte.

Dann würde sie sich halt bald hinter der Arbeit *und* den Kindern verstecken.

»Nein, nein, nein, nein, neiiiinnnnn!«

Anna stand regungslos da. Sie befürchtete, dass eine unbedachte Bewegung alles noch verschlimmern würde.

»Nein, nein, nein!«

Mit weit aufgerissenen Augen hielt sie die Hände hoch, als ob jemand mit einer Waffe auf sie zielen würde. Das Geschrei zerriss ihr fast das Trommelfell.

»Neeiiiiiiinnnnn!« Toby lag auf dem Boden, strampelte und schrie, sein Gesicht war rot und von Rotz und Tränen bedeckt.

Anna hatte keine Ahnung, was passiert war. Sie waren in der Küche gewesen, hatten die Einkäufe ausgepackt und Toby war wie immer süß und anhänglich gewesen. Er hatte nach der Schachtel Donuts in ihrer Hand gegriffen. Sie hatte gesagt: »Nie im Leben. Ich gebe dir nie wieder so viel Zucker vor dem Mittagsschläfchen.« Dann hatte sie die Box auf das oberste Regal gestellt.

Als sie sich umgedreht hatte, um Toby auf den Arm zu nehmen und nach oben zu bringen, war sie erstarrt. Tobys kleines Gesicht war verzerrt, seine Unterlippe hatte gezittert und dann war er schlaff auf den Boden gefallen und befand sich nun mitten in einem unglaublichen Wutausbruch.

Es sah fast so aus, als hätte er einen Anfall. Und Anna konnte Toby nur mit offenem Mund anstarren. Wohin war der unglaublich niedliche, glückliche Junge verschwunden? Er war anhänglich, ja. In manchen Nächten wachte er schreiend auf, und wenn sie zu ihm kam, rief er noch lauter nach seinen Eltern. Doch er hatte sich immer schnell wieder beruhigt.

So was wie das hier war noch nie geschehen.

Komplett überfordert mit der Situation schloss Anna endlich den Mund und dachte darüber nach, was sie tun konnte. Sie war noch nie für ein Kleinkind verantwortlich gewesen, das solch ein Theater gemacht hatte. Wenn Ella früher so war, hatte Anna den Raum verlassen, damit Jake sich um sie kümmern konnte. Oder sie war den Supermarktgang entlanggelaufen und hatte Sally das Kind beruhigen lassen, während sie selbst versucht hatte, ihren Frust zu verbergen.

Gott sei Dank waren sie nicht in der Öffentlichkeit. Wie peinlich wäre das gewesen?

Sie starrte ihn an, wie seine kleinen Fäuste ins Leere schlugen, wie dicke Tränen seine Wangen hinabrollten, und überlegte, ob sie ihre Mutter anrufen sollte. Sandra hatte ihr geraten anzurufen, wenn sie Fragen hatte, und das hatte Anna bisher auch öfter gemacht. Aber sie hatte das Gefühl, dass ihre Mutter sie hierfür auslachen würde.

Anscheinend war Anna als Kleinkind selbst ziemlich groß im Ausleben von Wutanfällen gewesen. Ihre Mutter liebte es, dieses Thema anzubringen.

Langsam hockte sie sich hin. »Ähm … Toby?«

Er hörte sie gar nicht. Sollte sie streng sein? Oder ihn trösten? Irgendwie hätte sie ihn am liebsten ignoriert. Vielleicht wäre das auch der richtige Weg.

Als Ella beim Einkaufen einmal mitten in einem riesigen Wutanfall gesteckt hatte – die Leute warfen ihnen schon Blicke zu –, hatte Sally gescherzt, dass sie einfach das Zimmer verlassen würde, wenn sie zu Hause wären. Vielleicht war das gar kein Scherz gewesen?

Also stand Anna auf und packte weiter die Einkäufe aus.

Er hatte inzwischen aufgehört, zu schreien und machte nur noch quengelnde Geräusche.

Anna taten schon fast die Ohren weh. Sie packte einige Einkäufe in den Kühlschrank und das Gefrierfach und wandte sich dann den länger haltbaren Lebensmitteln zu.

Das Gequengel wurde zu einem Schluchzen.

Sie machte sich daran, das Frühstücksgeschirr zu spülen, und auch die Schluchzer ebbten ab.

Anna drehte sich um und sah Toby an.

Mit tränennassem Gesicht und großen Augen saß er auf dem Fußboden. Die Unterlippe hatte er immer noch vorgeschoben und blickte mit mitleiderregendem Gesichtsausdruck zu ihr auf.

Anna hob eine Augenbraue. »Besser?«

Toby schniefte jämmerlich.

Fast hätte sie gelächelt, doch die Panik, die in ihr hochgestiegen war, schwebte noch zu dicht an der Oberfläche.

Toby rappelte sich auf und hielt die Arme ausgestreckt.

Sie trocknete sich die Hände ab und lächelte nervös auf ihn hinab. »Bist du wieder ein glückliches Kind?« Sie erinnerte sich vage daran, dass Jake das mal nach einem dieser Ausbrüche zu Ella gesagt hatte.

Und da, durch die Tränen hindurch grinste er sie an. Es war ein richtiges Grinsen, so wie nur Kleinkinder es können, nachdem sie Rotz und Wasser geheult haben.

Erleichtertes Lachen brach aus ihr heraus. Anna beugte sich runter, nahm ihn auf den Arm und drückte ihm einen Kuss in seinen weichen Nacken. »Was meinst du, sollen wir schlafen gehen?«

Sie trug ihn die Treppe rauf.

Das war ein Schreck gewesen.

Ein anästhesiertes Kind war immer noch das unkomplizierteste Kind.

Anna war zu faul, um zum Park zu laufen, auch wenn der nur die Straße runter lag. Sie redete sich ein, dass es nach Regen aussah und sie deshalb das Auto nehmen sollte, doch eigentlich war sie nur fix und fertig. Toby hatte über eine Stunde geschlafen und sie hatte vorgehabt, vielleicht ein paar E-Mails zu lesen und die Stromleute anzurufen, um die Rechnungen von Sally und Jake auf ihren Namen umstellen zu lassen.

Doch sie war zu erledigt gewesen. Stattdessen hatte sie aufgeräumt, war ruhelos durchs Haus getigert und hatte die Waschmaschine angeschmissen – so viele Klamotten wie mit den Kindern hatte sie noch nie in so kurzer Zeit waschen müssen. Sie war einfach nicht in der Lage, still zu sitzen. Sie hatte sogar fast Hayley angerufen, bis sie sich daran erinnerte, dass sie das nicht mehr tun konnte.

In einem Leben, das nun Jahre zurückzuliegen schien, war Anna gern allein gewesen. Doch jetzt, mit all den Veränderungen, konnte sie sich offenbar nicht mehr entspannen.

Als sie beim Park ankam, saß ihre Mutter auf einer Decke und las, während Ella auf der Rutsche spielte und der Wind durch ihre Haare fuhr. Ansonsten war der Park leer.

Anna schälte Toby aus seinem Autositz und hielt ihn mit dem Rücken an sich gedrückt, dann deutete sie in Sandras Richtung und sagte: »Los, ab zu Oma!«

Er zappelte schon, als sie ihn runterließ, und sie sah ihm nach, wie er auf unsicheren Beinen losrannte und so laut er konnte »Oma! Oma!« rief.

Sandra sah auf und öffnete die Arme, in die sich Toby schwer fallen ließ und laut kicherte.

Gemächlicher als der Kleine ging Anna zu ihnen und setzte sich im Schneidersitz auf die Decke.

»Tante Na!« Sie sah auf und winkte Ella zu, die an der Kletterstange hing. »Guck mal! Ich komme schon bis zum anderen Ende!«

»Sehr gut, Ella Bella.«

Sie wollte Sandra gerade fragen, wie ihr Tag gewesen war, als Anna einen Schrei hörte und gerade noch sah, wie Ella auf den Boden stürzte, die Hände ausgestreckt, um sich abzufangen.

Anna und ihre Mutter sprangen auf. Sie rannte zu Ella, während Sandra Toby hochnahm. Bevor Anna sich ganz auf Ella konzentrieren konnte, sah sie noch, wie das Gesicht ihrer Mutter sich vor Sorge verzerrte.

Ella lag auf dem Boden und hielt ihr Handgelenk an ihre Brust gedrückt, ihr Gesicht war ganz weiß.

Mit klopfendem Herzen hockte Anna sich neben sie. »Ella? Ella, Liebling, geht es dir gut?«

Sie antwortete nicht.

So sanft sie konnte, brachte Anna sie in eine sitzende Position. Sie tastete über Ellas Kopf, konnte jedoch keine Prellungen ertasten; sie strich ihr das Haar glatt, doch ihre Finger blieben trocken – kein Blut.

Mit weit aufgerissenen Augen und noch blasser als vorher saß Ella still da und atmete flach.

»Ella, kannst du mit mir reden?«

Ihre Nichte blinzelte und sah Anna mit feuchten Augen an. Sie schüttelte leicht den Kopf.

»Was tut weh? Dein Handgelenk?« Anna spürte ihre Mutter hinter sich stehen, Besorgnis strahlte in Wellen von ihr ab.

Ella nickte – das Handgelenk war schon angeschwollen.

Anna strich vorsichtig darüber, versuchte, die Schwellung zu beurteilen, und sah Ella dabei aufmerksam an. Es war gebrochen. Anna hatte viele Kinder mit Schmerzen gesehen und viele von ihnen, eigentlich die meisten, taten genau das, was Ella machte. Wenn sie wirklich schlimme Schmerzen hatten, zogen sie sich in ihr Innerstes zurück.

»Ich muss sie in die Notaufnahme bringen.« Sie sprach leise, damit nur Sandra sie hören konnte. »Ich denke, das Handgelenk ist gebrochen. Kannst du Toby heimbringen? Nimm den SUV, da ist der Kindersitz drin.«

Anna wartete nicht auf eine Antwort, sie hob Ella hoch und ging mit ihr zum Wagen, dabei flüsterte sie ihr immer wieder Beschwichtigungen ins Ohr. Als Ella saß, schnallte sie die Kleine an.

Sandra stand mit Toby hinter ihr und sah Ella an. »Ist schon okay, Ella, Liebes. Tante Na ist Ärztin, sie passt auf dich auf.«

Ella starrte nur geradeaus und hielt sich das Handgelenk.

Anna schloss die Tür und drehte sich zu Sandra um. »Wann hat sie zum letzten Mal gegessen und getrunken?«

»Also … Sie hat gegen halb zwölf was gegessen. Danach hat sie etwas Wasser getrunken, sonst nichts. Warum?«

»Falls sie operiert werden muss.«

Ihre Mutter wurde blass. »Wirklich?«

Sie tauschten die Autoschlüssel.

»Vielleicht, vielleicht auch nicht – ich kann nur sehen, dass es angeschwollen ist, aber ich fühle keine Fehlstellung. Ohne eine Röntgenaufnahme kann ich noch nichts Genaues sagen. Gebrochen ist es aber definitiv. Alles andere scheint okay zu sein. Ich denke nicht, dass sie sich den Kopf angeschlagen hat.«

»Rufst du mich an?«

»Sofort, wenn ich mehr weiß.« Anna beugte sich vor und küsste ihre Mutter auf die Wange und danach Toby. »Sei brav, Tobes.«

Toby quietschte und griff nach ihr, als sie um den Wagen ging.

Sie warf ihm einen Kuss zu und versuchte, seinen verwirrten Gesichtsausdruck zu ignorieren, als sie ohne ihn einstieg.

Anna parkte aus und machte sich auf den Weg zu ihrem neuen Arbeitsplatz. Es war das einzige Krankenhaus, das sie kannte. Die ganze Fahrt über redete sie über unwichtiges Zeug mit Ella. Ihre Nichte antwortete nicht, doch Anna plapperte weiter, damit sie beide etwas Ablenkung hatten. Immer wenn es still wurde, hörte sie, wie Ella geschrien hatte, als sie gefallen war; Sorge breitete sich in ihrem Bauch aus.

In Rekordzeit waren sie beim Krankenhaus angekommen. Als sie Ella aus dem Auto half, fragte sie: »Kannst du laufen, Ella Bella?«

Ella nickte, ihre Augen waren trüb und ihr Gesicht war ganz weiß.

Am Empfang war nicht viel los, es war noch früh. Trotzdem war Anna dankbar dafür, dass alle Notaufnahmen Kinder so schnell wie möglich behandelten. Fünf Minuten später wurden sie durchgewinkt und eine nette Krankenschwester nahm Ellas Vitalwerte auf, während sie ihr Witze erzählte, sodass Ella fast lächelte.

Die Schwester schwebte hinaus und hinterließ in ihrer Geschäftigkeit einen Arzt im Praktischen Jahr, der nicht mal alt genug aussah, um sich rasieren zu müssen.

Anna musterte ihn kritisch. »Wofür sind Sie hier?«

Er sah sie überrascht an, seine Angst stand ihm ins Gesicht geschrieben. »Ähm … um die Erstuntersuchung zu machen?«

»Haben Sie mir gerade mit einer Frage geantwortet?«

»Ähm … nein?«

Ella saß auf dem Rand der Untersuchungsliege und hielt die verletzte Hand in ihrem Schoß. Anna hatte sich den Stuhl daneben gezogen und ihr den Arm umgelegt, Ellas kleine Füße lagen auf ihren Beinen. Annas Beschützerinstinkt bahnte sich seinen Weg und sie versuchte, ihn wieder einzufangen. Sie wusste, dass dies ein Lehrkrankenhaus war, die angehenden Ärzte mussten üben. Aber nicht an ihrer Nichte.

»Wie weit sind Sie?«

Seine Augen wurden noch runder. »Ähm … noch nicht so weit.«

Hatte sie es doch geahnt. »Wie lange schon im Praktikum?«

»Drei Wochen?«

Anna schloss die Augen, öffnete sie wieder und sagte in einer ruhigen Stimme, um Ella nicht aufzuregen: »Dachte ich mir. Wie wäre es, wenn Sie ihr ein Schmerzmittel geben, die Röntgenuntersuchung anordnen und den Orthopäden rufen. Ihre Vitalwerte sind in Ordnung – sehen Sie in der Akte nach.«

»Aber ich …«

Sie zog die Brauen hoch. »Los, los.«

Der PJ-Student schluckte, nickte und floh.

Als sie zu Ella schaute, starrte die sie nur an. »Du warst gemein zu ihm, Tante Na.«

Anna grinste, sie war froh, dass Ella endlich etwas gesagt hatte, auch wenn es so etwas war. »Ja, das war ich. Ich besorge dir einen guten Doktor. Und etwas, damit dein Arm nicht mehr so wehtut.«

Eine Minute später tauchte eine Krankenschwester auf und lächelte Ella zu. »Meinst du, du kannst eine Tablette schlucken, Prinzessin?«

Ella nickte. »Darin bin ich gut. Ich schlucke jeden Tag Vitamine.«

Anna blinzelte und starrte Ella an. Davon hatte sie nichts gewusst – sie sollte Sandra danach fragen.

Die Schwester setzte sich neben Ella aufs Bett, gab ihr die Tablette und einen Schluck Wasser. »Okay, meinst du, du bekommst sie mit diesem kleinen Schluck Wasser runter?«

»Ich versuch es.«

»Braves Mädchen.« Die Schwester legte Ella die Tablette in den Mund, gab ihr das Wasser und Ella schluckte. Dann öffnete sie den Mund und streckte ihre Zunge heraus, um ihnen zu zeigen, dass sie es geschafft hatte.

Die Schwester applaudierte. »Ich finde, du hast einen Preis verdient.«

Ellas Augen leuchteten auf.

Anna atmete erleichtert aus. Ella so blass und in sich gekehrt zu sehen, war fast schlimmer gewesen als das Weinen in der Nacht zuvor.

»Einen Preis!«

»Genau!« Die Schwester griff in ihre Kitteltasche und holte ein paar Aufkleber mit Pferdemotiven hervor. »Du kannst sie *alle* haben, weil du so tapfer warst!«

Ella presste immer noch die verletzte Hand gegen ihre Brust und nahm mit der anderen die Aufkleber. »Dankeschön.«

Mit glänzenden Augen besah sie sich die Sticker und schaute dann zu Anna. »Sieh mal, Tante Na.«

»Wow.« Sie formte ein tonloses ›Danke‹ und lächelte dann die Schwester an.

Die zwinkerte zurück. »Kein Problem. Rufen Sie einfach, wenn Sie etwas brauchen. Die Röntgenuntersuchung dauert nicht mehr lange. Meine Schicht ist gleich zu Ende, also wird das nächste Mal eine andere Schwester kommen.«

In den folgenden Minuten half Anna Ella dabei, die Aufkleber an ihren Schuhen und ihrem Shirt zu befestigen. Ella kicherte und klebte einen auf Annas Wange.

Anna streckte ihr die Zunge raus.

»Ella Foster?«

Anna erkannte die Stimme wieder. Plötzlich wurde ihr der Ponyaufkleber auf ihrer Wange sehr unangenehm bewusst. Und da war sie – Lane, die Frau aus dem Supermarkt, stand am Ende der Untersuchungsliege und blätterte durch die Akte. Lane trug dunkelblaue OP-Kleidung, die Haare hingen ihr wirr um den Kopf, obwohl sie anscheinend versucht hatte, das in Ordnung zu bringen. Sie sah zerzaust aus. Hinreißend zerzaust.

Lane sah Ella an und lächelte breit. »Du bist Ella?«

Nun wieder stiller nickte Ella. »Ja.«

»Und das ist deine …« Endlich sah sie zu Anna und hielt mitten im Satz inne, ihr Lächeln wurde noch breiter. »Anna!«

Irgendwie dachte Anna, sie müsste ihr peinlich zuwinken. Innerlich verzog sie das Gesicht. »Lane. Hallo.«

»Ähm …« Lane sah wieder zu Ella, dann zurück zu Anna. »Also Sie haben den PJler vergrault?«

»Vielleicht?«

Lane nickte wissend und zuckte die Achseln. »Kann ich Ihnen nicht verdenken.«

»Sie arbeiten hier?«

Lane sah an sich hinunter und dann wieder zu Anna. »Ähm … ja.«

»Das ist ein Zufall.«

»Ist es wirklich.«

»Aber auf mehr als nur eine Art – ich fange hier am Montag an.«

»Was? Wirklich?«

»Ja, ich bin die neue Anästhesistin.«

»Wow. Das ist wirklich ein Zufall.«

Anna nickte. »Ist es.«

Verwirrt sah Ella von einer Frau zur anderen.

»Kein Wunder, dass Sie den PJler verscheucht haben. Sie wissen zu viel.«

Anna biss sich auf die Lippe und räusperte sich. »Er … er sah unfähig aus.«

»Das sind die meisten PJ-Studenten auch.«

»Ich wette, Sie waren da nicht so.«

Ein belustigter Ausdruck huschte über Lanes Gesicht. »Ich bin keine Ärztin. Ich bin eine der Notfallkrankenschwestern. Wir hatten gerade Schichtwechsel und ich sah den PJler fliehen, ohne dass er mir den Anamnesebogen ausgefüllt hatte. Als ich ihn zur Rede stellte, sagte er, dass er jemand anderes finden müsste und ist abgehauen.«

»Vielleicht war ich etwas zu hart.«

Lane zuckte die Achseln und lächelte schief. »Ach, er ist ein Rotzlöffel, der braucht das. Die andere Schwester sagte, die Erstuntersuchung sei noch nicht komplett durchgeführt worden. Ist es in Ordnung, wenn ich das mache, und danach hole ich unseren hauseigenen Gott der Orthopädie? Er hat es gern, wenn die Erstuntersuchung vollständig ist, und da der PJler nicht mehr da ist …«

Anna war immer noch verlegen, nickte aber. »Sicher. Ich gehe davon aus, dass Sie auch zehnmal kompetenter sind als er.«

Lanes Wangen röteten sich etwas, als sie den Blick von Anna abwandte. »Ella? Ich habe gehört, du hast dir das Handgelenk verletzt?«

Ella runzelte die Stirn und nickte. »Es tut weh.«

Lane zog sich einen Stuhl heran, setzte sich, sodass sie Anna ansehen konnte und ihre Knie sich fast berührten. Ihre Augen waren auf Ella gerichtet. »Lass mich raten?« Sie sah kurz zu Anna rüber, dann wieder zu Ella. »Klettergerüst oder Trampolin?«

Sie wurde mit großen Augen angestarrt. »Klettergerüst! Woher weißt du das?«

»Ich kann zaubern.« Sie sah noch mal in die Akte und tastete dann das Handgelenk ab. Sie brachte das kleine Mädchen dazu, seine Finger zu bewegen, damit sie das Gelenk besser begutachten und somit erkennen konnte, inwieweit alles beweglich war. Als sie fertig war, zwinkerte sie Ella zu, die den Atem anhielt. »Sehr gut. Du bist unglaublich tapfer.«

Ella sah erleichtert aus, dass dieser Teil geschafft war. »Kriege ich so ein buntes Dings für meinen Arm?«

»Einen Gips?«

»Ja. Brodie hatte in der Schule einen blauen.«

Lane grinste. »Ich denke, du bekommst auch einen, Süße, und dann kannst du jede Farbe haben, die du willst. Wir müssen nur erst ein paar spezielle Fotos von deinem Handgelenk schießen, danach schauen wir, was wir mit dem Gips machen können, okay?«

Ella nickte und beschäftigte sich wieder mit ihren Stickern.

Lane wandte sich Anna zu. »Sie muss wohl nicht operiert werden. Sieht aus, als hättet ihr Glück gehabt. Ich lasse den Orthopäden kommen. Er ist nett, ihr werdet ihn mögen.« Sie sah kurz zu Ella rüber, um sicherzustellen, dass sie noch immer abgelenkt war. »Das Röntgenbild muss das noch bestätigen, aber es sieht gut aus.«

Anna traute sich, endlich wieder zu atmen. »Gott sei Dank.« Sie lächelte. »Wenn es keine OP gibt, bin ich wirklich sehr froh.«

»Oh, im OP bin ich großartig. Schade, dass ich meine Magie nicht einsetzen kann.« Als Anna sie verwirrt anschaute, erklärte Lane es ihr. »Ich werde hier auf allen Stationen eingesetzt, aber meistens lande ich in der Notaufnahme. Ab und zu bin ich aber auch als OP- oder Anästhesie-Schwester im Einsatz. Vielleicht erleben Sie mich bald mal in Aktion.«

Bei dieser kleinen Anspielung schlug Annas Herz gleich etwas schneller. »Ich bin sicher, dass wir irgendwann mal zusammen arbeiten werden.«

Mit dunklen Augen hinter den langen Wimpern lächelte Lane Anna vorsichtig an. »Das hoffe ich wirklich. Brisbane hat Sie sehr empfohlen.«

»Die anderen, die dort gearbeitet haben, waren Schwachmaten. Aber ja, ich bin ein bisschen Hardcore.«

»Was ist ein Schwachmat?«

Anna verzog das Gesicht.

Ella sah sie beide an.

»Ein anderes Wort für Idiot.«

»So darfst du andere Leute nicht nennen.«

»Du hast recht, das war gemein.«

Mit einem Kichern verabschiedete Lane sich von Ella, bevor sie ging.

Nachdem der Orthopäde sich Ellas Arm kurz angesehen hatte, schickte er sie zum Röntgen und Lane kam mit dem Praktikanten von vorhin zurück.

»Also, wenn das für Sie okay ist, Mrs, ähm, Foster, nehme ich Ella mit zum Röntgen.«

Lane sah ihnen schmunzelnd zu.

»Sicher. Und es heißt Miss, nicht Mrs – oder Doktor, eigentlich.«

Der PJ-Student riss die Augen auf, als ihm bewusst wurde, warum Anna ihn so einfach in Panik versetzen konnte. »O… okay.«

Anna merkte, wie Lane sie interessiert anschaute, als sie sich ihrer Nichte widmete. »Ella Bella? Wir werden jetzt mit einer richtig großen Kamera Fotos von deinem Handgelenk machen. Ich werde die ganze Zeit dabei sein, okay?« Ihre Augen huschten kurz zum Praktikanten und rieten ihm, das nicht zu diskutieren.

Trotz seiner offensichtlichen Jugend schien er zu merken, wer die Oberhand hatte und nickte nur zustimmend.

Lane grinste ganz offen. »Ich bin noch eine Weile hier auf der Station, falls Sie mich brauchen, wenn Sie zurückkommen. Drücken Sie einfach den Rufknopf.« Sie wandte sich an Ella. »Bis gleich, Ella.«

Ella nickte schläfrig. Die Schmerztablette von vorhin zeigte Wirkung.

Als Anna Ella die Haare aus dem Gesicht strich, sah sie auf und bemerkte, wie Lane sie beobachtete. »Danke, Lane. Das weiß ich zu schätzen.«

»Gar kein Problem. Rufen Sie, wenn Sie mich brauchen.«

Lane war schon auf dem Weg nach draußen, während Anna noch dankbar lächelte.

»Oh, Anna?«

»Ja?«

»Sie haben recht. Der Ponyaufkleber auf Ihrer Wange ist unglaublich Hardcore.« Lane lachte, als sie ging.

Anna wurde heiß im Gesicht und zog den Sticker von ihrer Wange, bevor sie einer schläfrigen Ella in den Rollstuhl half. Immer noch grinsend ging sie neben Ella zur Radiologie und half vorsichtig, sie auf das Röntgen vorzubereiten.

Sie stand hinter der schützenden Scheibe, als der Radiologe die Bilder machte und seufzte. Auf die Art hatte sie sich keinen Überblick über das Krankenhaus verschaffen oder die Kollegen kennenlernen wollen. Immerhin würde sie am Montag schon einmal über ein paar Dinge Bescheid wissen.

Das Röntgen ging schnell. Durch die Schmerztablette war Ella bald eingeschlafen. Nachdem Anna ihre Mutter angerufen und sie auf den neusten Stand gebracht hatte, gab es für sie nichts mehr zu tun und sie starrte geistesabwesend auf ihr Telefon.

Lane arbeitete dort, wo auch Anna arbeitete. So viel dazu, dass sie sich nie wieder sehen würden. Annas Gedanken kreisten um die Krankenschwester, deren Lächeln Annas Puls in aufregender Weise hochschnellen lies.

Ella, die friedlich mit ins Gesicht gefallenem Haar schlief, erinnerte Anna daran, dass sie kaum Zeit für Arbeit hatte und schon gar nicht für Frauen.

Aber ein Flirt war harmlos.

»Anna?«

Ihr Kopf fuhr hoch und ein erfreutes Lächeln trat auf ihre Lippen, als sie sah, wer vor ihr stand. »Kym! Hi.«

»Was zum Himmel machen Sie hier?« Kym sah von dem schlafenden Mädchen wieder zu Anna. »Was ist passiert?«

»Gebrochenes Handgelenk. Kletterstangen-Unfall.«

»Läuft alles gut?«

»Sie ist in guten Händen. Ein Orthopädengott und eine Krankenschwester – Lane?«

»Dann ist sie wirklich in guten Händen.« Kym legte den Kopf schief, als sie Ella ansah. »Sie müssen sich Sorgen gemacht haben.«

»Ich habe mich zu Tode erschrocken. So habe ich sie noch nie gesehen.«

»Kinder sind belastbar – Sie sollten das wissen.«

»All meine Kenntnisse und Erfahrungen, und trotzdem war ich in Panik.«

»Bei den eigenen ist es immer anders.«

Anna zögerte. Das musste ja irgendwann mal passieren. Es war sicher nicht sehr feinfühlig, direkt abzustreiten, dass es ihre Kinder waren. Aber sie konnte andere nicht in dem Glauben lassen, dass sie Ellas Mutter war. »Also, eigentlich ist sie die Tochter meines Bruders.«

Kym nickte, dann weiteten sich ihre Mandelaugen, als sie zwei und zwei aus ihrer letzten Unterhaltung zusammenzählte. Ihr Gesicht nahm einen mitfühlenden Ausdruck an. »Arme Kleine.« Ihre Augen waren auf Ella gerichtet. »Ihre Mutter muss sicher ziemlich kämpfen.«

Anna schluckte. Eigentlich war sie niemand, der Privates gern teilte, aber schon seit ihrer ersten Begegnung fühlte sie sich mit Kym verbunden. Vielleicht lag es daran, dass Anna sehen konnte, wie sehr Kym unter ihrer eigenen Trauer litt. »Sally – Sally ist auch gestorben; sie hatten einen Autounfall.«

Kyms Gesicht ließ noch mehr Mitgefühl erkennen.

Zu Annas Erleichterung war es kein Mitleid, so wie bei den meisten Menschen, wenn sie davon hörten. Mit Empathie konnte sie umgehen.

»Das ist Scheiße«, sagte Kym nur.

Anna nickte. Sie sahen sich an – zwei Frauen, die vom Leben schwer getroffen worden waren.

Kyms Pager meldete sich und sie sah kurz drauf. »Ich muss los. Es ist Freitag und die komplett zugedröhnten Typen kommen jetzt schon rein.« Sie hielt kurz inne. »Kaffee am Sonntag? Wir können die erste Woche als Neuling durchgehen. Obwohl Sie bereits zwei der besten Leute hier kennen, es sieht also schon gut aus.«

»Sie und Lane oder Sie und den Orthogott, dessen Namen ich schon wieder vergessen habe?«

»Lane und mich, eindeutig … Sie werden sie mögen.«

Eigentlich war Anna ganz dankbar dafür, dass Kym nicht wusste, wie sehr Lane sie interessierte.

»Also, Kaffee?«

»Das wäre toll. Nur …« Sie war sich nicht sicher, ob Kym begriffen hatte, das sie der Vormund der Kinder war. »Ich muss noch ein paar Dinge regeln.«

»Kein Problem. Hier, geben Sie mir Ihre Nummer und ich schreibe Ihnen.« Sie tippte ein paar Tasten auf ihrem Handy und gab es dann Anna, damit die ihre Nummer einspeichern konnte. Anna tat es und gab das Telefon zurück. »Ich sehe Sie dann hoffentlich am Sonntag, Anna.«

Anna lächelte. Ein Kaffee-Date; ihre Mutter würde so stolz sein.

In der Notaufnahme war es hektisch, Patienten kamen rein, die Ärzte und Schwestern arbeiteten schnell. Annas umherschweifender Blick landete bei Lane. Sie stand am Infoschalter und sah sich etwas auf dem Computer an. Anna betrachtete Lanes Kurven, zwang sich dann aber wieder dazu, ihr ins Gesicht zu schauen.

Schmutzige Gedanken zu haben, während ihre Nichte in der Notaufnahme lag, war nicht die feine Art.

Lane griff sich ein Klemmbrett und deutete auf den Orthopäden, der neben ihr stand. Sie schauten beide auf den Bildschirm und der Arzt nickte, bevor er auf sie zukam. Lane sah auf und Anna in die Augen, dann hielt sie den Daumen hoch, während der Arzt am Fußende des Bettes zum Stehen kam.

»Gute Neuigkeiten«, sagte der Arzt leise und sah dabei auf die schlafende Ella. »Es ist ein nicht verschobener Bruch. Wir müssen nichts reponieren, sie muss nur etwa eine Woche eine Gipsschiene tragen, bis die Schwellung abgeklungen ist. Dann können Sie zur Röntgenkontrolle kommen, um sicherzugehen, dass sich nichts verschoben hat. Danach bekommt sie einen zirkulären Gips.«

Anna entspannte sich auf ihrem Stuhl, als die Anspannung in ihren Muskeln langsam nachließ. »Gott sei Dank. Ich hätte wirklich nicht gewollt, dass man die Knochen richten muss, auch wenn sie sediert gewesen wäre. Allein die Schmerztablette hat sie schon umgehauen.«

Lane kicherte und sah Ella an. »Hat sie wirklich. Der Gips wird nur vier Wochen dranbleiben müssen, und dann, wenn alles gut verheilt ist, werden wir ihn abnehmen und alles ist in Ordnung.«

Der Arzt nickte. »Machst du das hier fertig, Lane? Auf mich wartet noch ein Notfall.« Er wandte sich an Anna. »Ich habe gehört, dass wir vielleicht in Zukunft mal zusammen arbeiten werden. Es war schön, Sie kennenzulernen; vielleicht auf bald.« Und mit einem fast schon freundlichen Lächeln war er verschwunden.

Sie weckten Ella vorsichtig auf und erklärten ihr, was als Nächstes passieren würde. Ihre größte Sorge war, dass sie eine Woche lang den ›langweiligen‹ Gips tragen musste, doch sie wurde wieder versöhnlich, als sie hörte, dass alle darauf rumkritzeln konnten.

Lane wurde weggerufen. Sie war leider zu beschäftigt, um den Gips selbst anzulegen, obwohl sie aussah, als hätte sie es gern getan. Mit Annas Einverständnis piepte sie den PJ-Studenten an, damit dieser die Aufgabe übernahm, und verabschiedete sich dann mit Bedauern in den Augen.

Es dauerte nicht lange, bis sie aufbruchbereit waren. Anna hatte ein paar Schmerzmittel in der Tasche, die Ella – wenn überhaupt – nur nehmen sollte, solange das Handgelenk geschwollen war. Anna unterschrieb die Papiere und vereinbarte einen Termin für die kommende Woche, dann machten sie sich auf den Weg. Ella lief etwas steif und versuchte, mit der Armschlinge klarzukommen.

»Anna!«

Sie blieben an der Ausgangstür stehen und drehten sich um, als Lane auf sie zugelaufen kam.

Anna und Ella lächelten beide.

Lane hob eine Augenbraue. »Wow, die gleichen Grübchen.«

Ein Lachen brachte ihr Gesicht so sehr zum Strahlen, dass Anna mit den Wimpern klimpern wollte wie eine Fünfzehnjährige.

Ella kicherte. »Weil wir verwandt sind.«

Das Kichern war unnatürlich hoch und Anna versuchte, ihr Vergnügen darüber, dass Ella immer noch ein bisschen high war, zu verstecken.

Lane schlug sich mit dem Handrücken gegen die Stirn. »Oh! Natürlich.« Sie zwinkerte Ella zu. »Ich Idiot.«

Lane kniete sich vor das Mädchen und zog einen Stift aus ihrer Tasche. »Ich habe mich gefragt, ob ich vielleicht die Erste sein darf, die auf deinen Gips schreibt?«

Ella nickte begeistert. »Okay.« Sie hielt den Arm hoch, mit der unverletzten Hand stützte sie den schweren Gips.

Lane malte eine große, einfache Blume.

Anna kicherte.

Lane schaute nicht auf, sie sagte nur: »Hey, ich bin eine Künstlerin, wenn es um Patienten geht, nicht unbedingt beim Zeichnen.«

»Ich find's toll, Schwester Lane.«

»Ich dachte mir doch, dass du Blumen magst, Ella.« Lane malte noch ein paar Details, die Anna nicht sehen konnte. Mit einem Schnörkel beendete sie ihr Werk. »So!« Sie stand auf.

Anna lachte laut, als sie Lanes Telefonnummer sah.

»Wenn du irgendwelche Fragen zu gebrochenen Knochen hast, Ella,« sagte Lane ganz ernst, »kannst du mich anrufen.«

Ella wippte ein bisschen auf und ab. »Okay!«

»Wenn nicht, dann sehen wir uns in einer Woche.« Lane sah zu Anna und lächelte, während sie die Arme verschränkte. »Und haben Sie keine Scheu, mich anzurufen, wenn Sie am ersten Tag eine kostenlose Führung durch das Krankenhaus wollen, Anna.« Für einen Moment hielt sie ihren Blick fest auf Anna gerichtet, dann sah sie zurück zu Ella. »Und ab jetzt sei vorsichtig an der Kletterstange!« Sie warf ihnen beiden ein lässiges Lächeln zu und ging dann.

Ella ließ ihre gesunde Hand in Annas gleiten, als beide ihr nachsahen. »Ich mag sie.«

Anna sah auf sie hinab.

»Ich auch, Ella Bella.«

KAPITEL 6

Die Stille im Haus empfand Anna an diesem Abend als nervenaufreibend.

Auf Zehenspitzen schlich sie den Flur runter und tappte zu Tobys Bettchen. Alles, was sie sehen konnte, waren sein braun gelockter Hinterkopf und seine Faust. Er schlief tief und fest und schnarchte leise. Vorsichtig hob sie seinen Schnuller auf und legte ihn in die andere Ecke des Bettchens. In letzter Zeit wurde er immer seltener wach und suchte danach. Auch am Tag fragte er nicht mehr so oft nach dem Schnuller. Es war ein stiller Kampf, ein Messen der Willenskräfte, und Toby – ein stures Kleinkind, von dem sie nun wusste, dass er in einem Moment einen Wutanfall haben konnte, nur um in der nächsten Sekunde mit den hübschen langen Wimpern zu klimpern – verlor ihn. In Wahrheit wäre Anna damit zufrieden gewesen, ihn gewinnen zu lassen. Sie wollte den Kindern keine Freude nehmen. Doch Annas Mutter hatte gesagt, dass Jake und Sally ihn schon fast vom Schnuller entwöhnt hatten und Anna wollte möglichst schnell wieder zu diesem Punkt zurück.

Leise ging sie hinaus und zu Ellas Zimmer und öffnete sanft die Tür. Anna hatte schnell gelernt, dass eine geschlossene Tür und ein dunkler Flur anscheinend eine Einladung für Monster waren. Sie legte eine Hand an den Türrahmen, die andere auf den Griff und beugte sich leicht vor, sodass das Licht aus dem Flur aufs Bett fiel. Bei Ellas Anblick musste sie lächeln. Ihre Nichte lag ausgestreckt auf dem Rücken, der gegipste Arm über ihrem Kopf. Es war Samstagabend und nachdem sie den Gips beim Baden mit einem Plastiksack vor dem Wasser schützen mussten, war Ella ihr gebrochenes Handgelenk schon leid, obwohl gerade erst vierundzwanzig Stunden vergangen waren. Doch jetzt war sie im Tiefschlaf, verletzlich und vollkommen im Vertrauen darauf, dass sie beschützt wurde, während sie schlief.

Nachdem Anna sichergestellt hatte, dass die Kinder schliefen und alles ruhig war, ging sie hinunter in die Küche. Sie zog eine halb leere Flasche Weißwein hervor, griff sich ein Glas, kramte in ihrer Tasche, bis sie gefunden hatte, was sie suchte, und ging zur Hintertür raus. Das Fliegengitter schloss sich leise hinter ihr, doch sie ließ die Tür auf, damit sie sich anschleichende kleine Füße oder Babygeschrei hören konnte. Mit einem Seufzen setzte Anna sich auf die Treppe, stellte die Flasche neben sich und lehnte sich ans Geländer, dessen Holz sich leicht in ihre Schulter drückte.

Sie nahm einen Schluck Wein, der schwer auf ihrer Zunge lag, und stellte das Glas schuldbewusst ab. Dann kramte sie nach ihren Zigaretten. Anna zündete eine an, blies langsam den Rauch aus und drehte den Kopf, sodass sie ihn davonwehen sehen konnte. Sie blinzelte müde, nahm noch einen Zug und sah hinauf zu den Sternen.

Anna hätte sie die ganze Nacht beobachten können.

Nach einem weiteren Schluck Wein fingen ihre zittrigen Nerven langsam an, sich zu beruhigen. Ihre Mutter würde sie umbringen, wenn sie sie so sehen könnte. Als Anna sechzehn gewesen war, hatte ihre Mutter sie mit einem Päckchen Zigaretten erwischt. Das Resultat war ein schreiender Vater und eine Mutter, die sie mit verschränkten Armen unglaublich enttäuscht angesehen hatte.

Es hatte Anna damals nicht dazu gebracht, aufzuhören, doch sie hatte weniger geraucht; da es kein rebellischer Akt mehr war, hatte es keinen Spaß mehr gemacht. Sie hatte auch gelernt, es besser zu verstecken. Im zweiten Collegejahr hatte sie so gut wie aufgehört. Rauchen war das heimliche Laster, dem sie nachgab, wenn sie sich schuldig fühlte.

Hayley hatte sie einmal in ihrer gemeinsamen Wohnung ertappt. Anna hatte den Kopf aus dem winzigen Badezimmerfenster gestreckt und so versucht, den Geruch zu verbergen. Trotzdem war Hayley hereingekommen, hatte die Brauen hochgezogen und die Arme verschränkt. Offenbar hatte sie den Rauch selbst im Wohnzimmer riechen können. Hayley hatte sie nur angesehen und gefragt: »Was hast du angestellt?«

Dieses Mal hatte Anna die Tochter ihres Bruders zerbrochen. Sogar einen Gips gab es als Beweis.

Sie konnte das logisch betrachten. Sicher, solche Dinge passierten. Auf der Arbeit war sie von kranken und verletzten Menschen umgeben. Sie wusste, dass Kinder sich Knochen brachen, sich schlimme Krankheiten einfingen, stürzten. Und in neun von zehn Fällen standen sie gleich wieder auf und alles war gut.

Doch sie hatte auch die Eltern dieser Kinder gesehen, als sie von OP zu OP gegangen war, hatte deren Schuld und den Schrecken gespürt. »Diese Dinge passieren«, war eine Floskel, die sie oft hörte.

Also ja, Anna *wusste*, dass sie keine Schuld traf. Trotzdem waren kaum vierzehn Tage vergangen, seit sie der Vormund der Kinder geworden war, und sie hatte eines von ihnen schon kaputt gemacht. Anna kaute am Daumennagel herum, bevor sie noch einen Zug nahm.

Das, genau das hier, war einer der Gründe, warum sie nie Kinder hatte haben wollen. Anna schnaubte. Jetzt war sie hier, eine Fertigfamilie, zu der man nur Anna hinzugeben musste – und eines der Mitglieder war zerbrochen, im wahrsten Sinne des Wortes. Und dann hatte sie einen Teil der Zeit, in der Ella kaputt gewesen war, dazu genutzt, um mit einer unglaublich attraktiven Notfallschwester zu flirten. Die zuerst mit ihr geflirtet hatte. Und Anna ihre Nummer gegeben hatte – irgendwie. Egal wer angefangen hatte … das verletzte doch sicher irgendeine Regel der Vormundschaft, oder?

Therapeutischer Rauch füllte ihre Lungen. Sie musste ihre Mutter fragen, ob sie irgendwann einmal so von Schuld geplagt gewesen war, als sie oder Jake sich verletzt hatten. Jake hatte sich als Kind zweimal den Arm gebrochen. In beiden Fällen war er von einem Baum gefallen, und Anna hatte sich einmal das Schienbein gebrochen, wofür sie ihrer Erinnerung nach damals Jake verantwortlich gemacht hatte. Sie erinnerte sich vage daran, dass sie mit dem Fahrrad einen ungepflasterten Pfad hinabgesaust war und er ihr einen Zweig zwischen die Speichen gesteckt hatte.

Anna starrte hinauf in den Himmel und lächelte schief. Gott, war sie wütend gewesen. In diesem Sommer hatte sie wegen ihm nicht an den Strand gehen können. Okay, er hatte die ganze Zeit mit ihr zu Hause verbracht, die Füße auf dem Couchtisch neben ihren, hatte ihren Gips bemalt und mit ihr Filme geschaut. Selbst auf seinem geliebten Gameboy hatte er sie spielen lassen.

Ein Kloß bildete sich in ihrem Hals und ihre Augen brannten. Ihr Kopf sank auf ihre Handflächen, die Zigarette brannte neben ihren Haaren. Obwohl es sie vor Schmerz fast zerrissen hatte, als sie ihn versehentlich angerufen hatte, wollte sie es irgendwie noch einmal tun, nur um die Stimme ihres Bruders zu hören. Wie Balsam könnte der Klang seiner Stimme ihren Schmerz für einen Moment überdecken und sie nur für eine Minute woanders hinbringen. Alles, wonach sie sich sehnte, war eine Unterhaltung mit Jake. Sie wollte ihn danach fragen, wie man Kinder erzog und ob er wütend war, dass Ella sich unter ihrer Aufsicht den Arm gebrochen hatte. Sie wollte so gern wissen, ob er dachte, dass sie sich gut bei Toby schlug – und ob er meinte, dass die Kinder glücklicher sein könnten oder ob sie irgendwas besser machen könnte.

Sie atmete tief ein und setzte sich auf. Ihre Augen fühlten sich geschwollen an, obwohl sie nicht geweint hatte. Langsam und zittrig atmete sie wieder aus. Manchmal fühlte es sich an, als würde sie sich verlieren, wenn sie ihren Emotionen zu sehr nachgab. Und das durfte einfach nicht passieren — wegen der Kinder und wegen des Furcht einflößenden Kontrollverlusts.

Sie zog ihr Handy hervor und las erneut die SMS, die sie am Morgen von Kym bekommen hatte:

> *Anna! Kaffee? Morgen? Ich habe den ganzen Tag Zeit, also früh oder nachmittags oder so. Ich will nicht wie die verzweifelte Witwe klingen, aber das bin ich. Also, wollen wir uns treffen? Kaffee?*

Anna wusste, dass es spät war, doch sie dachte sich, dass es okay wäre, Kym trotzdem eine Nachricht zu schicken. Sie sah kurz auf die Uhr und ihre Augen weiteten sich. Es war gerade mal neun. In ihrem alten Leben war das so was von nicht spät. Wie diese Kinder sie verändert hatten.

Sie antwortete schnell:

> *Kaffee so gegen zwei? Obwohl ich keine Ahnung habe, wo man in dieser Stadt hingehen kann. Ich kenn viele tolle Möglichkeiten in Brisbane ;)*

Und eine schnelle SMS an ihre Mutter:

Hey Mum, kannst du morgen rüberkommen und auf die Kinder aufpassen? So ab zwei, für ein paar Stunden? Ich dachte, ich treffe mich mit einer Kollegin auf einen Kaffee.

Sie trank ihren Wein, drückte die Zigarette aus und versteckte den Zigarettenstummel in der Schachtel. Ihr Handy piepste:

Also, du weißt, wo das Krankenhaus ist. Zwei Straßen weiter, Campbell Drive? Da gibt es ein Café namens Campbell's. Treffen wir uns um zwei? Der Kaffee dort ist nicht so fad wie der Name.

Anna lächelte und schrieb Kym zurück:

Campbell's also. Ich freue mich, fader Kaffee oder nicht.

Und das tat sie tatsächlich.

Anna schaute wieder in den Himmel, fantasierte Figuren in die Sterne, als ihr Handy noch einmal piepste. Sie las die SMS und schnaubte vor Lachen.

Ihre Mutter.

Gott sei Dank wirst du nicht zur Einsiedlerin. Ich freue mich darauf, Zeit mit Hella und Thomy zu verbringen.

Anna amüsierte sich über ihre Mutter und die Autokorrektur und wartete. Wie erwartet piepte es sechs Minuten später erneut. Anna trank vergnügt ihren Wein.

Ella und Toby! Ich hasse Touchscreens. Wie kannst du nur die ganze Zeit so kommunizieren? Ruf mich in Zukunft an.

»Also, mein Mann hat sich eine furchtbare Krankheit eingefangen, weil er dachte, er sei der neue Crocodile Hunter. Er war im Norden, auf Jagdtour oder so, was ich wirklich furchtbar fand. Er hat sich einen Schnitt am Bein zugezogen, und Held, der er war, ist er damit nicht zum Arzt gegangen. Es entzündete sich, breitete sich aus und irgendwann wurde er septisch. Es stellte sich heraus, dass er auch ein Problem mit den Nieren hatte. Sie haben versagt und, *bam*, er war tot.«

Anna versuchte, ihren Mund nicht aufklappen zu lassen. »Das ist grauenvoll.«

Kym zuckte mit den Schultern. »Auf der Tragikskala eine Neun, würde ich sagen. Wir wollten gerade versuchen, ein Baby zu bekommen.«

»Oh Gott.«

»Du bist dran!« Kym sah sie erwartungsvoll an.

Anna holte tief Luft und stellte ihren halb getrunkenen Kaffee auf den Tisch. »Okay. Mein Bruder und seine Frau starben bei einem Autounfall und hinterließen zwei kleine Kinder. Meine damalige Freundin und ich sind zur Beerdigung rübergeflogen, und als das Testament eröffnet wurde, haben wir erfahren, dass ich Vormund der Kinder sein sollte.«

Kyms Augen weiteten sich, doch sie sah Anna nur an und wartete auf mehr.

»Ich wollte keine Kinder, niemals. Deshalb hat es mit Hayley und mir funktioniert; wir wollten dieselben Dinge. Doch ich nahm die Vormundschaft an und Hayley verließ mich. Jetzt lebe ich im Haus meines toten Bruders und versuche, die Kinder in einer Stadt zu erziehen, die ich hasse.« Anna nahm ihre Tasse wieder auf. »Nichts für ungut.«

Kym lehnte sich zurück. »Wow.« Ein verspieltes Lächeln trat auf ihr Gesicht. »Warte, du bist lesbisch?«

»Das ist alles, was du aus dieser ganzen Geschichte mitnimmst?«

»Na ja, der Rest erinnert zu sehr an eine Seifenoper. Ich bin froh, dass nicht nur mein Leben sich wie eine anhört.«

»Nein. Deine Geschichte ist nichts Besonderes.«

»Offensichtlich.«

Erstaunlicherweise gefiel Anna dieser Austausch. Sie kannte Kym kaum und brauchte normalerweise viel Zeit, um mit jemandem so warm zu werden und intime Details zu erzählen. Doch es war etwas anderes, mit einer Frau in einem Café zu sitzen, die ihre Trauer irgendwie nachfühlen konnte. Kym war witzig, hatte einen trockenen Humor, den Anna mochte. Es gab keine Selbstmitleidsorgie, kein *Wir Armen*. Es gab nur die Wahrheit und Witze und den gelegentlichen Augenkontakt, der Bände sprach. Sie fühlte sich wohl, konnte sich mitteilen. Vielleicht würde Melbourne doch nicht so schlecht werden.

»Dein Mann war im Irak?«

Kym nickte. »Ja, jahrelang als Sanitäter.«

»Und er hat die total entzündete, infizierte Wunde an seinem Bein ignoriert?«

»Lass mich bloß nicht wieder anfangen.«

»Ich bin mir sicher, dass er dort drüben tolle Arbeit geleistet hat. Mein Bruder hat dort auch gedient.« Anna fiel es immer noch schwer, Jakes Namen auszusprechen. Darüber stolperte sie noch. »Er hat viel von den Sanis gehalten.«

»Wie lange hat er gedient?«

»Sechs Jahre. Als Sally mit Toby schwanger wurde, ist er in die Verwaltung gegangen. Er wollte das Risiko nicht mehr eingehen.«

»Standen du und Sally euch nahe?«

Anna glitt mit dem Finger über den Rand ihrer Tasse, die Augen hielt sie gesenkt. »Ja, sehr nahe.«

»Das muss schwer sein, den Bruder und eine Freundin zu verlieren.«

»Ist es wirklich.«

Kym legte den Kopf schief, wartete.

»Sally und ich haben uns vom ersten Moment an verstanden. Wir sind stundenlang aufgeblieben, haben Wein getrunken und gequatscht. J… er liebte es, dass wir uns so gut verstanden haben. Da wir beide uns so nahegestanden haben, wollte er natürlich, dass ich seine Frau mochte.«

»Du und dein Bruder wart die besten Freunde?« Kyms Gesichtsausdruck wurde weicher. »Das muss toll gewesen sein.«

»Mein Vater war Bauingenieur; als Kinder sind wir ein paarmal umgezogen. Wir haben aufgehört, immer neue Freunde zu suchen, und sind … aneinander kleben geblieben.«

»Das ist wirklich richtig süß. Ich habe keine Geschwister.«

»Wie hast du deinen Mann kennengelernt?«

»Als er aus dem Irak kam, brauchte er eine Abschlussuntersuchung.«

»Du hast dich mit einem Patienten eingelassen?«

»Was? Nein, nein, nein.« Kym schüttelte energisch den Kopf. »Ich muss lernen, Dinge ausführlicher zu erzählen. Das war, bevor ich im Krankenhaus angefangen habe; ich hatte eine Praxis zusammen mit einem anderen Psychiater. Wir sind uns im Foyer begegnet und die Treppe gemeinsam hochgegangen. Er war wegen der Abschlussbeurteilung bei meinem Partner dort. Nichts Anstößiges.«

Anna spielte Erleichterung vor. »Gott sei Dank. Das wäre ein furchtbarer Anfang gewesen.«

»Absolut.« Mit weichem Blick starrte Kym in ihren Kaffee. »Wir haben über Kinder gesprochen, bevor es passierte. Er war aus der Army ausgetreten und arbeitete in einer Praxis für Allgemeinmedizin. Alles schien so, … als wäre es an der Zeit gewesen.«

»Das ist Scheiße.« Anna legte Kym die Hand auf den Unterarm. »Vielleicht könnten wir das auf ein T-Shirt drucken lassen.«

Das brachte Kym ein bisschen zum Lachen.

»Weißt du«, Anna drückte leicht ihren Arm. »Ich habe zwei Kinder, wenn du sie willst?«

Das Lachen war eine Erleichterung. »Du kannst sie behalten.«

Anna zog die Hand zurück und lehnte sich im Stuhl nach hinten. »Wie ist das? In dem Krankenhaus zu arbeiten, in dem er starb?«

»Das ist die Millionenfrage.« Kym besah sich ihren fast leeren Kaffee. »Es ist Scheiße. Er ist überall – im Krankenhaus, zu Hause. Ich habe darüber nachgedacht, wegzugehen, aber ich weiß nicht … Mein Leben war immer hier. Ich mag es hier. Doch jetzt ist er nicht mehr da, um es mit mir zu teilen. Aber«, sie sah auf und lächelte, »demnächst fängt diese tolle neue Anästhesistin bei uns an.«

»Ich habe gehört, sie ist beeindruckend.«

»Geht es dir ähnlich – also in dem Haus?«

»Ich denke schon. Ich meide ihr Schlafzimmer wie die Pest, obwohl ich wirklich irgendwas damit anstellen muss.« Anna spielte mit ihrem Löffel. »Ella meidet es auch, aber Toby musste ich ein paarmal von der Tür wegholen, als er davor saß und dagegen gehämmert hat.«

»Wie alt ist er?«

»Gerade sechzehn Monate.«

»Zu jung, um zu verstehen.«

»Genau. Am meisten habe ich Angst davor, dass er vergisst – oder dass er damit schon angefangen hat. Doch dann ist da Ella, die sich an nichts anderes zu erinnern scheint. Ich weiß nicht, was besser ist.«

Kurz herrschte Stille. »Wie geht es dir dort?«

Anna konzentrierte sich auf das Päckchen Zucker, das vor ihr lag. »Manchmal möchte ich nur schreien: Ist das jetzt mein Leben? Wirklich? Zwei Kinder und Arbeit? Meine Zeit und Energie nur darauf ausgerichtet, was sie wollen und brauchen? So sollte mein Leben nie aussehen.«

Kym presste die Lippen zusammen und nickte.

Schuldgefühle ließen Anna die Augen auf den Tisch richten. »Das klang ziemlich egoistisch, oder?«

»Gar nicht. Ich habe gerade bewundert, wie unglaublich selbstlos du bist.« Kym schien zu bemerken, dass sie das Thema wechseln sollten. »Wie geht es Ellas Arm?«

»Ganz gut. Sie ist launisch und hat keine Lust mehr auf den Gips. Ich denke, der zirkuläre Gips wird ihr besser gefallen; er ist leichter und wasserdicht.« Anna dankte der Kellnerin, die zwei weitere Tassen mit heißem Kaffee vor sie hinstellte. »Und er wird bunt sein.«

»Das ist natürlich wichtig.« Kym lächelte und zog die neue Tasse zu sich.

»Vor ein paar Tagen hatte Toby seinen ersten Wutanfall.«

Kym verzog das Gesicht. »Wie war's?«

»Erschreckend. Gott sei Dank waren wir zu Hause. Ich hätte lieber einen Patienten mit maligner Hyperthermie gehabt.«

»Also konntest du vorher wirklich nichts mit Kindern anfangen?«

Während sie überlegte, was sie antworten sollte, nahm Anna einen Schluck Kaffee. »Tante zu sein, fand ich immer toll. Aber selbst Kinder haben … Ich wusste schon seit Langem, dass ich das nicht will. An dieser Entscheidung habe ich nie gerüttelt.«

»Und dann wurdest du dazu gezwungen.«

»Genau. Ich … ich lehne die Kinder nicht ab, gar nicht. Anfangs wollte ich, dass meine Eltern sich um sie kümmern, denn Kinder sollten nicht bei jemandem aufwachsen, der sie nicht hundertprozentig will.«

»Was hat deine Meinung geändert?«

»Mein Bruder.« Anna seufzte. »Ich erinnere mich, dass er mir mal gesagt hat, dass er unter keinen Umständen wollte, dass die Kinder bei unseren Eltern aufwachsen. Er hatte sogar mit Mum geredet und ihr erklärt, warum ich sie nehmen sollte. Nur hatte er diese Unterhaltung niemals mit mir – nicht so, dass ich mitbekommen hätte, dass es *dieses* Gespräch war.«

»Wirklich?«

»Ich denke, er wusste, dass ich Nein gesagt hätte.«

»Tja, jetzt kannst du dich nicht mehr mit ihm streiten.«

»Genau so ist es!« Annas Stimme hob sich und sie verzog das Gesicht, als sie sich umsah. »Ich bin vielleicht immer noch wütend auf ihn.«

»Wütend zu sein ist das Leichteste von allem.«

Sie tauschten einen wissenden Blick.

Mit aufgestützten Ellbogen hob Kym ihre Tasse und lehnte sich zurück. »Also, Lane ist nett, ja?«

»Eine sehr subtile Überleitung.«

»Ich habe das Gefühl, dass ich mir subtil von jetzt an mit dir sparen kann.«

Anna atmete laut aus und sah verlegen zur Decke. »Lane ist nett, ja.«

»Ich habe gehört, du hast sie mit einem Einkaufswagen angefahren.«

Röte breitete sich auf Annas Wangen aus. »Ähm … vielleicht.« Ihr kam ein Gedanke. »Warte, sie hat dir davon erzählt? Sie hat vor der Sache in der Notaufnahme von mir gesprochen?«

Kym lächelte nur wie die Grinsekatze.

Anna kam durch die Tür, und bevor sie auch nur blinzeln konnte, traf sie etwas am Bein. Sie sah nach unten, wo Toby sich um ihre Beine geschlungen hatte.

»Na!«

Anna schmolz dahin, als er sie voller Zuneigung ansah. Sie fühlte sich besser, als sie es seit Wochen getan hatte. Es war erstaunlich, was geteiltes Leid zwischen Erwachsenen auslösen, wie es zwei Menschen zusammenbringen konnte.

Toby zog fester an ihren Hosenbeinen und Anna bückte sich, um ihn hochzuheben und auf ihre Hüfte zu setzen. »Hey, kleiner Mann.« Sie legte ihr Gesicht an seine weiche Babywange und er drückte sich ebenfalls an sie. »Was habt ihr angestellt. Hattet ihr Spaß?«

»Pups!«

Anna blieb auf dem Weg zur Küche wie angewurzelt stehen und hob eine Augenbraue. »Entschuldige, was?«

»Pups, Na!« Er grinste und auf seinem Gesicht glänzte etwas, das wie Zuckerglasur aussah.

Sandra streckte den Kopf durch die Tür. »Wir sind in den *Pool* gegangen, Tante Anna.«

»Oh! Hattest du Spaß am Pool, Tobes?«

»Pups! Pups!«

Sie versuchte, nicht zu kichern, als sie mit ihm in die Küche ging und ihn an den Tisch setzte, auf dem ein Blatt Papier herumlag, welches mit einem gelben Buntstift halb zerstört worden war. Sobald sie ihn runterließ, versuchte Toby, wieder an ihr hinaufzuklettern und wimmerte dabei. Anna sah ihre Mutter an und hob ihn schließlich doch wieder hoch; als er auf ihrem Arm war, war er zufrieden.

Anna beugte sich vor und küsste Ella auf die Stirn. Sie malte etwas aus, ein ernster Ausdruck lag auf ihrem Gesicht. »Gut gemacht, Ella Bella.«

»Danke.«

Kinder nahmen ein Kompliment so einfach an.

Ihre Mutter glasierte Cupcakes. »War viel los heute, Mum?«

»Wir sind für eine Stunde am Pool gewesen und haben dann Cupcakes gemacht – ich dachte, du könntest sie mit zu Tobys Krabbelstube nehmen.«

Cupcakes mitnehmen? Guter Gott. Sie brauchte ein Handbuch für ihr neues Leben. »Danke. Die sehen toll aus.«

»Die Kinder haben mir bei der Glasur geholfen.«

Anna besah sich die ungleichmäßigen Tropfen aus pinkfarbener Glasur und schürzte die Lippen. »Sie sehen … toll aus.«

Sandras Zwinkern ließ sie fast mit den Augen rollen.

Schließlich setzte sie Toby doch mit ein paar Buntstiften und Papier an den Tisch. Aus einer Laune heraus trat sie hinter ihre Mutter und umarmte sie.

Sandra legte den Löffel weg, mit dem sie die Glasur aufgetragen hatte, und drehte sich um, damit sie Anna in die Arme schließen konnte. Die Finger ihrer Mutter drückten sich in ihren Rücken. Schließlich ließ Sandra sie los und sah Anna an. »Womit habe ich das verdient?«

»Nur so. Weil ich dich lieb habe.« Anna sah mit großen Augen, wie die ihrer Mutter sich mit Tränen füllten. Verzweifelt versuchte Anna zu verhindern, dass ihre Mutter weinte, indem sie sie erneut in eine Umarmung zog.

»Warum umarmst du Oma?«

Über Sandras Schulter hinweg lächelte Anna Ella zu, die auf ihrem Stuhl kniete und sie beide neugierig beobachtete. »Weil Menschen manchmal einfach eine Umarmung brauchen.«

Ella nickte und wandte sich wieder ihrem Bild zu. »Tun sie.«

Sandra schniefte, wischte sich schnell über die Augen und befasste sich wieder mit ihren Cupcakes.

Immer noch lächelnd ging Anna um die Kücheninsel herum und stellte sich hinter Ellas Stuhl, dann legte sie ihrer Nichte die Arme um die Hüften. Sie hob Ella hoch und drückte sie, bevor sie sie wieder absetzte. Anna vergrub das Gesicht in Ellas Nacken und prustete, bis diese endlich kicherte und versuchte zu entkommen.

»Tante Na! Das kitzelt!«

»Was denn? Ich habe dich nur gekuschelt.«

»Das war kein Kuscheln!«

»Ach, nicht?«

Und Anna tat es noch einmal, während Toby immer wieder »Pups!« rief.

Als Sandra ging, griff sie kurz Annas Arm und zwang sie, ihr in die Augen zu sehen. »Du schaffst das, Anna. Nicht nur das, du machst das sogar großartig.«

Anna schluckte den Kloß in ihrem Hals hinunter, als ihre Mutter die Tür zumachte.

Stunden später, nachdem die Kinder im Bett waren, ging sie hinunter und öffnete den Kühlschrank. Ihre Mutter hatte zwei Lunchboxen für den nächsten Tag vorbereitet. Anna dankte ihr stillschweigend. Um halb sieben würde sie Ella bei ihrer Mutter absetzen, die sie dann zur Schule brachte. Anna würde Toby in der Kinderbetreuung im Krankenhaus abgeben und pünktlich um acht mit der Arbeit beginnen. Sie mussten sich noch überlegen, was sie im Falle von Nachtschichten und Bereitschaftsdiensten machten.

Das Schuldgefühl darüber, Toby fremdbetreuen zu lassen, nagte bereits jetzt an Anna – er war immer mit Sally zu Hause gewesen. Anna machte sich Sorgen, dass es ihm dort nicht gefallen würde, oder dass sie irgendeine Art irreparablen Schaden anrichtete, oder dass Sally enttäuscht wäre.

Eigentlich machte sie sich ständig Sorgen.

Härter als nötig schlug sie die Kühlschranktür zu und ging dann zum Wasserkocher, schaltete ihn an und holte ein paar Teebeutel hervor. Sie ließ einen in eine große Tasse gleiten und starrte gedankenverloren darauf, während sie darauf wartete, dass das Wasser kochte.

Ella ging es emotional etwas besser, doch Anna hatte sie am Abend dabei erwischt, wie sie aus dem Badezimmer gekommen war. Sie hatte sich an der Wand entlang am Zimmer ihrer Eltern vorbeigedrückt, als hätte sie Angst davor. Als Anna ihr etwas vorgelesen hatte, war sie still und nachdenklich gewesen. Sie war meistens immer noch viel zu ruhig und verhalten, außer wenn Anna ein Lachen aus ihr herauskitzelte.

Anna war sich ziemlich sicher, dass sie noch eine lange Zeit mit diesem Verhalten rechnen musste. Vielleicht sollte sie noch einmal mit Ellas Schulpsychologin sprechen. Sie hatte vor ein paar Tagen mit ihr und der Lehrerin geredet, ein einfaches ›für Ella soll alles wieder normal werden‹-Gespräch. Doch vielleicht konnte die Schulpsychologin ihr mehr Tipps dazu geben, was normal war und was nicht. Oder es gab einfach nichts Normales an dieser Situation. Die Lehrerin hatte erwähnt, dass Ella nicht mehr mit den anderen Kindern spielte, doch im Moment schienen alle damit einverstanden und wollten sie zu nichts zwingen.

Das Wasser kochte und Anna goss es in ihre Tasse, bevor sie einen Schuss Milch dazugab und sich dann auf den Boden im Wohnzimmer setzte. Der Dampf des Tees strich über ihr Gesicht, als sie einen Schluck nahm, sich gegen die Couch lehnte und ihre Beine vor sich ausstreckte. Sie schaltete den Fernseher ein und zappte durch die Kanäle.

Es war so früh und das Haus so ruhig.

In ihrem vorherigen Leben wäre sie jetzt beim Abendessen oder bei After-Work-Drinks gewesen. Oder einfach mit Hayley auf der Couch, erschöpft, aber entspannt. Hier war alles anders. Auch wenn die Kinder schliefen, musste sie hier sitzen, nahe bei ihnen sein. Ein Gefühl der Panik machte sich in ihr breit. Obwohl der Fernseher lief, meinte sie, ihren Herzschlag schneller werden zu hören.

Die Wirklichkeit ihres neuen Lebens brach über ihr zusammen.

Und sie fühlte sich so alleingelassen.

Anna schluckte schwer, versuchte, sich aufs Atmen zu konzentrieren und an etwas anderes zu denken.

Morgen mit der Arbeit zu beginnen, war, als würde sie wirklich ein neues Leben anfangen, sich darauf festlegen, unwiderruflich. Der Tee lag plötzlich bitter auf ihrer Zunge und sie versuchte, den Nachhall von Panik zu ignorieren.

Sie hatte seit dem Telefonat, das sie so irrational wütend gemacht hatte, nichts mehr von Hayley gehört. Obwohl sie ihre Ex vermisste, war das Gefühl irgendwie weit weg, wie etwas, das Anna nicht an sich ranlassen konnte, etwas, das nicht zu dem Leben gehörte, das sie jetzt führte. Es fühlte sich an, als wäre sie mit Hayley vor Jahren zusammen gewesen.

Sie hatten ein Leben geführt, das auf ihre Karrieren ausgerichtet gewesen war und eigentlich auch darauf, dass sie sich nur selten sahen, während sie mit Arbeit beschäftigt oder mit Freunden unterwegs waren. Doch das hielt die Panik und das Ziehen in Annas Magen nicht auf. Auch nicht das Gefühl, dass sie allein war und so verdammt feststeckte.

Sie griff ihr Handy und starrte es einen Moment lang an. Sie überlegte. Sie brauchte eine Ablenkung. Dringend.

Hey Lane. Hier ist Anna. Immer noch Lust auf diese Führung? Morgen bin ich bis neun in der Personalabteilung.

Sechs Minuten später vibrierte ihr Handy:

Klar hab ich noch Lust auf die Führung. Mach die bloß nicht mit dem Typen von der PA, der riecht nach Schweiß. Ich hol dich um neun in der PA ab und werde einen von den guten Kaffees dabeihaben. Und ich verspreche, dass ich gut riechen werde.

Anna versuchte, nicht zu flirten:

Ich werde mir mein Urteil darüber nach dem Rundgang bilden. Gibt es auch schlechten Kaffee?

Sie trank ihren Tee und wartete.

Gibt es den nicht immer? Keine Sorge, bei der Führung lernst du auch die Orte kennen, die du meiden solltest. Wie zum Beispiel den Bereitschaftsraum im zweiten Stock. Da wirst du schwanger, wenn du nur drin sitzt.

Das Lachen, das aus ihr herausbrach, kratzte an der bedrückenden Stille im Haus. Anna fühlte sich besser.

Kann es kaum erwarten. Können die Schwestern ihre Schicht einfach so unterbrechen?

Sie lehnte sich an die Couch.

Haha, du hast Glück. Morgen arbeite ich in der Tagesklinik, und wir fangen erst um zehn an. Wir sehen uns dann morgen um neun, Anna :) Ich bin froh, dass du mich mit dem Einkaufswagen angefahren hast. Hätte nie gedacht, dass ich so was mal sage.

Mit dem Daumen über dem Display hielt Anna inne und überlegte.

Ich habe nie lieber einen blauen Fleck verursacht.

Anspielungen waren nicht unbedingt Flirten. Anna trank ihren Tee und wartete auf eine Antwort.

Morgen will ich die Geschichte zu dem blauen Fleck an deinem Kinn hören, als Lohn für die Führung :)

Unwillkürlich musste Anna lächeln. Ein Stirnrunzeln wischte es schnell wieder weg. Sie war sich nicht sicher, ob sie Lane diese Geschichte erzählen wollte. Der Grund für den blauen Fleck war zwar eine unterhaltsame Anekdote, doch dazu kam noch die Sache mit: ›Ich bin seit Neuestem der Vormund von zwei sehr charmanten, aber traumatisierten Kinder‹. Das mit Kym zu teilen, hatte reinigend gewirkt. Und Anna hatte es ihrem Chef gesagt, damit er wusste, in welcher Lage sie war.

Doch es Lane erzählen? Irgendwie wollte sie es für sich behalten. Sie befürchtete, dass es Lane verschrecken würde. Was albern war, denn Anna war gerade erst seit kurzem Single und hatte sowieso keine Zeit für so was.

Stöhnend warf sie den Kopf zurück. Sie schwärmte für eine irre heiße, unglaublich sexy Krankenschwester. Grandios. Was für eine großartige Randnotiz für das Drama, das gerade ihr Leben war. Doch sie konnte sich nicht zurückhalten:

Diese Geschichte ist mehr wert als eine Führung.

Sie knabberte einen Moment lang an ihrem Daumennagel.

Lane antwortete schnell:

Ich werde mir etwas überlegen …

Ein Grinsen breitete sich auf Annas Gesicht aus.

Wir sehen uns um neun.

Vor lauter Vorfreude bekam sie kaum etwas von der Fernsehshow mit, die gerade lief.

KAPITEL 7

Der Tag hatte kaum begonnen und Anna war schon erschöpft. Ganz ehrlich, wie schafften alleinerziehende, arbeitende Eltern das alles?

Sie waren um sechs aufgestanden. Die frühe Uhrzeit war kein Problem gewesen, doch zwei Kinder rechtzeitig fertig zu bekommen, brauchte Übung. Das hatte sie mittlerweile verstanden. Erst recht, wenn eines dieser Kinder meinte, alleine zu frühstücken bestünde darin, die Cornflakes auf den Boden zu werfen und sich den Rest in die Nase zu stecken.

Gähnend ging Anna ins Krankenhaus, Toby auf ihrem Arm und seinen SpongeBob-Rucksack auf dem Rücken. Ihr blieben kaum mehr fünf Minuten, um ihn abzuliefern und die Personalabteilung zu finden. Als sie bei der Betreuung ankam, überraschte es sie, dass es ihr schwerfiel, den Jungen abzugeben.

Die Frau dort sah nicht älter als zwanzig aus. Doch die Rothaarige schenkte Toby ein freundliches Lächeln.

Er grinste zurück.

»Hallo! Du musst Toby Foster sein.« Sie sah Anna an. »Und Sie sind Doktor Foster? Wir haben telefoniert. Ich bin Tanya – die Koordinatorin hier.«

Jetzt fühlte Anna sich schon etwas besser. »Hi, Anna reicht völlig, und das hier ist«, sie schaukelte Toby auf ihrem Arm, sodass er noch mehr strahlte, »mein Neffe, Toby.«

Tanya sah von Anna zu Toby. »Meine Güte, so viel Ähnlichkeit. Hi, Toby! Willst du ein Puzzle machen?«

Anna drückte ihn fester an sich. »Er liebt Bauklötze. Und Eisenbahnen.«

»Davon haben wir viele hier!«

Anna ließ Toby runter. Seine kleinen Arme waren um ihre Beine gewickelt und er versuchte, wieder an ihr hochzuklettern.

»Toby, hier gibt es viele Züge.«

Seine blauen Augen wurden ganz groß. »Zuzu, Na?«

Tanya kniete sich hin, sodass sie mit Toby auf Augenhöhe war. Ihr Gesicht war offen und freundlich. »Wir haben viele Loks. Ich glaube, Thomas ist auch dabei.«

Tobys Augen leuchteten, doch seine Arme hatte er immer noch um Annas Beine geschlungen.

Als Anna in der Krippe angerufen und mit Tanya gesprochen hatte, hatte sie ihr die Gesamtsituation erläutert. Sie hatten darüber geredet, dass es Toby in Anbetracht der Umstände wahrscheinlich schwerfallen würde, allein gelassen zu werden; sie waren übereingekommen, dass es vermutlich das Beste war, ihn zu beschäftigen und schnell auf Wiedersehen zu sagen.

Eines hatte Tanya aber vergessen zu erwähnen, nämlich, dass Anna Schwierigkeiten haben könnte, *ihn* hier zu lassen.

Alles was sie wollte, war ein Stück ihres alten Lebens zurück. Seit zwei Wochen war sie nie länger als ein paar Stunden von Toby getrennt gewesen. Ein bisschen Zeit ohne die Kinder schien eine gute Idee, doch nun hatte sie Angst um ihn. Anna legte ihm die Hand auf den Kopf. »Sollen wir uns Thomas ansehen, Tobes?«

Toby griff nach ihrer Hand.

Tanya zeigte ihnen den Weg. Dann setzte sie sich im Schneidersitz auf den Boden und holte Spielzeugloks aus einem Korb.

Anna setzte sich ihr gegenüber und Toby in ihren Schoß.

Dann griff Tanya nach einer der Eisenbahnen und hielt sie begeistert hoch, um sie ihnen zu zeigen. Sie sprach mit Toby, während er Loks hart zusammenkrachen ließ, wie er es manchmal beim Spielen so machte.

Anna hob ihn aus ihrem Schoß und setzte ihn auf den Boden. Sie sah Tanya an, stellte seinen Rucksack ab und glitt langsam rückwärts. Dann stand sie auf und entfernte sich ein paar Schritte von ihnen.

Tobys Kopf steckte in dem riesigen Korb, als er nach mehr Eisenbahnen suchte.

Ein beruhigendes Nicken von Tanya ermutigte Anna zu gehen und lässig »Bye, Tobes« zu sagen.

»Nein! Na!«

Sie riss den Kopf rum und sah Toby mit großen Augen dort stehen, in jeder Hand eine Eisenbahn, mit einem Ausdruck völligen Verrats auf seinem kleinen Gesicht.

Anna zwang sich, aufmunternd zu schauen, und winkte. »Ich bin bald zurück, Toby!«

Sofort ließ Toby die Loks fallen und rannte auf sie zu. Er wickelte seine Arme um ihre Beine, hielt sich fest, Tränen rannen ihm schon die Wangen hinab. »Nein! Na! Nein! Nein! Nein!« Er sah zu ihr auf, versuchte, an ihr hochzuklettern. »Bleiben!«

Anna brach das Herz. Hilflos sah sie zu Tanya.

Tanya erkannte wohl, dass Anna sich auch nicht trennen konnte. Sie kam herüber und versuchte, ihn von Anna zu lösen.

Seine Finger krallten sich in Annas Hosenbeine und sie musste den Drang bekämpfen, ihn hochzuheben und mit ihm zu verschwinden. Sie atmete tief ein, lächelte Toby an, der in den Armen der Fremden hysterisch weinte. »Wir sehen uns ganz schnell wieder. Du spielst jetzt mit Tanya und Thomas, okay?«

Toby wimmerte und griff nach ihr.

Anna sah zu Tanya, die ihr einen beruhigenden Blick zuwarf und flüsterte: »Gehen Sie, das wird schon.«

Anna lächelte Toby an und ihr wurde schlecht, als sie ein paar Schritte zurücktrat. Das »Na! Na!« hallte in ihren Ohren wider, als sie ging.

Sie atmete noch einmal tief durch, während sie den Gang entlanglief, doch es brachte nicht viel. Ihr war immer noch übel. Sie rückte ihre Tasche zurecht und sah auf die Uhr. Nur fünf Minuten zu spät. Sie ging davon aus, dass die Leute von der Personalabteilung das durchgehen lassen würden. Als sie in den Aufzug stieg, schluckte sie schwer.

Toby würde es gut gehen. Anna wusste das. Doch es fühlte sich nicht gut an. Sie konnte seine kleinen Finger immer noch an ihrem Bein spüren. Aber es würde ihm gut gehen. Anna würde später anrufen, und dann erfahren, dass alles in Ordnung war. Vor der Mittagspause konnte sie sogar noch vorbeischauen.

Plötzlich schlug sie sich gegen die Stirn: Sie hatte vergessen, Tanya von den Cupcakes in Tobys Rucksack zu erzählen. Nach dem Termin konnte sie anrufen. Außerdem wäre das auch eine gute Ausrede, um zu fragen, wie es Toby ging.

Sie schaffte es zur PA und brachte fünfundvierzig Minuten damit zu, Papierkram zu erledigen und sich eine fünfzehnminütige DVD über Handhygiene anzusehen. Ihre Augenbrauen hatten sich gar nicht mehr senken wollen. Ernsthaft? Sie arbeitete seit Jahren im OP.

Sie waren zehn Minuten früher fertig und ein glatzköpfiger Mann im Anzug kam auf Anna zu. Er stellte sich als Barry vor, gab ihr einen Sicherheitsausweis und bot ihr die Führung an. Anna versuchte, nicht seinen Schweißgeruch einzuatmen oder allzu amüsiert zu wirken, als sie freundlich ablehnte. Unbeeindruckt ging er davon, sodass sie aus dem Raum und vor diesem Gestank flüchten konnte. Erleichtert stopfte sie ihre Kopien der Verträge in ihre Tasche und steckte ihren Ausweis in ihre Hosentasche. Dann lehnte sie sich gegen die Wand und las die Nachricht von Lane:

> *Ganz ehrlich, atme nicht durch die Nase, wenn er neben dir steht. Ich dufte übrigens nach Marc Jacobs … Ich meine das Parfüm, nicht den Mann. Ich hole jetzt den Kaffee, bis gleich zur Führung :)*

Anna antwortete schnell:

> *Bitte sag mir, dass es Lola von Marc Jacobs, ist. Nein, sag es mir nicht. Ich schnüffle einfach, wenn du hier bist. Bin fertig und würde für Kaffee töten :)*

Sie drückte erst *Senden* und dann die drei in ihrer Kurzwahlliste, bevor sie sich das Handy ans Ohr hielt.

»Hi, Tanya? Hier ist Anna Foster. Ich wollte nur …«

»Toby geht es wunderbar.« Das Grinsen war praktisch durchs Telefon zu hören.

Anna versuchte, nicht so einfältig zu klingen, wie sie sich fühlte. »Das dachte ich mir. Ich wollt es nur offiziell hören.«

»Keine Sorge. Das heute Morgen machen einige Kinder regelmäßig. Und Toby muss sich an sehr viel Neues gewöhnen – doch sie alle beruhigen sich innerhalb von ein paar Minuten und haben einen tollen Tag. Im

Moment klebt er Makkaroni auf ein Blatt Papier. Nun ja, und in seine Haare. Es ist auswaschbarer Kleber, also keine Sorge.«

Anna kicherte, sie fühlte sich entspannter. »Danke, Tanya.«

»Gern. Rufen Sie an oder kommen Sie vorbei, wenn es Ihnen hilft. Aber ich versichere Ihnen, dass es ihm jetzt gut geht.«

»Ich glaube Ihnen. Danke, bis heute Abend – oh, und in Tobys Rucksack sind Cupcakes für alle.«

»Das ist aber süß! Danke – bis später.«

Anna legte auf, fühlte sich definitiv beruhigter und bemerkte Lane, die mit zwei großen Kaffeebechern auf sie zukam.

Ein Lächeln breitete sich auf Lanes Gesicht aus, als sich ihre Blicke trafen.

Anna versuchte, den aufgeregten Rhythmus ihres Herzens zu ignorieren, konnte aber ihr eigenes Lächeln nicht zurückhalten. »Hallo.«

Sie bemühte sich, Lane nicht von oben bis unten anzustarren – die langen Beine, die in diesen schwarzen Jeans gar nicht mehr aufhören wollten, und das Shirt, das so geschnitten war, dass es ihr Dekolleté umspielte. Anna kämpfte gegen den Drang an, sie unverhohlen anzustarren, und konzentrierte sich stattdessen auf den Kaffee, den Lane ihr hinhielt.

»Du hast die PA überlebt. Sehr gut.«

Anna drehte ihren Becher. »Danke. Und ja, habe ich.« Ihre Stimme wurde gespielt ernst. »Sie haben mich dazu gezwungen, mir eine DVD über Handhygiene anzusehen, Lane.«

»Oh, das dürfen wir uns hier jedes Jahr ansehen.«

»Ernsthaft?«

Lane nickte, während sie einen Schluck Kaffee nahm. »Genau. Ich habe es erst letzten Monat gesehen. Ich liebe den Teil, wo sie dir sagen, dass du deine Hände so lange waschen sollst, wie du brauchst, um im Kopf *Happy Birthday* zu singen.«

»Oder, wie lange man das Desinfektionsmittel einreiben soll, vergiss den Teil nicht.« Anna grinste.

»Bei dem Teil drifte ich ab und beantworte E-Mails auf meinem Smartphone.«

»Gute Arbeitseinstellung.« Annas Stimme nahm einen spielerischen Ton an.

»Oh, ich bin beeindruckend.«

Sie kämpfte gegen den Drang an, Lane zuzuzwinkern. »Davon bin ich überzeugt«

Lanes Augen weiteten sich kurz, bevor sie zu Boden sah und lächelte. »Sollen wir mit unserer Tour beginnen?«

»Ich folge dir.«

Sie gingen den Flur entlang und warteten dann bei dem Fahrstuhl, aus dem Anna ausgestiegen war. »Ich dachte mir, wir fangen unten beim Eingang an.«

»Am Anfang beginnen?«, fragte Anna.

»Ist am besten so.«

Anna grinste, als sie in den Aufzug stiegen. Es schien, als würde sie sich nach jeder Unterhaltung mit Lane leichter fühlen.

Zwei weitere Leute kamen zu ihnen und sie rückten in die Ecke, um Platz zu machen, und lächelten den Störenfrieden freundlich zu. Ihre Schultern berührten sich und Anna drehte den Kopf, als Lane sie ansah. Sie standen so nah beieinander, dass ein süßer, weicher Duft ihre Sinne erfasste.

Anna legte den Kopf schief, als ihre Blicke sich trafen. »Lola«, flüsterte sie.

Lane riss die Augen auf, ihre Stimme war leise: »Erwartungen erfüllt?«

Anna sah Lane noch immer an und nickte. »Absolut.«

Ein Gong ertönte und die Türen gingen auf. Widerwillig wandte Anna den Blick ab und folgt Lane aus dem Fahrstuhl. Sie hatte das Gefühl, zu forsch ranzugehen, also steckte sie die Hände in die Taschen. Sie konnte nichts dafür, die Frau roch einfach gut. Und mal ehrlich, dieses Lächeln …

Lane führte sie zum Eingang, zeigte ihr den Personaleingang zur Notaufnahme, stellte ihr einige Mitarbeiter vor und erklärte ihr, wo sie die umfangreiche Sammlung an Formularen fand, die sie benötigen würde. Dann führte die Tour sie zu den OPs.

Anna wippte freudig auf der Stelle, als sie in dem leeren Saal standen. Sie sah sich um, der Raum wirkte vertraut und beruhigend.

Lane grinste

»Was?«

»Du siehst aus wie ein Kind an Weihnachten. Deine Augen leuchten praktisch.«

»Ich war drei Wochen lang nicht arbeiten.« Anna hielt inne. »Oh, Mist, eigentlich eher schon einen Monat lang.«

Lanes Augen wurden groß. »Ein Monat? Gott, ich würde die Wände hochgehen, wenn ich so lange nicht arbeiten könnte. Außer, ich würde irgendeine ausgefallene Urlaubsreise machen. Was hat dich abgehalten?«

Anna gab vor, sich die glänzenden Oberflächen anzusehen, und sprach mit lockerer Stimme: »Ach, der Umzug hat eine Weile gedauert.« Der Röntgenbildschirm beanspruchte ihre Aufmerksamkeit. »Aber ich kann es nicht erwarten, wieder anzufangen. Wie sind die Anästhesieschwestern so?«

»Wir haben ein tolles Schwesternteam.« Lane führte sie wieder in den Flur hinaus. »Obwohl ich voreingenommen sein könnte. Ich kann dich den OP-Schwestern vorstellen. Die meisten kenne ich. Ich arbeite überall.«

Sie folgte Lane und stieg mit ihr in einen anderen Fahrstuhl, dann nickte sie begeistert. »Das wäre toll. Wenn es eines gibt, was ich gelernt habe, dann, dass man sich mit seinen Krankenschwestern gut stellen sollte.«

»Ja, die neue Generation von Ärzten und Chirurgen versteht das langsam. Leider sind die Dinosaurier immer noch nicht so weit. Wann bist du heute fertig?«

»Um fünf.«

»Fünf? Du kannst früh Feierabend machen. Wie schön.«

»Ich hatte nur Glück.« Sie vermied es nach Leibeskräften, Lane anzusehen. Sie war sich sicher, dass diese sie für ein Puzzle hielt, das es zu lösen galt.

Es dauerte nicht lange, bis ihr der Geruch von Kantinenessen in die Nase stieg und ihr klar wurde, an welchem Teil der Führung sie jetzt angelangt waren. Mit einer übertrieben einladenden Geste deutete Lane auf die hässlichen Metalltische und die langweiligen Wände, die den Essbereich des Krankenhauses umfassten. Dieser Abschnitt der Führung enthielt auch die Warnung, hier niemals dienstags mittagessen zu gehen, denn es gab immer irgendeine *Überraschung*.

»Ganz im Ernst, die Art von Überraschung, die hier dienstags serviert wird, ist nicht lustig. Du willst gar nicht hören, was sie schon alles im Darmtrakt von denen, die sich nicht warnen lassen wollten, ausgelöst hat.«

Anna rümpfte die Nase und folgte Lane die Treppe hinauf. »Bäh. Zu viel Information.«

Sie ging durch die Tür, die Lane für sie aufhielt, und einen Moment lang meinte sie, von Lane ausgecheckt zu werden, als sie an ihr vorbeiging. Der Gedanke zauberte ein Lächeln auf Annas Lippen.

»Ja, ich neige dazu, widerliche Details zu teilen. Sorry.«

Im Schnelldurchlauf schauten sie sich die Labore und Umkleideräume an. Ganz wichtig waren die Kaffeetipps. Der Wagen im ersten Stock hatte verbrannten, alten Kaffee, aber die besten Muffins, und der Wagen in der dritten Etage hielt den einzig ordentlichen Kaffee des Krankenhauses bereit, dafür verkaufte er die langweiligsten Snacks.

»Es geht nur darum, die guten Dinge zu kombinieren«, erklärte Lane.

Ihre nächste Anlaufstelle war die Chirurgie. Lane zeigte ihr die verschiedenen Aufenthaltsräume und führte sie ins Schwesternzimmer, wo Anna zum ersten Mal auf eine Reihe von Schwestern und Ärzten traf, mit denen sie in Zukunft zusammenarbeiten würde.

Bevor sie sich's versah, waren sie am Ende der Führung angelangt. Sie stützten sich ans Treppengeländer im oberen Stockwerk, von wo aus sie einen tollen Blick über die Stadt hatten; ihre Schultern berührten sich fast.

»Also, erzählst du mir nun von dem blauen Fleck?«

Obwohl sie Lanes Blick auf sich spürte, schaute Anna weiter geradeaus. Ihre Wangen wurden warm. »Ich habe schon gesagt, dass es dazu mehr braucht als eine Führung.«

»Ach komm schon, das war eine *tolle* Führung.«

Anna sah Lane endlich an. »Es war eine großartige Führung. Und wie versprochen gab es guten Kaffee, und du hast bezaubernd geduftet.«

Lanes Lächeln wurde breiter.

»Aber trotzdem ist die Geschichte mehr wert.«

»Dann einen Drink.«

»Ähm …« Sie wusste, dass sie Nein sagen sollte. An diesem Morgen hatte sie es kaum geschafft, sich die Zähne zu putzen oder sich fertig zu machen, und das war erst der Anfang der Probleme. Ja, sie war Single, aber Lane hatte keine Ahnung, wo sie da reingeraten würde.

Andererseits war es *nur* ein Drink. Locker. War irgendetwas daran auszusetzen, eine kleine Auszeit von ihrem Leben zu nehmen? Es musste ja nichts Ernstes werden. Anna verschränkte die Arme und nickte leicht. »Ein Drink wäre toll.«

Ein erleichterter Ausdruck huschte über Lanes Gesicht. »Werde ich mir damit die Geschichte verdienen?«

Anna würde es ihr irgendwann erzählen müssen. Sie lächelte. »Wenn ein Drink mit dir so wunderbar ist, wie ich es mir vorstelle, dann … Ja. Dann werde ich sie dir erzählen.«

Lanes Pager meldete sich. Sie sah drauf und rollte mit den Augen. »Ich muss los. Aber, toll. Freitagabend?« Als sie wieder aufsah, grinste sie.

Anna musste mit ihren Eltern reden. Oh Mann, das war seltsam für eine 32-jährige Person, die es gewohnt war, über ihr Leben alleine zu bestimmen. »Freitagabend klingt gut.«

»Wir sprechen im Laufe der Woche darüber. Vielleicht kann ich ein paar Kollegen dazu überreden, dich richtig willkommen zu heißen?« Lane machte sich auf den Weg.

Anna lächelte ihr nach. »Klingt toll.«

Es klang wirklich gut. Eine Gruppe war unverfänglich, man hatte nicht so viele Erwartungen wie bei einem Treffen zu zweit.

Was man auch als Date bezeichnen konnte.

Als Hayley sie verlassen und Anna die Rolle als Vormund der Kinder angenommen hatte, hatte sie gedacht, dass Frauen etwas waren, an das sie für eine Weile nicht denken würde. Aber Lane? Sie konnte einfach nicht *nicht* an sie denken. Die letzte Stunde war entspannt und unterhaltsam gewesen. Und selbst als sie versucht hatte, Nein zu sagen oder das Flirten zu kontrollieren, hatte sie es nicht geschafft. Lane war so witzig. Eigentlich war sie im Moment das Einfachste und Amüsanteste in Annas Leben. Sie war fröhlich und umgänglich.

Es musste nichts Ernstes werden.

Ihr Handy vibrierte in ihrer Tasche.

Es war Lane.

PS: Ich bin beeindruckt, dass du das Parfüm erkannt hast.

Lustige SMS, lustige Gespräche – nichts Ernstes.

Das ist mein Lieblingsduft … Er steht dir.

Sie würde Lane von den Kindern erzählen müssen, auch von ihrem Bruder. Aber es war so verlockend, es nicht zu tun. Diese eine, unkomplizierte, lustige Sache für sich allein zu haben. Aber mit zwei Kindern war es unmöglich, Lane nicht die Wahrheit zu sagen. Und Ella und Toby verdienten Annas ganze Aufmerksamkeit. In diesem Moment sollte sie gar nicht erst an Dates denken. Alles war immer noch so schwierig. Und sie war erst seit drei Wochen Single, obwohl es sich anfühlte, als sei der Anruf in Indonesien schon ein Jahr her.

Sie seufzte und drückte sich vom Geländer weg. Es war Zeit, dass sie sich mit dem Chef traf, um ihren Arbeitsplan zu besprechen. Ein weiteres Vibrieren in ihrer Tasche verlangte nach ihrer Aufmerksamkeit:

Dann werde ich es Freitagabend tragen müssen.

Annas Lächeln konnte man vom Weltall aus sehen, da war sie sich sicher.

KAPITEL 8

Weißt du, die Führung war so aufregend, dass ich ganz vergessen habe, zu fragen: Wie geht es Ella und ihrem gebrochenen Arm? Wusstest du, dass ich erst dachte, dass sie deine Tochter ist? Kym hat mich heute Nachmittag aufgeklärt, haha :)

Anna saß bei einem Glas Wein vor der Nachricht auf ihrem Smartphone. Sie fühlte sich schuldig und drückte die nur halbgerauchte Zigarette aus, obwohl niemand sie sehen konnte. Lane hatte also gedacht, dass Ella ihre Tochter sei. Und jetzt wusste sie, dass dem nicht so war. Es wäre fast besser gewesen, wenn Lane bei ihrer Annahme geblieben wäre. Denn dann hätte sie wenigstens gewusst, dass Annas Leben kompliziert war. So hielt sie sie einfach für Ellas nette Tante. Lane wusste ja noch nicht einmal von dem Kleinkind mit dem charmanten Lächeln und der Neigung zu riesigen Wutanfällen.

Annas Hintern war taub. Zwei Stunden hatte sie auf der Treppe gesessen und mit dem Feuerzeug gespielt, bevor sie der Versuchung erlegen war und sich eine Zigarette angesteckt hatte. Toby und Ella schliefen schon. Toby hatte immer noch Reste des ›auswaschbaren‹ Klebers im Haar, die *nicht* rausgewaschen werden konnten. Ella hatte sich zunächst geweigert, irgendetwas zu sagen. Doch Anna hatte es schließlich geschafft, sie zu überlisten, indem sie danach fragte, welche

Farbe Ellas Gips bekommen sollte. Trotzdem waren die Antworten nur einsilbig geblieben.

Lanes SMS bot die perfekte Einleitung für eine Erklärung, warum es zu kompliziert war, Anna zu daten. Doch sie brachte es nicht über sich, Lane jetzt aufzuklären. Schließlich schrieb sie:

Haha, den Fehler machen viele, aber noch öfter passiert mir das mit meinem Neffen. Ella geht es gut, sie überlegt sich gerade, welche Farbe der Gips bekommen soll und quasselt ununterbrochen darüber, wie aufgeregt sie ist, die nette Krankenschwester am Freitag wiederzusehen. Ich habe mich diebisch gefreut, dass ich den Morgen mit dir verbracht habe und so eine Sechsjährige eifersüchtig machen konnte.

Anna legte ihr Handy beiseite und nahm einen großen Schluck Wein. Ja, sie war ein Feigling. Doch ihr Leben war keine Bombe, die sie mit einer SMS platzen lassen wollte – zumindest redete sie sich das ein.

Erstaunlicherweise war ihr erster Arbeitstag gut gelaufen. Sie hatte einige Vorbereitungen für OPs getroffen, die am nächsten Tag stattfinden sollten, hatte sich mit Familien getroffen, um sie über diese Eingriffe aufzuklären und hatte den Nachmittag mit noch mehr Papierkram verbracht. Sie hatte es geschafft, Kym zum Mittagessen zu treffen und den Fehler gemacht, das eventuelle Treffen mit Drinks am Freitag zu erwähnen. Kyms Grinsen war so groß, dass Anna das Gefühl nicht mehr loswurde, dass mehr als vier oder fünf Leute auftauchen würden. So viel zu einem netten, unkomplizierten Beisammensein, um sich kennenzulernen. Das nagende Gefühl im hinteren Teil ihres Gehirns sagte ihr, dass sie sich eigentlich nur mit Lane treffen wollte.

Zu Drinks.

Oder nackt im Bett.

Doch zu einer trauernden Witwe konnte man nicht Nein sagen.

Annas Handy vibrierte und sie sah darauf:

Dein Neffe muss ja unglaublich süß sein. Du hast das einer Sechsjährigen unter die Nase gerieben? Wirklich?

Anna lachte laut auf.

Sein Lächeln ist tödlich, das stimmt. Und ja, habe ich. Verurteilst du mich?

Die Antwort kam schnell:

Soll ich ehrlich sein? Ich freue mich einfach, dass ich Eifersucht wert bin, wenn jemand anderes mit mir Zeit verbracht hat. Auch wenn deine Konkurrentin erst sechs ist.

Anna schnappte sich ihre Zigaretten und das Weinglas, stellte Letzteres in die Spüle und tippte ihre Antwort auf dem Weg in ihr Zimmer:

Warte ab, was passiert, wenn sie erfährt, dass ich Freitagabend mit dir verbringe :)

So leise wie möglich schlich Anna in ihr Zimmer, holte ihren Schlafanzug und ging dann duschen, wobei sie unterwegs noch vor dem Schlafzimmer ihres Bruders stehen blieb. Sie sollte sich wirklich darum kümmern. Das Holz der Tür fühlte sich glatt unter ihren Fingern an. Das Gefühl der Leichtigkeit, das sie durch das Gespräch mit Lane gewonnen hatte, wurde von Trauer und Schwere verdrängt.

Das Schlafzimmer hatte ein eigenes Badezimmer und war mehr als groß genug für eine Erwachsene. Sie könnte dort schlafen, alles aufräumen, die Sachen in Kisten verpacken. Es wäre einfach sinnvoll; schließlich lebte Anna nun hier. Verdammt, das Haus sollte bald auf sie überschrieben werden. Es war *ihr* Haus, technisch gesehen.

Aber eben nur technisch gesehen.

Es war das Haus ihres Bruders. Und das von Sally. Sie hatten jeden Raum hier gestrichen – Sallys Geschmack war überall zu erkennen. Im Wohnzimmer war eine Wand in wundervollem Dunkelblau gestrichen und der unglaublich hässliche Teppich im Flur hatte Sallys Urgroßmutter gehört. Die Auszeichnungen von Annas Bruder hingen an der Wand im Treppenhaus, zusammen mit den Babyfotos der Kinder. Ella wäre fast auf diesen Stufen geboren worden.

Dieses Haus war ein Schrein für die Verstorbenen und Anna wusste nicht, ob das gesund war oder nicht. Für den Moment ging es ihr besser damit, in dem kleinen Gästezimmer zu schlafen.

»Mummy!«

Annas Magen zog sich bei dem Schrei zusammen und ihr Kopf flog herum, sodass ihr die Haare ins Gesicht fielen. Mit pochendem Herzen ging sie zum Zimmer ihrer Nichte und drückte die Tür auf. Ein Wimmern kam aus der Richtung des Bettes. Anna schlich weiter, kniete sich neben das Bett und streichelte den Deckenhaufen, unter dem Ella sich verbarg. Ihre Nichte hatte sich zu einem Ball zusammengerollt, ihre Augen waren fest zugedrückt. Sie schlief noch.

Sie strich über Ellas weiche Haare, doch etwas hielt sie davon ab, das Kind zu wecken. Stattdessen streichelte sie weiter ihren Kopf und beobachtete sie. Das Wimmern ebbte ab, doch auch als es aufgehört hatte, saß sie noch eine ganze Weile da, mit der Hand auf der Decke über Ellas Schulter. Das Geräusch von tiefen, gleichmäßigen Atmenzügen erfüllte den Raum. Ella war vielleicht nicht so jung wie Toby, doch jetzt, während sie schlief, wirkte sie winzig.

Anna küsste Ellas Stirn und schlich auf Zehenspitzen zur Tür. Nachdem sie nachgesehen hatte, dass mit Toby alles okay war, ging sie mit einem Brennen im Hals ins Bad.

Das Wasser war bereits heiß, doch sie regelte es noch höher, als es auf ihren Rücken prasselte. Sie presste die Hände an die kühlen Fliesen, die Finger drückten gegen die kühle Keramik. Es kostete sie enorme Anstrengung, nicht zu weinen. Sie wollte das Gefühl, das sich in ihrer Brust ausbreitete, unterdrücken.

Es nagte an ihr, die Kinder trauern zu sehen, und es gab Zeiten, in denen ihre Sorge sie einfach übermannte. Manchmal glaubte sie fast, dass das Leben wieder gut werden würde, für sie alle. Doch kaum rief Ella im Schlaf nach ihrer Mutter, ließ etwas so Simples und doch Kompliziertes Anna in Gefühlen ertrinken, die sie den ganzen Tag mit Mühe von sich fernhielt. Manchmal reichte schon der Anblick der Schlafzimmertür oder der geparkte Wagen ihres Bruders in der Garage oder die Weingläser mit der blauen Verzierung, aus denen sie mit Sally getrunken hatte, um Anna wieder in tiefste Trauer zurückzuwerfen.

Ihr Hals schnürte sich zu. Anna drückte sich die Hände auf die Augen und drehte sich um, sodass sie direkt unter dem Wasserstrahl stand. Nächte wie diese, wenn sie nach den Kindern gesehen hatte und sich fertig machte, um in ihr Bett im Gästezimmer zu schlüpfen, und alles begann, sich normal anzufühlen, fühlten sich fast noch schlimmer an als die Tage, an denen alles einfach nur seltsam und unangenehm war.

Trotz allem genoss Anna die Momente mit Toby im Auto. Wenn sie mit ihm sprach, erholte sie sich von ihrem Job. Und wenn Ella am Fenster im Haus der Großeltern saß, die Hände ans Fenster presste und auf sie wartete, dann wurde ihr warm ums Herz,.

Anna war ständig erschöpft von dem Kampf zwischen Normalität und den stillen Momenten, in denen sie einfach nur fliehen wollte. Dass sie ihren Bruder und Sally immer noch so sehr vermisste, ließ sie mehr als müde zurück. Dieser Strudel aus Gefühlen war zu viel und sie wollte einfach für immer unter dem heißen Wasserstrahl der Dusche stehen bleiben.

Mit leicht zitternden Fingern drehte sie den Hahn zu und verließ die Dusche. Dann trocknete sie sich ab. So schnell sie konnte, zog sie ihre Kleider an und löschte das Licht. Nachdem sie noch einmal kurz nach den Kindern gesehen hatte, ging sie in ihr Zimmer und schlüpfte unter die kühle Decke.

Sie brauchte eine Ablenkung und griff nach ihrem Handy. Sie fand, was sie erhofft und befürchtet hatte – eine neue Nachricht von Lane:

Ich würde ja sagen, bring Ella mit, aber ich hätte dich viel lieber für mich alleine. Obwohl ich glaube, dass doch ein paar mehr Leute kommen werden. Vielleicht kann ich dich nächste Woche zum Abendessen ausführen, wenn es am Freitag gut läuft? :)

Anna tippte eine schnelle Antwort und lehnte sich zurück, sie ignorierte dabei das trockene Gefühl in ihren Augen und das Grummeln in ihrem Magen.

Wenn alles gut läuft, bin ich dabei.

Ablenkung erreicht.

Anna stellte schnell fest, dass sie ihren neuen Job liebte – die Menschen, mit denen sie arbeitete, die Patienten, das Gefühl, beschäftigt zu sein. Nach ihrer ersten Operation war sie geradezu beschwingt. Es fühlte sich gut an, eine Rolle zu spielen, die sie von Natur aus beherrschte. Im OP die Atmung des Patienten zu überwachen, das Intubieren und Verabreichen der Medikamente, das Punktieren und leise mit der Anästhesieschwester zu sprechen – all das hatte sich ganz natürlich eingestellt.

Anna wusch sich die Hände und ging dann zum Fahrstuhl. Als sich die Türen öffneten, lächelte Lane ihr entgegen. Sie sah süß aus mit ihrer OP-Haube,

»Du wirkst glücklich.«

Nachdem sie den entsprechenden Knopf gedrückt hatte, lehnte Anna sich mit der Schulter an die Wand und verschränkte die Arme. »Ich habe gerade den OP gerockt.«

»Schade, dass ich das verpasst habe. Ich war für Patel eingeteilt. Ich würde dich gern mal in Aktion sehen.«

»Das wirst du, da bin ich mir sicher.«

Lane beugte sich etwas vor, ihr Gesicht war nur wenige Zentimeter von Annas entfernt. »Zu Hause oder im Krankenhaus? Für mich ist beides okay.«

Die Türen öffneten sich mit einem Gong. Lane warf ihr einen verschmitzten Blick zu und stieg aus.

Anna blieb mit leicht geöffnetem Mund zurück.

Gerade als die Türen sich wieder schlossen, schaute Lane über die Schulter zurück und ein fröhliches Lachen entwischte ihr, als sie Annas Gesichtsausdruck sah.

Freitagmorgen kam Anna mit einem Gefühlsmix aus Schuld und Aufregung zur Arbeit. Ella lief an Annas Hand und Toby wippte auf ihrer Hüfte. Ihre Gedanken kreisten halb um Lane und halb darum, Ella zu ihrem Termin zu bringen und danach pünktlich in der Schule abzuliefern. Sie sah sich verstohlen im Eingangsbereich um und atmete erleichtert aus, als sie Lane nirgends entdeckte. Eigentlich hatte sie die Tatsache, dass sie der Vormund ihrer Nichte und ihres Neffen war, die Woche über in irgendeine Unterhaltung einfließen lassen wollen, doch irgendwie hatte es sich nicht ergeben.

Oder vielleicht hatte sie auch gar nicht gewollt, dass es sich ergab.

»Ich denke, ich will einen orangenen Gips.«

Anna drückte sanft Ellas Hand. »Orange ist cool.«

»Aber was, wenn ich doch Lila will?«

Anna ging mit ihnen den Korridor entlang, der zur Krippe führte. »Was ist mit Grün?«

Ella verzog das Gesicht. »Igitt, nein. Erbsen sind grün.«

Anna nickte. »Gutes Argument.«

Dieses Gespräch führten sie seit drei Tagen.

»Meinst du, ich kann Lila *und* Orange haben?«

»So toll das auch wäre, aber die Art von Gips, die du bekommst, lässt das leider nicht zu.«

»Ein Zirkusgips?«

»Zirkulärer Gips. Ich finde, Orange klingt gut.«

»Das sagst du immer wieder.«

»Ja, weil das meine Meinung ist.«

»Ogan! Ogan! Na, Ogan!«

Anna drehte den Kopf und prustete gegen Tobys Wange, als sie das Vorzimmer der Kinderbetreuung betraten. »Siehst du, Ella? Sogar Toby ist für Orange.«

»Er ist ein Baby.«

Sobald Anna Toby auf dem Boden abgesetzt hatte, rannte er zu dem Korb mit den Eisenbahnen und zog einige heraus. Er hielt eine in jeder Hand und zeigte sie Ella, indem er sie gegen ihren Bauch drückte, um ihre Aufmerksamkeit zu erlangen. »Sug, El. Sug.«

»Ist das Thomas, Toby?«

Er schüttelte entschlossen den Kopf, ließ die Züge fallen und rannte zurück zum Korb, um eine Thomas-Lokomotive zu holen, die er zu Ella brachte und hochhielt.

»Cool, Toby! Die ist größer als deine Lok zu Hause.«

Als Toby eingetragen war, stellte Anna seinen Rucksack in sein Fach. Verträumt saß er vor den aufgebauten Schienen und schob Thomas darauf hin und her. Ella saß neben ihm und half dabei. Ein weiterer kleiner Junge gesellte sich zu ihnen, dem Toby ebenfalls den Zug zeigte.

Diskret tippte Anna Ella auf die Schulter und hielt den Finger an die Lippen.

Ella stand auf und versuchte, ganz beiläufig wegzugehen; sie küsste schnell Tobys Kopf und sagte Auf Wiedersehen.

Er blickte auf, wobei er zwei Eisenbahnen fest in den Händen hielt. Seine Gesichtszüge waren dabei, ihm komplett zu entgleiten.

»Tobes, wir sind bald wieder da. Heute Mittag komme ich mit einem Cupcake wieder!« Anna hasste die aufgesetzte Fröhlichkeit in ihrer Stimme.

Er schüttelte störrisch den Kopf. »Na, nein.«

Tanya kam zu ihnen und nahm Toby auf den Arm. Sie flüsterte ihm etwas ins Ohr, das ihn fast zum Lachen brachte, doch dann drehte er sich wieder zu Anna um, die ihm zum Abschied winkte, und er streckte die Arme nach ihr aus. Es wurde nicht leichter, sich umzudrehen und zu gehen. Wenigstens schrie er diesmal nicht. Obwohl sie hören konnte, wie sein Weinen lauter wurde.

Sorge bohrte sich in Annas Magen. Genau deswegen fürchtete sie sich auch davor, am Abend auszugehen, obwohl ihre Mutter sich gern um die Kinder kümmerte. Die beiden brauchten sie, und Verabredungen zusätzlich zu Arbeit, Kindern und der Trauer waren eigentlich unmöglich.

Hand in Hand ging sie mit Ella zur Orthopädie und versuchte, sich nicht näher mit den Emotionen zu beschäftigen, die die ganze Woche auf sie eingestürmt waren. Jeden Abend allein in diesem Haus zu verbringen, hin- und hergerissen zwischen dem Drang, die Kinder ihres Bruders zu beschützen und zu fliehen, forderte seinen Tribut.

»Warum ist Toby so traurig, wenn du gehst? Du bist doch nicht Mum.«

Anna schätzte es, dass Ella gleich auf den Punkt kam, wenn sie den Mund aufmachte. Anna dachte über ihre Antwort nach und sagte schließlich: »Ich glaube, dass Toby eure Mum und euren Dad vermisst. Wenn dann die einzigen Menschen, die er kennt, weggehen, macht ihm das Angst.«

»Denkt er, dass du nicht zurückkommst?«

Anna schluckte. »Vielleicht.« Sie sah zu Ella, doch das kleine Mädchen starrte weiter geradeaus.

Schließlich sagte Ella: »Das Letzte, was Mummy zu Toby gesagt hat, war, dass sie sich am nächsten Morgen wiedersehen würden.«

Anna nickte.

Ella fuhr fort: »Ich denke, dass Toby jetzt nicht mehr weiß, was wahr ist.«

Manchmal warf Ellas Einsicht Anna um.

»Da hast du wohl recht, Ella Bella.« Anna drückte ihre Hand.

Sie liefen eine Minute lang schweigend nebeneinander her, bevor Ella leise sagte: »Das Letzte, was Daddy zu mir sagte, war, dass ich eine gute große Schwester sein muss, weil Opa Angst vor Monstern hat.«

Anna versuchte zu lachen, obwohl sie einen Kloß im Hals hatte. »Das hat er gesagt?«

»Japp. Wird Schwester Lane heute auch da sein?«

Das war ein abrupter Themenwechsel, doch Anna ließ sich dankbar darauf ein. »Ja. Sie kommt extra runter, um deinen Gips zu wechseln. Sie hat gesagt, sie könnte es gar nicht erwarten, dich zu sehen.«

»Ich auch nicht. Sie war nett.«

»Das war sie, oder?«

»Kann sie mal zum Spielen kommen?«

Anna räusperte sich, um zu überdecken, dass sie sich gerade vor Schreck verschluckt hatte. Wie sehr sie sich wünschte, dass Lane zum Spielen vorbeikommen würde. Und sie dachte dabei nicht an Puppen. »Schwester Lane ist sehr beschäftigt, Ella. Aber du wirst sie wiedersehen, wenn dieser neue Gips abgenommen wird.«

»Ehrlich?«

»Japp. Sie hat mir gesagt, dass sie ihn höchstpersönlich abnehmen wird.«

»Cool.«

Sie kamen auf der Station an und gingen zum Empfang, von wo aus sie direkt in ein Behandlungszimmer weitergeschickt wurden. Anna versuchte, nicht zu grinsen – Lane hatte ihr erzählt, dass sie ein bisschen was gedreht hatte, um an diesem Morgen hier Dienst zu haben.

Genau in diesem Moment kam Lane mit drei Kaffeebechern zum Mitnehmen um die Ecke. »Na hallo, Miss Ella.«

Ella grinste Lane an, und Anna konnte ebenfalls nicht aufhören zu lächeln.

»Hi, Schwester Lane!«

»Und wieder das gleiche Lächeln bei euch beiden.« Sie gab Anna einen der Becher, und dann reichte sie Ella den anderen. »Wenn deine Tante einverstanden ist, dann bekommst du von mir eine heiße Schokolade, wir Erwachsenen haben schließlich Kaffee.«

Ella bekam ganz große Augen und klimperte mit den Wimpern. »Darf ich, Tante Na?«

Anna gab vor, darüber nachdenken zu müssen. »Ich weiß nicht, es ist erst Viertel nach acht.«

»Du hast Kaffee!«

»Das Mädchen hat recht, Tante Na.«

Anna verdrehte die Augen. »Du sei still. Natürlich kannst du die heiße Schokolade haben, Ella.«

»Danke!« Sie nahm den Becher und trank einen großen Schluck. »Da sind Marshmallows drin!« Sie sah aus, als wären Weihnachten und Ostern auf einen Tag gefallen.

Anna kicherte und war erleichtert darüber, dass Ella sich wieder mehr wie ein normales Kind benahm. »Danke, Lane.«

»Kein Ding. Also, Ella, lass uns den Gips machen und dann kannst du den Rest später trinken, zur Belohnung.«

Für einen Augenblick war Ella deprimiert, gab aber den Becher ab.

»Danke! Hast du dich denn für eine Farbe entschieden?«

»Es war schwierig, aber ich denke, ich will Orange.«

»Interessante Farbwahl.«

»Ich mag es, wie Toby Orange sagt.«

»Wie denn?«

Ella ahmte Tobys Babystimme perfekt nach: »Ogan.«

»Na, das ist furchtbar niedlich. Dann wird's also Orange.«

Lane nahm erst den alten Gips ab, bevor sie mit dem neuen begann, dabei plauderte sie die ganze Zeit mit Ella über die aktuellen Pixar-Filme, mit denen sich Anna erst vor Kurzem vertraut gemacht hatte.

Bald gab Lane dem Gips den letzten Schliff, erklärte, wie man ihn pflegte und dass er sehr schnell fest wurde – all das erzählte sie mehr für Ella als für Anna, die das natürlich wusste.

Als sie fertig war, sah Ella sie aufmerksam an und legte dabei den Kopf genauso zur Seite, wie Anna es tat. »Du bist sehr hübsch, Schwester Lane. Du hast echt hübsche Haut.«

Lane sah von Ellas Arm auf und lächelte so, dass Annas Herzschlag sich beschleunigte. »Du bist auch sehr hübsch, Ella. Du siehst deiner Tante ziemlich ähnlich.«

»Das sagen alle.«

»Ach ja?«

Ella nickte. »Japp. Toby sieht aber noch mehr wie sie aus. Sie haben beide braune Haare und die gleichen Augen. Das ist seltsam.«

Lane lachte. »Warum seltsam?«

»Weil er ein Junge ist.«

Ohne Anna aus den Augen zu lassen, sagte Lane: »Dann muss er ein ziemlich hübscher Junge sein.«

Annas Wangen wurden heiß.

»So! Wir sind fertig. Jetzt brauchst du keine Tüten mehr drumwickeln, wenn du badest.« Lane hatte sich wieder Ella zugewandt, die sehr erwachsen mit den Augen rollte.

»Gott sei Dank.«

Lane verbarg ihr Lächeln über dieses dramatische Verhalten. »Jetzt kümmere dich gut um den Arm, und wir sehen uns in einem Monat.«

»Dann komme ich wieder zu dir und nicht zu so jemand Grusligem?«

»Versprochen.«

»Gut.«

Anna legte Ella die Hand auf den Rücken und führte sie hinaus; Ella hielt ihren Kakaobecher praktisch ununterbrochen an ihre Lippen.

»Wir sehen uns heute Abend, falls wir uns nicht schon früher über den Weg laufen«, sagte Anna.

Lane stand mit verschränkten Armen da und sah ihnen nach. »Ich kann es kaum erwarten, Anna. Bis dann, Ella!«

Ella drehte sich um und winkte mit ihrem orangenen Arm, dann rief sie: »Tschüss! Danke!« Ihr Mund hing immer noch am Becher.

Anna setzte Ella an der Schule ab und war froh darüber, dass man sich dort mit dem Zuckerhoch auseinandersetzen musste, das Ella während der Autofahrt entwickelt hatte.

Danach ging der Tag schnell vorbei. In der Mittagspause schlich sie hinunter zu Toby. Ellas Worte über Tobys Gefühlslage hallten in Annas Kopf wider. Sie konnte nur hoffen, dass es ihm half, wenn sie so oft wie möglich bei ihm war.

Ehe sie sich's versah, setzte sie die Kinder bei ihren Eltern ab und winkte ihnen zum Abschied. Toby kam auf dem Arm seiner Großmutter schnell zur Ruhe. Sie war, neben Anna, die einzige Person, an der er sich gerne festhielt. Ella fragte, ob sie baden dürfte, um ihren neuen, wasserfesten Gips auszuprobieren. Annas Vater versteckte sich, wie immer, im Arbeitszimmer.

Sie fuhr heim, duschte schnell und stand dann vor ihrem Kleiderschrank. Was sollte sie nur anziehen? Sechs Outfits später hatte sie sich für enge Jeans, Stiefeletten und einen cremefarbenen Jerseypulli entschieden. Ein Halstuch, eine maßgeschneiderte Jacke und ein Hauch Parfüm rundeten das Ganze gerade rechtzeitig ab, als das Taxi draußen hupte.

Als sie einstieg, sah sie kurz auf ihr Handy:

Wie unfair, du kannst nach Hause fahren und duschen. Ich muss auf der Arbeit duschen, weil ich in einer OP gesteckt habe, die länger gedauert hat.

Lane. Anna lachte und antwortete:

Du wirst trotzdem toll aussehen.

Manchmal war ein einfacher Satz am besten. Ihr Handy vibrierte. Als sie Kyms SMS las, schüttelte Anna den Kopf:

Bin mit ein paar Leuten von der Arbeit früher hergekommen. Wir sind auf Shots gestoßen. Hilf mir.

Als ihr Taxi bei der Bar anhielt, zahlte Anna und stieg dann aus. Sie stand draußen, atmete tief durch und versuchte, die Gedanken daran zu unterdrücken, was sie Lane wegen der Kinder erzählen sollte. Dann ging sie rein.

Die Hitze und der Lärm trugen dazu bei, dass sie sich etwas entspannte. Wie sie das vermisst hatte. Sie und Hayley waren ein paarmal in der Woche in Bars gegangen, nur für einen kurzen Drink – oder manchmal auch einen etwas längeren. Sie waren gesellig gewesen, mit einem großen Freundeskreis. Damals hatte auch jede ihre eigene Clique gehabt. Heute war Anna fast aufgeregt, auf ein paar Drinks auszugehen und mit Leuten abzuschalten, mit denen sie wenigstens eine Sache gemeinsam hatte, auch wenn es nur die Arbeit war. Die Nächte daheim hatten sie leicht wahnsinnig gemacht; dieses gesellige Treffen würde ihr hoffentlich dabei helfen, sich wieder etwas normaler zu fühlen.

Nachdem sie sich an der Bar ein Glas Wein bestellt hatte, trank Anna einen Schluck und sah sich dann nach Kym um. Endlich entdeckte sie sie in einer der hinteren Sitzecken, an deren Tisch noch mehr Stühle geschoben worden waren, damit alle Platz hatten.

Kym saß eingequetscht zwischen Kollegen, und als sie sie sah, winkte sie Anna enthusiastisch heran.

Anna kicherte über den offensichtlich angeheiterten Zustand ihrer Freundin und ging hinüber. Kym rief laut und winkte immer noch, als Anna schon am Tisch war. Anna lächelte und erhob ihr Glas zum Gruß.

»Du hast es geschafft!« Kym grinste sie an.

»Das hätte ich nicht verpassen wollen.« Sie nahm einen weiteren Schluck Wein, denn den Gesichtsausdrücken in der Runde nach zu urteilen, hatte sie einiges aufzuholen. Anna begrüßte diejenigen, die sie kannte und schüttelte die Hände derer, die sie noch nicht gesehen hatte. Um die fünfzehn Leute saßen an drei Tischen verteilt. Anna setzte sich und trank noch etwas, dann drehte sie sich um, als sie sah, dass Kym mit leuchtenden Augen erneut jemandem zuwinkte.

Anna musste sich zusammenreißen, damit ihr der Mund nicht offen stehen blieb. Lane war hereingekommen und trug ein eng anliegendes, weißes Kleid, das jede ihrer Rundungen umschmeichelte, als wäre es extra für sie gemacht worden. Es war tief ausgeschnitten –

sehr tief. Das Weiß ließ Lanes Haut erstrahlen und verzauberte Anna. In diesem Moment konnte sie sich an keinen Grund erinnern, weshalb es eine schlechte Idee sein sollte, mit Lane auszugehen.

»Hey, brauchst du eine Serviette, um den Sabber aufzufangen?«

Anna drehte sich um und sah, wie Kym und eine Krankenschwester neben ihr sie angrinsten. Zum Glück waren alle anderen in Gespräche vertieft. »Ich habe keine Ahnung, wovon du redest.«

Kym trank ihren Whisky. »Ja, klar. Tess hat einen Freund in der Plastischen, wir können deinen Kiefer später wieder befestigen lassen.«

Tess prustete in ihr Bier und zwinkerte Anna zu. »Wir haben was übrig für eine gute Ärztin-Schwester-Romanze. Dann haben wir im Schwesternzimmer was zu tratschen.«

Anna beschloss, dass es wohl am besten war, zu schweigen und ihren Wein zu trinken.

Lane setzte sich neben sie und stellte ein Glas Weißwein vor sie hin. »Du sahst aus, als wärst du fast fertig mit deinem.«

Anna schob ihr leeres Glas zur Seite und griff nach dem neuen. »Danke.«

Kym und Tess lächelten wissend.

»Was?«

Tess grinste noch breiter. »Nichts.«

»O-kay.« Lane verengte die Augen. »Ihr könnt jetzt aufhören zu starren.«

Sie kicherten nur.

Lane drehte sich zu Anna. »Ich entschuldige mich für die da.«

»Nicht nötig. Sie haben mich dabei erwischt, wie ich dich angestarrt habe, als du reinkamst.« Anna beugte sich etwas vor. »Ich lag falsch – du siehst noch besser als toll aus. Nettes Parfüm übrigens.«

Lane zwinkerte ihr zu. »Hab mir gedacht, dass es dir gefällt.«

»Wie nur? Ich war doch so subtil.«

»So subtil wie deine Nichte. Hat sie von dir gelernt, Frauen zu sagen, dass sie hübsch sind?«

»Nein, von mir hat sie nur gelernt, die Wahrheit zu sagen.«

Lane trank ihren Wein und musterte Anna, bevor sie ihr wieder in die Augen blickte. »Du siehst gut aus.«

»Danke.« Anna gelang es nicht, nicht zu erröten.

Beide wurden in Gespräche mit anderen verwickelt, Lane sprach mit einem Assistenzarzt, während Anna sich mit Kym und Tess unterhielt, die zusammen fast schon ein Comedeyduo abgaben. Anna verbrachte ihre Zeit damit, sich über die zwei zu amüsieren, zu nicken und den einen oder anderen Kommentar einzustreuen. Zwischendurch streiften ihre Blicke immer wieder über Lane, die sie unverhohlen erwiderte.

Nach etwa einer Stunde stand Anna auf, um weitere Drinks zu holen, und Kym kletterte über diverse Leute, um sie zu begleiten. Während sie an der Bar standen und darauf warteten, ihre Bestellung aufzugeben, schwankte Kym und beobachtete sie.

»Was?«

Kym zuckte mit den Schultern. »Nichts.«

Anna lachte und bestellte ihre Drinks. »Okay.«

»Es ist nur …«, Kym beugte sich vor, als wollte sie flüstern, sprach jedoch immer noch in der gleichen Lautstärke, »…du. Und Lane. Das macht mich glücklich.«

»Da ist nichts passiert.«

»Ach, bitte. Vielleicht ist *noch* nichts passiert.«

Anna bezahlte, gab Kym ihren Whisky und nahm die zwei Weingläser. »Vielleicht passiert da auch nie etwas.«

Kym war stehen geblieben, hatte ihr Glas abgestellt und versuchte nun, die Druckknöpfe und den Reißverschluss ihrer Handtasche zu schließen, was ihr gründlich misslang. »Wie meinst du das?«

»Sie weiß nichts von den Kindern.« Anna lehnte sich an die Bar.

Kym entspannte sich zusehends und winkte ab. »Und? Viele Menschen mit Kindern haben Dates. Du darfst das auch. Kinder sind kein Keuschheitsgürtel.« Sie hielt inne. »Meistens.«

»Die Kinder brauchen meine Aufmerksamkeit. Ich habe so schon kaum Zeit, wegen der Arbeit, und …«

Kym packte sie an den Schultern. »Anna. Halt den Mund. Lass dich flachlegen. Hab Spaß.«

»Ähm …«

»Nein.« Kym schüttelte den Kopf und drückte Annas Arme, mehr um ihr Gleichgewicht zu halten als alles andere. »Wenigstens eine von uns sollte Spaß haben. Ich bin so wuschig, aber ich vermisse meinen Mann. Ich bin emotional traumatisiert und so weiter. Du darfst ein Leben haben. Dein Bruder hätte nicht gewollt, dass du wegen dieser ganzen Sache leidest. Er würde wollen, dass die Kinder glücklich sind, aber genauso, dass du glücklich bist.«

»Was ist mit deinem Glück?«

Kym machte eine wegwerfende Handbewegung und kümmerte sich dann wieder um ihre Tasche. »Eines Tages. Es ist sechs Monate her und ich denke immer noch nur an ihn.« Sie hob triumphierend die Hände, als sie einen Knopf zugemacht hatte und erkannte dann, dass sie die Tasche falsch zugeknöpft hatte. »Verdammt.«

Anna lächelte liebevoll, als sie ihr bei dem Kampf zusah. Spontan zog sie Kym in eine kurze Umarmung.

Kym musterte sie misstrauisch und hörte auf, an den Knöpfen rumzufummeln. »Wofür war das?«

»Nur so. Ich bin nur froh, dich kennengelernt zu haben. Mit dir kann ich reden. Das ist schön.« Vielleicht war ihr der Wein zu Kopf gestiegen.

Das nachdrückliche Nicken, das Kym ihr schenkte, ließ diese fast das Gleichgewicht verlieren. »Ich bin auch froh. Du bist ein guter Fang, auch wenn du genauso emotional angeknackst bist wie ich. Vielleicht genau deswegen.«

Lachend nahm Anna die Weingläser und führte Kym zurück an den Tisch, wo Lane gerade mit ihrem Boss laut über die Notwendigkeit von mehr Krankenschwestern diskutierte. Sie schob Lane eines der Gläser hin und grinste.

»Danke.«

»Gern.« Gerade als Anna sich setzte, stand Lane auf.

»Toilettenpause.« Sie drehte sich um und ging, dann sah sie noch einmal über ihre Schulter und erwischte Anna beim Starren.

»Echt jetzt. Geh ihr nach.« Kym hatte ein Auge halb geschlossen, als sie den Befehl gab.

»Was?«

»Geh, folg ihr. Ihr habt euch doch den ganzen Abend mit den Augen ausgezogen! Jetzt unternimm was.«

»Was? Das haben wir nicht!«, protestierte Anna entrüstet.

Tess schnaubte laut. »Ach, komm schon, unter einigen dieser Blicke habe *ich* mich sogar gewunden.«

Kym legte ihr den Arm um die Schulter und lallte: »Ich weiß nicht, was dich noch aufhält. Folg ihr jetzt.«

»Die Kinder.«

»Tu mal was für dich.«

Anna starrte sie an. Vielleicht hatte sie recht.

Tess seufzte laut. »Jetzt geh oder mach dich darauf gefasst, dass für den nächsten Monat jeder Assistenzarzt von dir die Narkosetechniken erklärt haben will. Ich kenne viele Leute.«

»Wie fies. Ich bin die Neue.«

»Interessiert mich nicht.«

Resigniert schüttelte Anna den Kopf, stand auf und folgte Lane. Ihre Hand ruhte einen Moment auf dem Türknauf, als sie tief ein- und dann wieder ausatmete.

Sie drückte die Tür auf.

Lane kam gerade aus einer der Kabinen und lächelte, als sie zu den Waschbecken ging.

Anna erwiderte es, war allerdings unsicher, was sie als Nächstes tun sollte.

Lane trocknete sich die Hände und warf das Papiertuch in den Mülleimer, dann lehnte sie sich mit verschränkten Armen an das Waschbecken. »Hey.«

»Hey.« Anna klopfte das Herz bis zum Hals. Sie schluckte. »Ich denke, es wäre nur fair, dir etwas zu sagen; obwohl es wirklich verführerisch ist, es nicht zu tun.«

Lanes Lächeln wurde weicher.

»Du weißt nicht alles über mich«, begann Anna.

Lane kicherte, trat dann einen Schritt vor. »Niemand weiß alles über eine andere Person – deshalb macht man so Sachen wie ausgehen, reden …?«

Anna erwiderte das Lächeln, blieb aber an der Tür stehen.

Lane machte ein paar kleine Schritte auf sie zu.

»Stimmt. Aber einige Dinge sollte man vorher wissen. Wenn ich zum Beispiel in einem Monat das Land verlassen würde, sollte ich dich vorwarnen.«

Die Verwirrung war Lane deutlich anzusehen. »Okay. Wirst du denn das Land verlassen?«

»Was? Nein. Werde ich nicht.« Anna tippte mit den Fingern gegen die Tür, sie war nervöser, als sie gedacht hatte.

Sie waren nur noch Zentimeter voneinander getrennt und Anna

versuchte den Drang zu unterdrücken, Lane zu packen und zu küssen. »Es ist nur … da sind Dinge in meinem Leben. Es ist kompliziert.«

»Jeder ist kompliziert, Anna.«

Anna atmete ein und schloss einen Moment frustriert die Augen. Sie hatte große Angst, dass das alles zu viel für Lane sein würde und sie davonrannte. Und sie war entsetzt, dass ihr das Angst machte. Sie kannte Lane ja kaum. Doch ihr die Wahrheit nicht zu sagen, fühlte sich falsch an.

Und was, wenn sie es versaute? Wenn Lane abhaute? Anna würde sie nicht verurteilen. Hayley war gegangen. Wäre Anna vielleicht auch, wenn die Situation andersherum gewesen wäre. Verdammt, sie hatte selbst weglaufen wollen – und es waren *ihre* Nichte und *ihr* Neffe.

Anna öffnete die Augen und sah Lane an. Ohne weiter darüber nachzudenken, machte Anna einen Schritt vorwärts und schloss die kleine Lücke zwischen ihnen. Der Duft von Lanes Parfüm umgab sie, und ihre Wangen waren vom Wein gerötet.

Lanes Augen huschten zu Annas Mund und wieder zurück. Sie biss sich subtil auf die Unterlippe, sodass Annas Aufmerksamkeit direkt zu ihrem Mund gezogen wurde. Falls Lane weglaufen würde, wollte Anna etwas, an das sie sich erinnern konnte. Die Lücke schloss sich komplett, als ihre Lippen sich berührten.

Es hatte nur ein einfacher Kuss sein sollen. Züchtig. Doch dann umschlossen Lanes Hände zart ihre Wangen und Anna presste sich gegen ihren Körper, die Hände auf Lanes Hüften. Sie drückte ihre Lippen fester auf Lanes, gab sich dem Gefühl hin. Ihre Münder öffneten sich ein Stückchen und Anna fühlte Lanes Zunge an ihrer und stöhnte fast auf.

Einen Monat lang hatte Anna sich abgeschottet. Die ganze Zeit hatte sie versucht, für die Kinder da zu sein. Wann immer sie sich überfordert gefühlt hatte, atmete sie tief ein und stieß das Gefühl zurück.

Als Lanes Zunge ihre umkreiste, merkte Anna, wie dieses Ding in ihr, das alle Gefühle abdrückte, sich regte. Ihre Finger griffen nach Lanes Kleid, zogen sie enger an sich. Lane tat es ihr gleich, ihre Finger glitten durch Annas Haar.

Diese Küsse waren intensiv und ein wenig feucht, sie schmeckten nach Wein und waren perfekt.

Als sie aufhörten sich zu küssen, waren sie beide etwas außer Atem. Anna legte ihre Stirn an Lanes und hielt sie dabei immer noch fest.

»Wow.«

Der Klang von Lanes tiefer, heiserer Stimme ließ Hitze in Annas Bauch aufflammen.

»Ja.« Ihre eigene Stimme klang fast genauso.

»War es das, was du mir erzählen wolltest? Denn das kannst du mir immer und immer wieder sagen.«

Anna konnte nicht anders, sie musste bei dem charmanten Lächeln, das Lane ihr zuwarf, kichern. »Nein, das war es nicht. Das ist einfach passiert.«

»Na, dann kann das gern wieder passieren.«

Plötzlich wurde ihr kalt und Anna trat einen Schritt zurück. »Das wäre schön.«

Lane sah sie aufmerksam an, den Kopf zur Seite gelegt. »Was ist los?«

Sie machte einen weiteren Schritt, brach den Augenkontakt und verschaffte sich mehr Platz. Eingeklemmt zwischen der Tür und Lane, die sie so erwartungsvoll ansah, fühlte Anna sich gefangen. Konnte sie Lane nicht einfach wieder küssen?

»An mir gibt es einen Haken.«

»Scheint mir eher, als hättest du mich am Haken.«

Anna lachte diesmal sogar. »Schmeichlerin.« Sie verschränkte die Arme und wünschte sich, der Wein würde es einfacher machen. Lanes Lippen waren rot, geschwollen von dem Kuss, und Anna wollte sich nur vorbeugen und sich wieder in ihr verlieren. »Du kennst Ella? Und ich habe meinen Neffen, Toby, erwähnt?«

Lane nickte, immer noch verspielt.

Reiß es ab wie ein Pflaster, Anna. »Mein Bruder, Jake, starb vor über einem Monat bei einem Autounfall, zusammen mit meiner Schwägerin. Sie haben mich zum Vormund der Kinder gemacht. Ich … sie gehören quasi zu mir.«

Das Lächeln verschwand von Lanes Lippen. Sie blinzelte überrascht, ihr Mund stand etwas offen.

Anna wartete ab, doch nach einem Moment unerträglicher Stille entschied sie, dass sie es nicht ertragen konnte, Lane gehen zu sehen. Sie drehte sich um und floh.

Anna hatte seinen Namen gesagt. Und es hatte geschmerzt, hatte an ihren Eingeweiden gezerrt, und sie fühlte sich fast, als müsste sie sich übergeben. Und jetzt, nach einem unglaublich tollen Kuss, hatte sie Lane verjagt. Anna ging schnell hinaus, kam nur kurz am Tisch vorbei, um ihre Jacke zu holen.

Kym sah sie erstaunt an. »Wie ist es gelaufen? Ich dachte schon, ihr kommt gar nicht mehr raus. Ich habe die Tür im Auge behalten.« Sie versuchte zu zwinkern, es wurde aber nur ein betrunkenes Blinzeln.

»Ja … ganz gut. Ich muss los. Bis bald.«

Anna flüchtete und war froh darüber, dass mittlerweile alle etwas zu betrunken waren, um ihr zu viel Aufmerksamkeit zu schenken. Die kalte Luft traf auf ihre erhitzten Wangen, als sie ihre Jacke anzog. Sie wusste nicht, wohin sie wollte, also ging sie nach links und eilte die

Straße runter. Sie atmete schwer, war genervt von sich selbst, von der Situation, ihrem Leben und lief blind weiter.

Sie hatte Lane geküsst, hatte eine Bombe platzen lassen und war dann abgehauen. Und jetzt war sie allein auf der Straße, etwas angetrunken. Gott, wie sehr sie ihren Bruder anrufen und ihm alles erzählen wollte. Oder Sally. Sie wollte sie nur anrufen und hören, wie sie das Telefon hin und her reichten, sie abwechselnd aufzogen und ihr Ratschläge gaben. Jake würde sie jetzt einen Feigling nennen. Sally würde ihn auf den Arm boxen, das Telefon nehmen und ihr lachend sagen: *›Nicht wirklich ein Feigling, eher … vorsichtig.‹* Und Jake würde aus dem Hintergrund rufen: *›Feigling!‹*

Sie vermisste sein Lachen.

Anna hatte sie oft angerufen, wenn sie von der Arbeit kam, und Sally war ans Telefon gegangen und sie beide hatten bei einem Glas Wein über ihren Tag geredet. Irgendwann hatte Jake dann das Telefon genommen und sie beide hatten stundenlang gequatscht, waren der Vertraute des jeweils anderen gewesen. Das war die einzige Konstante seit ihrer Kindheit gewesen.

Und jetzt? Ihr Hals brannte und sie verbiss sich die Tränen. Sie wollte mit ihrem Bruder reden. Sie wollte ein einfaches Leben, eines, in dem sie Lane kennenlernen, mit ihr im Bett landen konnte und sich keine Gedanken machen musste. Obwohl, wenn der verdammte Unfall nicht gewesen wäre, wäre sie immer noch mit Hayley zusammen. Also, was wollte sie wirklich? Anna wusste es nicht mehr.

»Anna!«

Beim Klang ihres Namens drehte sie sich um.

Lane kam vor ihr zum Stehen; sie atmete schwer und sah besorgt aus. Ihre Augen suchten nach etwas in Annas Gesicht.

»Warum bist du abgehauen?«

Anna wickelte die Arme um sich selbst. »Also, ich weiß nicht.« Das war nicht gelogen. Rückblickend war ihr Abgang wohl etwas dramatisch gewesen. »Dein Gesicht, du sahst aus …«

»Überrascht? Schockiert?« Lane trat einen Schritt vor, legte ihr die Hände auf die Schultern, als wollte sie sicher gehen, dass Anna nicht wieder weglief. »Das war ich. Das … das ist einfach grauenvoll. Für dich. Für die Kinder. Deinen Bruder zu verlieren, und sie ihren Dad. Ihre Mum.« Lane schüttelte den Kopf. »Gott … euer aller Leben ist komplett auf den Kopf gestellt worden.«

Anna schluckte den Kloß in ihrem Hals hinunter und zuckte mit den Schultern.

»Warum bist du gegangen?«

Anna war nicht sicher, ob sie sprechen konnte.

Lane sah sie mit großen, besorgten Augen an.

Die Gefühle, die Anna im Hals stecken blieben, drohten sie zu ersticken. Kraftvoller, als sie beabsichtigt hatte, küsste sie Lane. Mit noch geschlossenen Augen zog sie sich zurück, hatte Angst, sie zu öffnen und sich zu verraten.

»Anna, öffne die Augen.«

Nach einem Moment tat sie das. Eine Träne lief ihre Wange herunter. Lane strich sie fort, ihr Daumen fühlte sich sanft an auf Annas Haut.

»Tut mir leid.«

»Was? Dass du weggelaufen bist oder dass du weinst? Für Tränen darfst du dich nicht entschuldigen.«

»Für beides.« Lanes Hände lagen in ihrem Nacken, während Annas sich an Lanes Jacke festkrallten. »Ich, also, ich dachte, dass es zu viel sein könnte. Die Kinder, die ganze Last. Mein Bruder.« Ihre Stimme stolperte leicht über das letzte Wort und sie atmete tief ein und langsam wieder aus.

Lanes Stimme klang weich. »Du bist eine Idiotin.«

Das Lachen, das in ihr feststeckte, brach fast wie ein Schluchzen aus Anna heraus. »Kannst du mir das verübeln?« Sie sah zu Boden. »Habe ich erwähnte, dass meine Freundin mich wegen der Kinder verlassen hat?«

Lane neigte den Kopf, um Annas Blick auffangen zu können. Ihre Stimme war sanft. »Dann ist sie eine Idiotin. Ich kann natürlich nicht sagen, dass mich das traurig macht. Das bedeutet, dass du definitiv Single bist.«

»Ich würde keine Frauen in öffentlichen Toiletten küssen, wenn ich es nicht wäre.«

»Gut zu wissen.«

Anna atmete zittrig ein und Lane zog sie zu sich. Anna folgte ihrem Gefühl und vergrub ihr Gesicht in der Wärme von Lanes Hals. Starke Arme legten sich um sie und Anna brach zusammen. Das Schluchzen, das sich aus ihrer Brust zwängte, war schmerzhaft, als würde sie sich von etwas trennen. Die Tränen kamen schnell und heftig, durchnässten Lanes Jacke unter ihrer Wange.

»Tut mir leid.« Anna keuchte die Worte gegen die weiche Haut, ihre Hände krallten sich an Lane fest.

Lanes Hände strichen über ihr Haar, zogen Anna enger an sie. »Mir nicht.«

KAPITEL 9

Anna Foster hasste es, die Kontrolle zu verlieren.

Mit einem Vater, der viel von Disziplin hielt, und einer Mutter, die sie zwar liebte, sich jedoch nicht gegen ihren Mann stellte, waren Anna und ihr Bruder zu unnachgiebigen Personen sich selbst gegenüber geworden. Sie mochte es, Dinge und auch Menschen zu reparieren und diejenige zu sein, die alles zusammenhielt. Sie hatte Ella und Toby beschützt, als ihre kleine Welt auf den Kopf gestellt worden war. Sie hatte ihre weinende Mutter im Arm gehalten, die Anna Fragen stellte, auf die sie keine Antworten hatte. Sie hatte ihrem Vater gegenüber stoisch genickt, das Kinn vorgestreckt und die Lippen geschürzt, anstatt zusammenzubrechen. Selbst jemanden zu brauchen gehörte nicht zu dem, was Anna wollte.

Doch Lanes Arme um sich zu haben, fühlte sich unglaublich gut an. So weit loszulassen, dass sie weinen konnte, war, wie aus Wasser aufzutauchen und zum ersten Mal seit Langem wieder atmen zu können. Sie wusste nicht, wie lange sie auf dem Gehweg gestanden hatten, nur dass Lane irgendwann etwas geflüstert hatte und sie gemeinsam die Straße hinuntergegangen waren. Mit dem Arm eng um Lane geschlungen, hatte Anna den Kopf an ihre Schulter gelegt und ihre Tränen weiterfließen lassen. Die Schotten hatten sich definitiv geöffnet.

Nach einer kurzen Taxifahrt wurde Anna in ein Gebäude geführt, das in dieser modernen Gegend fehl am Platz wirkte. Sie gingen hinein und nahmen den Aufzug zu Lanes Stockwerk, wo sie entschlossen die zweite Tür rechts öffnete und Anna hineinführte.

Neugierig sah sich Anna im Zimmer um, während Lane ihre Jacken nahm und sie über die Couch warf.

Lane drehte sich um und sah sie lächelnd an. »Tränen auf den Wangen und trotzdem schmunzelst du?«

»Nette Bude.«

»Nette Bude, aber …?«

Ihr Schmunzeln wurde breiter, obwohl ihre Wangen noch immer feucht waren. »Es ist sehr … klassisch.«

»Ähm … Ich mag alte Dinge?«

»Du bist so … glatt und ordentlich. Ich hab mir dich in einem schicken, modernen Appartement vorgestellt.«

Lane setzte sich auf die Couchlehne und verschränkte die Arme. »Na ja, meine Eltern schätzen alles, was mindestens zwei anderen Menschen vor ihnen gehört hat. Mein Vater hat Handwerkszeug geliebt und meine Mutter mochte alles, was er restauriert hat.«

Anna sah sich erneut um und versuchte, das leichte Zittern ihrer Finger zu ignorieren. »Im Nachhinein würde ich sagen, passt das viel eher zu dir als modernes Zeug.«

Lane hob spielerisch eine Augenbraue. »Hm.«

So sehr sie auch gerne ebenfalls verspielt zurückgeflirtet hätte, war es im Moment einfach unmöglich. Erneut traten Anna Tränen in die Augen.

Als Lane aufstand und sie beunruhigt anschaute, schüttelte Anna den Kopf und trat mit verschränkten Armen zurück.

»Anna.« Lane flüsterte fast.

»Ich … es tut mir leid.« Ihre Stimme klang rau.

»Bitte, hör auf, das zu sagen.«

Als Lane diesmal auf sie zukam, trat Anna nicht zurück, sondern ließ sie die Lücke schließen. Anna vergrub ihr Gesicht wieder an Lanes Hals, ihre Hände steckten zwischen ihnen und sie hielt sich an Lanes Kleid fest. »Ich kann nicht a-aufhören, jetzt, wo ich damit angefangen habe. Ich will nicht einmal weinen. Es hört einfach nicht auf.«

Mit den Lippen an Annas Ohr fragte Lane: »Weinst du zum ersten Mal?«

Anna konnte nur nicken.

Lanes Griff wurde fester. »Dann darfst du dich erst recht nicht mehr entschuldigen.« Nachdem Lane sie ein paar Minuten gewiegt hatte, brach sie das Schweigen: »So. Willst du es einfach wegkuscheln oder willst du lieber einen Film schauen? Oder willst du hier sitzen und reden, während ich die Tränen ignoriere? Oder … was immer du sonst tun willst.«

Anna atmete zittrig ein, ihre Stirn war immer noch an Lanes Schulter gepresst. »Hier sitzen und reden und die Tränen ignorieren.«

»Okay. Wein? Ich weiß, wir hatten schon ein paar Gläser, aber Wein passt zu den meisten Situationen.«

»Wein, ja.«

»Gut, du setzt dich hin.« Sie stieß Anna sanft zur Couch und die ließ es ohne Widerstand geschehen.

Seltsam erschöpft ließ sie sich auf die Couch fallen, nahm ihr Tuch ab und warf es auf ihre Jacke. Sie wischte sich über die Wangen und atmete erneut leise und zitternd ein. Sie wusste nicht, was mit ihr los war.

Lane bewegte sich leichtfüßig durch die Wohnung, holte eine Flasche Rotwein und zwei Gläser hervor. Sie hielt den Wein hoch. »Trinkst du überhaupt Rotwein? Ich habe keinen weißen da.«

»Rot ist okay.« Annas Nicken wurde von einem sanften, verwässerten Lächeln begleitet.

Nachdem Lane ihnen beiden ein Glas eingeschenkt hatte, setzte sie sich. Sie nahmen beide einen Schluck. Lane drückte ihren Ellbogen gegen die Rückenlehne und stützte den Kopf in ihrer Hand auf, dann sah sie Anna durchdringend an. »Wieso hast du noch nicht geweint?«

Anna nahm einen weiteren Schluck und versuchte zu ignorieren, dass ihre Augen angesichts weiterer Tränen brannten. »Ich weiß es nicht. Ich musste … meine Mutter brauchte mich. Und die Kinder. Und dann Hayley. Und dann ich. Es war, als ob ich es so sehr unterdrückt hätte, dass ich einfach nicht mehr konnte, selbst wenn ich gewollt hätte.«

Lane stellte ihren Wein auf den Couchtisch und beugte sich dabei ein Stück vor, sodass sich ihre Knie leicht berührten. »Standet ihr euch nah? Du und dein Bruder?«

Anna schloss die Augen, als müsste sie sich innerlich stählen. Sie nickte, als sie sie langsam wieder öffnete. »Ja. Sehr nah.«

Lanes zusammengezogene Augenbrauen ließen Annas Tränen erneut fließen. Sie war froh, dass sie diesmal nicht schluchzte oder nach Luft schnappen musste. Lane beugte sich nicht vor, um sie zu beruhigen; sie hielt sich offensichtlich an Annas Anweisung, die Tränen zu ignorieren.

»War das immer so? Meine Schwestern und ich haben uns als Kinder ständig gestritten. Erst als wir aus der Highschool waren, haben wir uns allmählich ganz gut verstanden.«

»Du hast Schwestern?«

»Ja, zwei. Meine ältere Schwester und ich können ganz gut miteinander, aber die jüngere und ich liegen uns ständig in den Haaren. Wir sind zu verschieden – trotzdem ist sie ein guter Mensch.«

»Ich kann mir auch nicht vorstellen, dass jemand, der mit dir verwandt ist, kein guter Mensch sein soll.«

»Ich kann furchtbar sein.«

Anna lachte, wodurch sich die Anspannung in ihrer Brust löste. »Auch wenn wir uns noch nicht so gut kennen, weiß ich, dass du kein schlechter Mensch bist, Lane.«

»Also seid ihr schon von klein auf gut miteinander zurechtgekommen? Ich denke nicht, dass das viele Geschwister von sich behaupten können.«

»Jake und ich …« Sie wollte nur seinen Namen sagen können, ohne dass ihr Magen dabei schmerzte. »Wir standen uns immer nah. Wir sind ein paarmal umgezogen, was uns nur noch mehr zusammengeschweißt hat. Wir haben uns gut verstanden, uns trennte ja auch kaum ein Jahr. Wir waren unzertrennlich.«

»Wer war älter?«

»Er. Aber viele haben angenommen, dass wir Zwillinge wären.«

Lanes Hände strichen über Annas Knie, doch ihre Augen waren auf Annas Gesicht gerichtet, während sie sich unterhielten. Anna balancierte das Weinglas auf ihrem Schenkel und lehnte sich seitlich in die Sofakissen.

»War er gern ein großer Bruder?«

Die Frage war wie ein Schlag in den Magen. Trotzdem ging es Anna etwas besser, als sie über ihre Antwort nachdachte. »Ich denke schon. Obwohl wir fast gleich alt waren, hat er mich beschützt. Als ich sechzehn war, hat er einen Typen geschlagen, weil der mich Kampflesbe genannt hat.«

»Das hat einer zu dir gesagt?«

»Ja. Jake hatte es gehört, den Typen an der Schulter gepackt, ihn umgedreht und ihm eins auf die Zwölf gegeben.«

Lane grinste. »Ich sollte Gewalt nicht verherrlichen, aber das ist fantastisch.«

»Ja, das war es. Später habe ich ihm dann gestanden, dass ich lesbisch bin. Er sagte mir, ich solle ihm etwas erzählen, das er noch nicht wüsste.«

»Er klingt super.«

»Das war er auch.«

»Standest du seiner Frau auch nah?«

Anna sah zu Boden. »Ja. Sally und ich haben sofort einen Draht zueinander gehabt. Ich habe sie kennengelernt, als ich einundzwanzig war, und wir beide hatten eine Schwäche für Weißwein und dafür, Jake zu ärgern.« Sie lächelte sanft. »Sie waren so verliebt, die zwei. Es gab keine … Unsicherheiten? Kein Wenn und Aber. Sie waren einfach so gefestigt.«

»Das klingt wirklich schön.«

»War es. Eines Abends, nach ihrem dritten Date, war Jake betrunken und rief mich an, um mir zu sagen, dass er sie heiraten würde.«

»Drittes Date? Das ist das Sex-Date.«

»Ich bin mir ziemlich sicher, dass ihr erstes Date das Sex-Date war.«

»Go, Jake.« Lane klang ziemlich beeindruckt. »Scheint, als hätten die Fosters ein gutes Händchen für Frauen.«

Anna lachte wieder, diesmal weniger angestrengt und fast aufrichtig. »Das würde ich so jetzt nicht behaupten. Aber er war sich bei Sally sicher. Selbst, als er im Einsatz war, ging es ihnen gut.«

»Er war in der Army?«

»Air Force. Drüben im Irak. Als Sally mit Toby schwanger wurde, ist er in die Verwaltung gewechselt. Bei einem Luftangriff hätte es ihn fast erwischt, er hat Glück gehabt. Einmal hat er gesagt, dass er …«, Anna unterbrach sich und schaute in ihr Weinglas, »… dass die Kinder nicht ohne Vater aufwachsen sollten.«

Lane sagte nichts, aber ihre Finger verstärkten den Druck auf Annas Knie.

Ohne aufzusehen, sprach Anna weiter: »Ich frage mich so vieles, Lane. Wenn er im Irak geblieben wäre, würde es ihnen dann gut gehen? Wenn sie seinen dämlichen SUV und nicht Sallys kleinen Wagen genommen hätten, hätten sie überleben können?«

»Es ist ganz normal, sich darüber Gedanken zu machen. Aber durch deinen Job weißt du, dass es sich nicht lohnt.«

Anna wandte endlich den Blick von ihrem Wein ab und blinzelte die Tränen fort. »Ich weiß. Aber ich kann nicht anders. Im Irak war er so tapfer. Jake hat einen Krieg überlebt, und dann radiert so ein betrunkenes Arschloch zwei der wunderbarsten Menschen einfach so aus und macht zwei Kinder zu Waisen.«

Für einen Moment herrschte Schweigen zwischen ihnen, das nur durch das laute Ticken der Kaminuhr unterbrochen wurde. Dann sagte Lane: »Das Leben ist Scheiße. Und manchmal unfair.«

»Ist es.«

»Was die beiden Kinder betrifft, die können sich glücklich schätzen, dich zu haben. Es ist eine miese Situation, aber sie haben dich.«

Anna schluckte schwer und schlug die Augen erneut nieder. »Ja.«

»Was denn?«

Anna setzte sich auf und zog sich etwas in sich zurück, als sie das Weinglas festhielt. »Das ist ein mieses erstes Date.«

Lane sah beleidigt aus. »Das ist *kein* Date. Meine Art von Date wird dich vom Hocker hauen, und danach wirst du dich mir an den Hals werfen.«

Unwillkürlich musste Anna lächeln. »Das glaube ich dir. Dann ist das hier eine blöde erste richtige Unterhaltung.«

»Halt den Mund, Anna. Hieran ist gar nichts blöd. Ich wollte dich schon richtig kennenlernen, seit du versucht hast, mich mit einem Einkaufswagen zu töten.«

»Na, und ich lerne gerade, dass du eine maßlose Übertreiberin bist. Versucht, dich zu töten? Bitte.«

»Fast. Nun lenk nicht vom Thema ab. Worüber haben wir gesprochen? Die Kinder können sich glücklich schätzen, dass sie dich haben.«

Mit der Fingerspitze über den Glasrand zu fahren war einfacher, als darauf zu antworten. »Ich wollte es nicht.« Es laut auszusprechen ließ die Schuld in ihrem Bauch sich gefährlich aufbäumen. »Ich wollte nie Kinder. Schon gar nicht die von jemand anderem.« Ihre Wangen brannten und Anna starrte auf ihre Hände.

»Na und?«

Anna riss den Kopf hoch. »Was soll das heißen? Ich wollte es nicht. Ich mochte mein Leben so, wie es war. Selbst jetzt gibt es noch Tage – viele Tage –, an denen ich einfach die Tür öffnen und so weit wegrennen will, wie ich nur kann. Diese Kinder verdienen jemanden, der sie will; sie verdienen Eltern.«

»Anna, es ist doch egal, dass du es nicht wolltest. Du hast es trotzdem gemacht. Du hast dein ganzes Leben fallengelassen, deine Freundin aufgegeben und bist in eine andere Stadt gezogen, um dich um die Kinder deines Bruders zu kümmern. Was soll's also, dass du keine Kinder wolltest? Oder dass du anfangs Nein sagen wolltest? Mach dir mal bewusst, was du jetzt tust. Ich muss Ella nur einen Augenblick lang ansehen und weiß, dass sie in dich vernarrt ist.«

Mit immer noch brennenden Wangen starrte Anna Lane an. »Manchmal will ich weglaufen. Manchmal liege ich im Bett, nachdem ich Berge von Kinderwäsche in die Maschine gestopft habe, nachdem ich nach dem Abendessen und dem Baden nur so durch die Gegend gerast bin. Ich denke darüber nach, dass Ella kaum spricht und viel zu zerbrochen ist für jemanden, der so jung ist, und wie Toby beginnt, seine Eltern zu vergessen. Ich denke darüber nach, wie Ella auf der Couch sitzt und auf die Wand starrt, anstatt den Fernseher zu beachten. Und ich denke darüber nach, wie sehr ich mein Leben zurückwill. Es ist so selbstsüchtig, aber ich will einfach mein Leben zurück. Ich liege da und fühle mich, als würde ich gleich explodieren.«

»Das liegt am Sexentzug.«

Anna verschluckte sich am Wein. »Wie bitte?«

»Du willst explodieren? Da kannst du was machen.«

Das Schnauben, das Anna von sich gab, war nicht gerade sexy. »So kann man einen ernsten Moment auch ruinieren.«

»Sieh mal, natürlich fühlst du dich so. Du trauerst, du bist in einer neuen Stadt, du wurdest verlassen und du hast zwei Kinder bekommen. Es ist okay, wütend und gereizt zu sein und alles zu hassen.« Lane legte Anna den Finger unters Kinn und hob ihren Kopf an, sodass Anna gezwungen war, ihr in die Augen zu sehen. »Das darfst du alles fühlen. Es ist erlaubt. Was wirklich zählt, ist das, was du tust. Und die Kinder? Du liebst sie und bist für sie da. Obwohl es nicht das war, was du wolltest. Was du fühlst, haben mit neunzigprozentiger Wahrscheinlichkeit alle Eltern auf der ganzen Welt schon einmal gefühlt, also darfst du das auch.«

Anna schob sich vor und schloss im letzten Moment die Augen, bevor sie ihre Lippen auf Lanes drückte. Sie zog sich etwas zurück, ihr Atem hing zwischen ihnen. »Du bist schon beeindruckend, Lane Bishop, weißt du das?«

Lane verdrehte die Augen. »Wie du schon sagtest, du kennst mich kaum.«

»Das würde ich gern ändern.«

»Würdest du?«

»Ja.«

Sie stellte Annas Weinglas auf den Tisch, schob ihre Hand in Annas Nacken und die andere über ihr Knie. Als sie Anna sanft in einen Kuss zog, öffneten sich Annas Lippen und Lanes Zunge fuhr über ihre Unterlippe, schmeckte dort Wein und Salz. Sie saugte zart an der empfindsamen Haut, bevor sie losließ.

Stöhnend folgte sie Lane, als die sich in die Couch zurücksinken ließ. Mit den Armen neben Lanes Kopf aufgestützt, fiel Anna halb zwischen ihre Beine. Was sacht begonnen hatte, wurde schnell intensiver. Lippen begegneten sich leidenschaftlich, Zungen und Zähne trafen aufeinander.

Anna drehte sich, sodass ihr Oberschenkel zwischen Lanes Beinen lag, und stöhnte, als Lanes Knie sich zwischen ihre Schenkel schob. Sie ließ sich ein wenig auf Lane sinken, stützte sich mit einer Hand ab und vergrub die andere in Lanes Haaren. Ihre Finger verfingen sich in den Locken, zogen sanft daran und brachten Lane damit zum Stöhnen.

Hitze bildete sich in Annas Bauch. Lanes Haut fühlte sich besser an, als sie es sich hätte vorstellen können. Die Berührung ihrer Lippen raubte ihr den Atem. Die Art, wie Lanes Hüften sich unter ihr bewegten, wie ihr Oberschenkel sich gegen Anna presste, all das machte sie wahnsinnig. Sie wollte in diesem Gefühl ertrinken. Ihr Leben war schon so lange ein einziges Chaos, aber hier, mit Lane, die sich unter ihr bewegte, ging es Anna endlich wieder gut. Mehr als das, es war, als könnte sie wieder atmen. Sie hatte Angst gehabt, dass Lane verschwinden würde, sobald sie die Wahrheit kannte. Stattdessen hatte Anna jemanden gefunden, der ihr zuhörte, der interessiert war. Sie hatte jemanden gefunden, der ihr den wundervollsten Schauer über den Rücken jagen konnte. Anna konnte ein Stöhnen kaum unterdrücken.

Verlangen vernebelte ihren Verstand, als Lanes Hände ihren Rücken hinabglitten; ihre Finger fuhren an dem Stück Haut entlang, das Annas Shirt entblößt hatte. Als Fingernägel sich in ihre Haut drückten, seufzte Anna und ließ die Hüfte kreisen. Sie schob ihre Hand hinab auf Lanes Hüften, wo ihre Finger in die Falten von Lanes Kleid griffen, das praktischerweise schon weit hinaufgeglitten war. Die weiche Haut von Lanes Oberschenkel brannte heiß an Annas, während ihre Finger ihr Kleid beharrlich weiter nach oben schoben.

Annas Lippen saugten an ihrem Kinn und arbeiteten sich zu ihrem Hals vor, dann leckte sie über die warme Haut. Lane ließ den Kopf an die Couchlehne sinken und presste ihren Oberschenkel so fest gegen Anna, dass es diese fast wahnsinnig machte.

»Anna.« Ihre Stimme war leise, rauchig, wie zuvor auf der Damentoilette. Lanes Fingernägel fuhren hinab zu Annas Jeans, während sie mit der anderen Hand über Annas empfindlichen Nacken strich. Ihre Hüften folgten einem Rhythmus und Annas Lippen berührten Lanes Schlüsselbein. »Anna?«

»Hm?« Die Kombination aus Wein und Lane machte sie schwindelig.

»Bett?«

Nun hielt Anna inne. »Ist das eine gute Idee?« Sie bewegte ihre Hand nicht, aber ihre Lippen suchten erneut die unglaublich weiche Haut.

»Jetzt?« Lanes Fingerspitzen vergruben sich in Annas Schulter, während deren Lippen weiter an ihrem Nacken saugten. »Ja. Ja, definitiv eine gute Idee.«

Nach einem zarten Kuss nickte Anna. »Okay.« Sie stand auf und hielt Lane die Hand entgegen.

Mit den erhitzten Wangen sah Lane wirklich erstaunlich aus.

Sie nahm Annas Hand und Anna zog sie hoch, drehte sich dann um und hielt inne. Anna lächelte verlegen, als sie Lanes erhobene Augenbraue sah. »Ich wollte total lässig sein und dich ins Schlafzimmer führen, aber ich weiß nicht, wo es ist.«

Lane legte die Arme um Anna, führte sie rückwärts und küsste ihren Hals. »Also, das hier ist das Wohnzimmer.« Sie taumelten weiter, Lane übernahm die Führung. »Das ist der Flur.«

Anna kicherte laut zwischen den Küssen, als sie stolperten und fast durch eine offene Tür fielen.

»Und das«, Lane strich Anna das Haar aus dem Gesicht, ihre Augen waren unglaublich sanft, »ist das Schlafzimmer.«

Annas Blick ließ nicht von Lane ab. »Hübsch.«

»Ich mag es.«

Anna küsste Lane erneut, schob sie zurück, bis Lanes Waden an die Bettkante stießen.

Als sie sich fallen ließ, zog sie Anna mit sich. Sie glitt über Lane, ihre Knie links und rechts neben Lanes Hüften, und Lanes Hände kamen sofort auf Annas Taille zu liegen. Ihre Zunge spielte mit Annas Lippen, bevor sie in ihren Mund vorstieß und der Druck ihrer Finger um Annas Hüften sich verstärkte.

»Vorhin«, sagte Anna zwischen den Küssen, »da hast du gesagt, ›jetzt‹ wäre eine gute Idee.« Ihr vernebeltes Hirn wollte ihr etwas sagen.

»Ja?«

»Vielleicht haben da der Wein und die Erregung aus dir gesprochen?«

Lane lachte leise. »Vielleicht.«

»Etwas sagt mir, dass wir aufhören sollten oder wir hören gar nicht mehr auf.«

»Etwas sagt mir, dass ich dieser Idee nicht abgeneigt wäre.«

Anna schob Lane eine Locke hinters Ohr, die Haut war ganz weich unter ihren Fingerspitzen. »Grundsätzlich wäre ich auch nicht abgeneigt.«

Lächelnd beugte sich Lane nach vorn und küsste Annas Hals. »Aber wir sollten trotzdem aufhören?« Ihre Lippen wanderten langsam und neckend abwärts.

Annas Lider schlossen sich und sie drehte den Kopf, um Lane mehr Raum zu geben. »Du hast es geschafft, dass ich mich … wunderbar fühle. Aber ich … mache mir Sorgen. Ich bin verletzlich. Vielleicht breche ich in Tränen aus. Und das wäre nicht gerade heiß.«

Lane setzte sich auf. »Du bist immer heiß.« Sie legte ihre Hände an Annas Wangen. »Aber ich verstehe.«

»Ich will nicht mit dir schlafen, weil ich traurig bin und aufgestaute Gefühle habe.« Annas Augen wurden größer. »Nicht, dass es der einzige Grund wäre. Aber das ist irgendwie mein Modus Operandi und …«

»Anna. Ich verstehe. Ist schon gut. Du siehst immer noch aus, als würdest du gleich weinen – ich verstehe.« Lane zog sie für einen Kuss zu sich. »Wirklich.«

»Danke.«

»Wofür?«

»Du warst toll heute.«

»Dafür brauchst du mir nicht zu danken.«

»Trotzdem«, sagte Anna mit weicher Stimme. »Danke.«

»Okay, gern geschehen«, Lane legte ihre Hände auf Annas Schenkel, lehnte sich dann zurück und sah sie an. »Also, was machen wir jetzt? So lasse ich dich nicht heimfahren. Wir werden uns beherrschen, obwohl wir schon im Bett liegen. Was, wie ich finde, schon allein für sich einen Orden wert wäre. Ich bin vielleicht verständnisvoll, aber immer noch ein Mensch.«

Anna lachte erneut und verschränkte ihre Finger mit Lanes.

»Du kannst hierbleiben. Wir benehmen uns.«

Anna zögerte.

»Natürlich musst du nicht. Ich … ich nehme an, die Kinder sind nicht bei dir zu Hause?«

Anna schüttelte den Kopf. »Sie sind bei meinen Eltern. Ich hole sie um neun ab.«

Lane verzog das Gesicht. »Das ist früh für einen freien Tag. Okay, also bei dir wartet niemand? Ich dachte nur, dass du vielleicht lieber hierbleiben würdest. Aber es ist vollkommen in Ordnung, wenn du nicht willst.«

Anna war zwischen Lanes süßem Angebot und ihrer Angst hin- und hergerissen. Wenn sie ehrlich war, wollte sie nicht gehen, aber sie war auch nicht sicher, ob sie bleiben sollte. »Vielleicht könnten wir uns einen Film ansehen?«

»Klingt super.«

Anna zog Lane auf die Füße und Lane schmunzelte, als sie sich in die Augen sahen. »Wenn wir uns Filme ansehen wollen, brauchen wir bequeme Klamotten.«

»Was?«

»Bequeme Klamotten.« Lane drehte sich um, ging zu ihrer Kommode und wühlte darin herum. Eine Jogginghose und ein Kapuzenpulli kamen zum Vorschein. Lane warf sie Anna zu, die alles auffing. »Du ziehst dich im Wohnzimmer um und ich befreie mich aus diesem unangemessenen Kleid.«

Anna machte einen Schmollmund und hielt die Kleider gegen ihre Brust gedrückt. »Ich mag das unangemessene Kleid.«

»Zu schade. Ich brauche bequeme Klamotten zum Filme gucken.«

Seufzend drehte Anna sich um und ging zurück ins Wohnzimmer. Als sie sich umzog und die zu langen Hosen unten aufrollte, schaute sie sich um. Die Einrichtung war wirklich eindrucksvoll, der Couchtisch eindeutig handgefertigt. Lanes Dad wusste offensichtlich, was er tat.

Anna setzte sich auf die Couch. Sie musste zugeben, dass es so in der Tat viel bequemer war.

Lane kam herein und präsentierte sich in grauen Jogginghosen und einem einfachen, roten Shirt. »Na, sehe ich immer noch heiß aus?«

Kichernd nickte Anna. »Immer noch.«

Triumphierend ging Lane hinüber zum Fernseher. »Was wollen wir uns denn ansehen?«

»In den letzten paar Wochen habe ich nur Kinderfilme gesehen. Hast du irgendwas wirklich Dramatisches oder einen Horrorfilm – etwas völlig Ungeeignetes für Kinder?«

Lane schaute durch das DVD-Regal neben dem Fernseher und überflog die Titel. »Okay, du hast die Auswahl.« Sie beugte sich vorn über und Annas Blick gefiel die neue Aussicht so gut, dass sie kaum noch zuhörte. »*Die Verurteilten*, die *Scream*-Filme, *Verrückt nach Mary*. Oh, ich habe *True Blood*. Was meinst du?« Lane drehte sich ihr mit der DVD in der Hand zu und erwischte Anna mit einem schmutzigen Ausdruck im Gesicht.

Lane zog beide Augenbrauen hoch. »Ich dachte, wir benehmen uns?«

»Gucken darf man. Das habe ich die ganze letzte Woche im Krankenhaus gemacht und es ist zur Gewohnheit geworden. Es ist nicht meine Schuld – hör auf, so sexy zu sein.«

»Auf der Arbeit hast du dich auch nicht sehr subtil benommen.«

Anna zuckte unschuldig mit den Schultern.

»Ist was für dich dabei gewesen?«

Anna hatte nicht wirklich zugehört. »Ähm … vielleicht?«

Lane verdrehte die Augen. »Kennst du *True Blood*?«

Anna schüttelte den Kopf.

»Also, es ist ganz sicher nicht kindertauglich. Wird dir bei … warte …« Sie wurde rot und lächelte über sich selbst. »Vergiss es.«

Anna wandte den Blick nicht von Lane ab, als die den DVD-Player anschmiss und zur Couch kam. »Was wird mir?«

Lane sah aus, als müsste sie gleich loslachen. »Nichts.«

Unter Annas fragendem Blick brach Lane ein. »Ich wollte fragen, ob dir beim Anblick von Blut schlecht wird. Aber dann habe ich mich daran erinnert, dass du Ärztin bist und jeden Tag im OP stehst.«

Anna brach in Gelächter aus.

»Ja, ja. Deshalb habe ich nicht weiter gefragt. Los, guck dir die Folge an.«

Immer noch kichernd lehnte Anna sich zurück und zog an Lanes Hand. Lanes Arm schlang sich um ihre Taille und sie legte sich ein Kissen hinter den Kopf, um besser sehen zu können. Als das Intro einsetzte, beugte sie sich vor und drückte die Lippen auf Annas Schulter.

Anna wand sich ein wenig und starrte Lane so lange an, bis die den Blick fragend erwiderte. »Was?«

Anna drehte sich ganz um und fragte: »Wir können immer noch rummachen, oder?«

Warmer Atem streifte Annas Lippen, als Lane den Kopf senkte.

»Auf jeden Fall.«

KAPITEL 10

Anna wachte auf und fiel fast von der Couch. Stöhnend rollte sie sich herum, sodass sie Lane ansehen konnte. Irgendwann bevor sie eingeschlafen waren, hatte Lane ein Kissen geholt und Anna konnte sich nicht daran erinnern, wann sie sich das letzte Mal so wohlgefühlt hatte, insbesondere nach einer Nacht auf der Couch. Sie drehte den Kopf und küsste zärtlich Lanes Hals.

Lanes Arme schlangen sich um Annas Hüfte. »Morgen.« Lanes Stimme war vom Schlaf noch belegt.

Anna lächelte in Lanes Halsbeuge. »Morgen.«

»Wir haben auf dem Sofa geschlafen.«

Eine verschlafene Lane war niedlich. Sie klang verwirrt. Anna spürte, wie sich ihr Kopf hob und sie sich umsah, als wüsste sie nicht, wo sie war.

»Haben wir. Es war erstaunlich bequem.«

»Du bist bequem.«

Anna schmunzelte und küsste wieder Lanes Hals.

Lanes Kopf fiel zurück ins Kissen; sie entspannte sich und seufzte. »Und du fühlst dich gut an.«

»Mist!« Anna setzte sich auf und starrte Lane an. »Mist! Wie spät ist es?«

Grummelnd und mit verwuschelten Haaren nahm Lane den Arm von Annas Oberschenkel. Sie hielt sich ihr Handgelenk vor das Gesicht und sah mit zusammengekniffenen Augen darauf. »Hm …«

Lächelnd rollte Anna mit den Augen und hielt Lanes Handgelenk still. Sanft drehte sie es um, damit sie auf die Armbanduhr sehen konnte.

Lane ließ ihren Kopf aufs Kissen sinken und warf einen Arm divenhaft über ihre Augen, um die Sonne auszublenden.

»Gut, es ist erst halb sieben«, sagte Anna und seufzte erleichtert.

»Halb sieben!« Lane hob den Arm an, um Anna böse ansehen zu können. »Das ist viel zu früh. Wir haben frei.«

»Du bist also kein Morgenmensch?«

Lane versteckte sich wieder hinter ihrem Arm. »Was hat mich verraten?«

Schnaubend versuchte Anna aufzustehen, aber Lane griff nach ihr und zog sie wieder hinunter. Anna rutschte ein Stück zurück, damit Lane sich enger an sie schmiegen konnte.

»Kann ich nicht sagen. Ich weiß gar nicht, wie du die Schichtarbeit aushältst.«

Sie fühlte Lane hinter sich mit den Schultern zucken, ihr Gesicht war in Annas Haar vergraben. »Geld und Kaffee, viel Kaffee.«

»Kaffee klingt fantastisch.«

»Oh, Gott sei Dank. Du magst Kaffee. Vor Ewigkeiten bin ich mit einer ausgegangen, die keinen trank.«

»Wer mag denn bitte keinen Kaffee?«

»Abnormale. Wie überleben die?«

»Vermutlich ziemlich gut, so ganz ohne Abhängigkeit, die zu schlimmen Kopfschmerzen führt, wenn man seinen Schuss nicht spätestens um elf bekommen hat.«

Lane versuchte, sich an einem verschlafenen Kichern, während ihre Hand unter Annas Shirt wanderte und sich auf ihren Bauch legte. »Du bist nicht vor elf dran? Glückwunsch.«

»Du?«

»Zehn Minuten nach dem Aufwachen.«

»Oh, du lieber Gott. Dann habe ich noch sechs Minuten, um Koffein in dich reinzupumpen.« Anna gab vor, aufstehen zu wollen und schmunzelte, als Lane sie festhielt. »Kaffee, Lane.«

»Ja, aber du bist bequem.« Lane klang gerade wie Ella, wenn diese nicht bekam, was sie haben wollte.

»Hast du mich nicht verstanden? *Koffein.*«

Ihr Arm ließ locker. »Gut.«

Anna zog ihr Shirt zurecht, als Lane sich auf den Bauch rollte und ihr Gesicht im Kissen vergrub.

Anna hob eine Augenbraue. »Ich wäre ja gern ganz ritterlich und so, aber genau wie letzte Nacht, als ich dich ins Schlafzimmer bringen wollte, weiß ich nicht, wo alles steht.«

Lane nickte ins Kissen.

»Du starrst mich an, oder?«

»Hmhm.«

Ihre Stimme war hell, obwohl sie versuchte, grummelig zu klingen. Lane rollte zurück auf die Seite. »Du hast Glück, dass du so niedlich bist.«

»Das habe ich schon öfter gehört.« Anna zwinkerte ihr zu und ging in die Küche.

»Und du hast einen süßen Hintern.« Lane setzte sich auf den Sofarand. »Ich hab dich auf der Arbeit oft genug beim Starren erwischt.«

»Gut zu wissen, dass ich ungefähr so subtil war wie du.«

»Wie bitte?«

»Der Kaffee steht im Schrank unter dem Toaster!«

Sie hantierten in der Küche, zwar nicht ganz flüssig, aber seltsam ungezwungen dafür, dass sie sich erst seit so kurzer Zeit kannten. Lane kicherte verschlafen, als Anna sie gegen die Arbeitsplatte drückte und genießerisch küsste, während das Wasser kochte.

Mit der Kaffeetasse in der Hand saß Anna auf der Arbeitsplatte und trank kleine Schlucke, während Lane zwischen ihren Beinen stand. Annas freie Hand griff nach Lanes Shirt und hielt sich daran fest, während sie den Kaffee tranken und sie eine zufriedene Stille umgab. Anna wollte in diesem Gefühl versinken.

Lane stellte ihren Kaffee neben Anna ab, beugte sich vor und drückte ihr einen Kuss auf den Hals. Warme Lippen berührten ihre Haut und Anna seufzte.

»Musst du wirklich um neun dort sein?«

Lanes Atem an ihrem Hals jagte ihr einen wohligen Schauer über den Rücken. »Ja. Ich hab es den Kindern versprochen. Wir gehen heute in den Zoo.«

»Kann ich mitkommen?«

Anna versteifte sich, doch kam um eine Antwort herum, da Lane fortfuhr: »Mist, vergiss es … Ich habe einem Freund versprochen, ihm beim Umzug zu helfen.«

Indem sie ihren Kaffee zum Mund führte, versuchte Anna, ihre Reaktion zu verstecken. »Ich müsste so gegen halb acht zu Hause sein. Damit ich pünktlich bei meiner Mutter bin.«

Lane drückte ihr einen weiteren Kuss auf den Hals und zog qualvoll langsam eine Linie bis zu Annas Schlüsselbein. Das Koffein entfaltete offenbar seine Wirkung. »Heißt, du musst bald los, oder?«

»Leider, ja.«

Lanes Hände rieben über ihre Oberschenkel und ihre Lippen wanderten weiter zur anderen Seite von Annas Hals, die gerade absolut nirgendwo hingehen wollte. »Wie wäre es, wenn ich dich um neun bei deiner Mutter absetze?«

»Hm…« Ihr Kopf neigte sich leicht nach hinten, als Lanes Zunge an ihrer Haut spielte. »Ich brauche meinen Wagen, da ist der Kindersitz drin.«

»Mist.« Lanes Stimme war ein Flüstern an Annas Ohr. »Sollen wir hier duschen und danach fahre ich dich zu dir?«

Das Bild einer nackten Lane in der Dusche ließ Anna breit grinsen.

»Wir duschen nacheinander, du Pervo. Wir stehen unter Zeitdruck. Und wir benehmen uns. Oder so.«

Anna zuckte unbeeindruckt mit den Schultern. »Du hast mir das Bild in den Kopf gesetzt.«

»Ist ja auch ein schönes Bild.«

Sie duschten – getrennt. Lane bereitete noch einen Kaffee zum Mitnehmen vor, während sie auf Anna wartete. Sie zogen ihre Jacken an, und als Anna den Arm durch den Ärmel schob und den Kaffeebecher nahm, hielt sie inne, um Lane anzusehen.

Lane hob eine Braue. »Was?«

»Du bist umwerfend.«

»Bin ich?«

Ihre Finger strichen eine lose Locke hinter Lanes Ohr. »Bist du. Danke.«

»Kein *Danke* und keine *Entschuldigungen* mehr. Das sind die Regeln.«

Lane öffnete die Tür und Anna ließ ihre Hand an Lanes Arm hinabgleiten, um ihre Finger mit Lanes zu verhaken, dann zog sie sie mit sich. »Regeln?«

»Oh, ich bin ziemlich dominant.«

»Das könnte lustig werden.«

Lane lächelte schief und drückte den Fahrstuhlknopf. In der Tiefgarage angekommen, gingen sie zu Lanes Wagen.

Während der Fahrt schwiegen sie, tranken ihren Kaffee und Anna arbeitete daran, ihre rasenden Gedanken zu unterdrücken, bis der Wagen vor ihrem Haus zum Stehen kam.

Lane sah zu Anna hinüber. »Ich hatte gestern eine sehr schöne Zeit.«

»Mit all den Tränen und …«

»Hey. Darüber sprechen wir nicht.«

»Du bist ja tatsächlich dominant.«

»Allerdings.«

Plötzlich etwas schüchtern, tippte Anna mit dem Fingernagel gegen den Becher. »Ich hatte auch einen sehr schönen Abend. Danke fürs Zuhören und so.«

»Es war mir ein Vergnügen«, lächelte Lane. »Und du bist auch verweint noch sexy.«

Anna kicherte. »Halt den Mund.«

Als Lane sich vorbeugte, um Anna zu küssen, trafen sie sich in der Mitte. Ihre Lippen berührten sich und Lane drückte sich gegen sie. Anna legte ihre Hand über Lanes Herz; der gleichmäßige Schlag beruhigte sie.

Als sie sich voneinander lösten, legte Lane die Stirn an Annas. »Ich weiß, dass im Moment alles ziemlich kompliziert für dich ist. Aber ich würde mich gern öfter mit dir treffen, wie auch immer das aussehen mag.«

»Das würde ich auch gern.« Anna warf Lane ein letztes Lächeln zu, bevor sie aus dem Wagen stieg.

An der Haustür drehte sie sich noch einmal um, winkte und ging rein. Sie sah sich in dem leeren Haus um. Es war seltsam ruhig. Anna atmete tief durch.

Sie wollte Lane wirklich gern öfter sehen. Anna hatte wirklich keine Ahnung, wo die Tränen gestern hergekommen waren. Das Gespräch über Jake und Sally, die Zweisamkeit, der Film – all das hatte ihr wirklich gutgetan. Obwohl sie sich immer noch wund und verletzlich fühlte, spürte sie weniger Verspannungen in den Schultern als die ganzen Wochen zuvor. Der Kloß in ihrem Hals, der sie stets begleitete, war kleiner geworden.

Und Lane war wirklich perfekt.

Anna legte ihre Finger an die Lippen und lächelte; sie konnte immer noch Lanes Berührung spüren.

Die Frau fesselte sie. Dafür gab es keine andere Beschreibung.

Aber es war noch viel zu früh. Hayley und sie waren erst seit einem Monat getrennt. Doch durch die Ereignisse der letzten Wochen fühlte es sich an, als ob diese Wochen Monate gewesen wären. Anna hatte alle Gefühle zum Ende ihrer Beziehung weggeschlossen, zusammen mit denen für ihren Bruder. Es war alles zu viel auf einmal gewesen, insbesondere mit Ella und Toby in ihrem Leben.

Und obwohl das mit Lane viel zu früh zu sein schien, fühlte es sich einfach unglaublich richtig an.

Trotzdem war sie praktisch erstarrt, als Lane gefragt hatte, ob sie mit in den Zoo kommen könnte. Anna war zwar über die Angst hinweg, was Lane bezüglich der Kinder sagen würde, doch ihre anderen Bedenken waren nicht verschwunden. Was, wenn der Wunsch nach einer Beziehung zu selbstsüchtig war. Ella und Toby brauchten sie.

Sie rieb sich die müden Augen. Warum musste alles nur so kompliziert sein?

Wie konnte es so kompliziert sein, wenn die letzten Stunden so einfach gewesen waren?

Anna drückte sich von der Tür weg und ging nach oben, um sich umzuziehen.

In einem vorherigen Leben, in einem anderen Universum, wären sie und Lane den ganzen Tag im Bett geblieben und hätten atemberaubenden Sex gehabt – und Anna hatte keinen Zweifel daran, dass er atemberaubend gewesen wäre. Sie hätten gemütlich im Bett gefrühstückt und es anschließend nicht mehr verlassen. Oder, wenn sie noch nicht so weit wären, hätten sie sich zum Mittagessen treffen, lautstark und ganz öffentlich flirten und im Kino rumknutschen können.

Doch in Annas neuer Realität musste sie los, um ihre Nichte und ihren Neffen abzuholen, damit sie in den Zoo gehen konnten. Danach würde sie sie heimbringen und Mama spielen.

Sie nahm den Kindern nichts übel, doch tief in ihr haderte sie immer noch mit der Situation. Und sie war wütend auf ihren Bruder. Sie war sich nicht sicher, ob Letzteres gesund war.

Mit Lane zu sprechen, einiges von dem laut auszusprechen, was sie weggesperrt und unterdrückt hatte, ließ sie sich schon besser fühlen. Lane gab ihr das Gefühl, dass es okay war, so zu empfinden. Sie hatte Schock oder Empörung erwartet, doch stattdessen hatte sie Nähe und Verständnis erfahren.

Sie ging die Treppe hinunter und nahm die Wagenschlüssel. Sie liebte die Kinder und ihr Leben hier fühlte sich langsam etwas … gesetzter an –, wenn man es so nennen konnte. Etwas so Neues und Ablenkendes wie der Beginn einer Beziehung mit Lane wäre ihnen gegenüber nicht fair. Kym hatte letzte Nacht gesagt, dass ihr Bruder wollen würde, dass sie glücklich war. Aber ging das nicht alles viel zu schnell?

Nur darüber nachzudenken, bereitete ihr schon Kopfschmerzen. Wie würde sie das mit Lane, zwei Kindern und der Arbeit hinbekommen? Und zu alledem kam noch, dass sie noch nicht über die Trauer hinweg war, die sie manchmal noch mit Haut und Haaren verschlingen wollte.

Vielleicht musste es ja keine Beziehung sein. Es könnte entspannt zugehen. Zwanglos.

Seufzend parkte sie in der Einfahrt ihrer Eltern und entspannte sich, als sie Ella sah, die sich an die Scheibe presste und wie verrückt winkte. Anna winkte zurück, nahm ihre Tasche, und schaute auf ihr Handy, bevor sie ausstieg. Eine Nachricht von Lane sprang ihr ins Auge:

> *Selbst nach diesem züchtigen Kuss im Auto brauche ich eine kalte Dusche. Wir verdienen wirklich einen Orden für gestern Nacht. Was machst du nur mit mir, Anna Foster? :)*

Anna war sich nicht sicher, ob sie aufhören konnte, selbst wenn sie gewollt hätte.

»Dann geh schon mit ihr aus, um Himmels willen! Ich habe euch jetzt eine Woche lang dabei zugesehen, wie ihr einander Kaffee gebracht und über das abgestandene Cafeteria-Essen hinweg geflirtet habt.«

Anna blinzelte Kym an. »Ähm … okay?«

Kym lehnte sich an die Wand und sah Anna mit verschränkten Armen an. »Schau mal, es tut mir leid, aber du willst sie außerhalb der Arbeit treffen? Mach es. Ja, du hast zwei Kinder – aber das heißt doch nicht, dass dein Leben endet.«

»Aber was, wenn sie …«

»Sie werden sich nicht vernachlässigt fühlen, Anna.«

Augenscheinlich hatte sie das Kym gegenüber schon öfter erwähnt, als sie dachte. »Aber …«

»Nein. Werden sie nicht. Trenn die Beziehung und die Kinder für den Anfang, wenn du es so möchtest. Das macht schon Sinn. Ihr alle drei hattet große Veränderungen. Da ist es okay, das so zu machen.

Aber ernsthaft, verabredet euch endlich, damit ich stellvertretend durch dich leben kann. Gib doch zu, dass es dir seit dem letzten Mal in der Bar unter den Nägeln brennt, sie alleine zu treffen.«

Anna trank mit großen Augen ihren Kaffee. »Du kennst mich viel zu gut.«

»Es ist gruselig, wenn man bedenkt, dass diese Freundschaft jünger ist als die Milch in meinem Kühlschrank.«

»Igitt.«

»Ich bin nicht oft zu Hause.«

»Schläfst du immer noch im Krankenhaus?«

Kym zuckte mit den Schultern. »Meistens.«

»Ab wann muss ich mir Sorgen machen?«

»Wenn ich versuche, eine Katze in den Aufenthaltsraum zu schmuggeln. Dann, und *nur* dann, kannst du mich einweisen lassen.«

»Alles klar. Beim ersten Hinweis auf was Katzenartiges im Krankenhaus fange ich an, mir Sorgen zu machen.« Sie legte den Kopf leicht schief und sah Kym an. »Vielleicht aber auch schon vorher.«

Kym lächelte sanft und nahm den Kaffee, den die Bedienung ihr reichte. Sie standen an der Wand und Anna genoss das Gefühl, ihren Arbeitsbeginn komplett zu ignorieren. Der Berg an Schreibkram, der auf sie wartete, sollte jedoch nicht viel länger warten.

»Deal. Jetzt verabrede dich. Los. Sofort.«

»Okay. Na gut. Ich weiß aber nicht, für wann.«

»Na du hast doch Samstag frei. Ich meine mich zu erinnern, dass Lane früh Feierabend haben wird, und als ich gestern Nacht rumgeschlichen bin, habe ich im Schwesternkalender nachgesehen: Am Sonntag hat sie Spätschicht. Was wäre also mit einer guten, alten Verabredung am Samstagabend?«

»Du hast das geplant.«

»Na, du kriegst ja den Hintern nicht hoch. Und Lane nimmt zu viel Rücksicht auf dich und dein Leben, als dass sie etwas erzwingen würde. Da blieb ja nur noch ich übrig.«

Anna lachte lauthals und versuchte, den verträumten Ausdruck zu verstecken, den Lanes Name sicher auf ihr Gesicht gezaubert hatte. »Was ist mit den Kindern? Meine Mum hat alles umgeschmissen, um sich für mich um sie zu kümmern. Ich weiß nicht, ob ich das noch mal von ihr verlangen kann.«

»Und ich bin mir sicher, dass sie es wieder tut. Aber wenn du sie nicht fragen willst, wie wäre es dann, wenn ich babysitte?«

Anna blieb fast der Mund offen stehen. »Das würdest du tun?«

»Warum nicht? Ich bin keine Fünfzehnjährige, die ihren Freund heimlich reinholt und Zigarettenlöcher in deine Couch brennt. Ich bin Ärztin, oder so was, und ich erinnere mich dunkel daran, was Kinder in ihrer Freizeit gern tun.«

»Kym, das wäre großartig.«

»Tja, ich bin auch ziemlich großartig. Das ist angeboren.«

»Okay. Ich frage Lane.«

»Toll. Ich bin wie ein dürrer Liebesengel, nur etwas größer und cooler.«

Anna spuckte fast ihren Kaffee aus. »Hast du gerade gesagt, dass du cool bist?«

»Wirke ich etwa nicht so?«

»Nein. Aber bitte versuch es weiter. Eine Frage – hast du heute Abend Zeit, um vorbeizukommen und die Kinder kennenzulernen?«

Kym verzog das Gesicht. »Nein, tut mir leid. Ich habe Bereitschaftsdienst.«

Anna biss sich auf die Lippe, dann zuckte sie mit den Schultern. »Kein Problem. Ich rede mit Ella und wenn es nicht so gut läuft, verschieben wir alles auf einen anderen Abend.«

»Machst du dir Sorgen?«

»Ein bisschen.« Kyms erwartungsvoller Blick ließ sie seufzen. »Ich habe letztens mit Ellas Therapeutin von der Schule gesprochen. Ella macht sich ganz gut. Aber sie ist immer noch in sich gekehrt und still. Die Frau meinte, sie fühlt sich wohl immer noch isoliert.«

»Das ist nicht überraschend«, sagte Kym einfühlsam.

»Das habe ich auch gesagt – ich meine, ihre Freunde können nicht verstehen, wie sie sich fühlt. Ich denke auch nicht, dass Ella selber genau weiß, wie sie sich fühlt. Ich … sie war vorher so lebhaft. Ein Energiebündel. Gesprächig, neugierig.«

»Ihr ganzes Leben hat sich verändert.«

Anna tippte mit dem Nagel gegen den Plastikdeckel des Bechers, der ihre Hand wärmte. Es fühlte sich gut an, mit jemandem darüber zu sprechen, der die Situation ein wenig verstehen konnte. Ihre Mutter war toll, aber Anna musste *sie* in ihrer Trauer stützen. Und ihr Vater schloss sich immer noch in sein Arbeitszimmer ein.

»Das hat es. Manchmal scheint die alte Ella noch durch –, besonders mit Toby. Aber nur selten und dann sehr kurz.« Anna sprach nicht darüber, wie ihr Beschützerinstinkt sich meldete, wenn sie beiden Kindern zusah. Sie zuckte mit den Schultern, als sie zum Fahrstuhl ging. »Ich denke, es ist okay, wenn du auf sie aufpasst. Es ist nur … Ich will vorsichtig mit ihr sein.«

»Wenn es Probleme gibt, rufe ich an. Und wenn Ella sich unwohl fühlt, versuchen wir es ein anderes Mal.«

»Guter Plan.« Anna sah Kym dankbar an und lächelte dann. »Ich dachte mir nur, sie könnte eine Aufwärmphase gebrauchen.«

»Entschuldige mal bitte. Ich bin der dürre Liebesengel und außerdem eine beharrliche Kinderflüsterin. Es wird wunderbar laufen – pass nur auf. Vielleicht tauche ich in einem Ballerina-Outfit auf.«

Sie gingen ihrer Wege und Anna kicherte über das Bild, das Kym ihr gerade in den Kopf gesetzt hatte. Bevor sie ihr Handy nehmen und Lane schreiben konnte, meldete sich ihr Pager und sie wurde zu einer Notoperation gerufen.

Die OP war gut verlaufen, was bedeutete, dass sie die meiste Zeit Vitalwerte aufgeschrieben und einen Artikel gelesen hatte, um ihre monatlichen Stunden der Weiterbildung aufzufüllen. Was Anästhesisten halt so taten, wenn es keine Probleme bei OPs gab. Bevor sie jedoch Zeit hatte, Lane zu schreiben, war ihr Tag schon wieder vorbei und sie musste Toby abholen.

Bevor sie auch nur drei Schritte in den Raum machen konnte, war er bereits gegen ihre Beine geprallt. Sobald er auf ihrem Arm war, schlang er seine pummeligen Ärmchen um ihren Hals und tätschelte sie auf seine niedliche Art.

»Hey, kleiner Mann.« Sie sah zu Tanya, winkte und trug Toby aus der Anwesenheitsliste aus. Mit seiner neuen Dinosaurier-Lunchbox in der Hand verließen sie die Krippe.

»Tut mir leid, dass ich heute Mittag nicht da war, Tobes. Es war ziemlich hektisch.«

Anna ging normalerweise mindestens zweimal am Tag zu ihm, wenn sie Zeit hatte. Wenn Toby auf sie zugestürmt kam, überglücklich sie zu sehen, bekam sie immer ein warmes Gefühl im Bauch.

Sie zog ihr Handy hervor und tippte schnell einen Text, dabei hielt sie es extra hoch, damit Toby nicht danach greifen konnte. Es war gruselig, wie einfach er sich auf ihrem iPhone durchklicken konnte.

Hey Lane. Hast du diesen Samstagabend Zeit? Ich frage mich, ob du Lust hast, mich mit einem Date vom Hocker zu reißen …

Sie drückte auf *Senden* und steckte das Handy zurück in die Tasche. »Hast du heute mit der Eisenbahn gespielt, Tobes?«

»Thomas.«

»Thomas, was? Ist Percy nicht eifersüchtig, weil du weniger mit ihm spielst?«

Toby blinzelte sie nur an.

»Ja, schon gut.«

»Anna!«

Sie war so auf die Nachricht und dann auf Toby konzentriert gewesen, dass sie gar nicht richtig bemerkt hatte, dass sie schon in der Lobby waren. Als sie stehen blieb und sich umdrehte, sah sie Lane, die schnell auf sie zueilte.

»Hey.«

Lane winkte mit dem Telefon in der Hand und sah zu Toby, der sie mit großen Augen anstarrte. »Ich habe deine Nachricht gerade gelesen. Hallo, Süßer!« Sie sah von Toby zu Anna. »Wow, ich weiß, was Ella meinte, als sie sagte, er sähe noch mehr aus wie du.«

Als Anna Toby sanft auf ihrer Hüfte wippte, hob er die Hand und nahm die Finger in den Mund. Das tat er inzwischen, wenn er seine Knuddeldecke nicht bei sich hatte.

»Ja, die Leute denken immer, dass er meiner ist.« Sie lächelte traurig, während sie an seiner Hand zog, damit er die Finger aus dem Mund nahm. Der Dank dafür war ein langer Speichelfaden, der auf ihrer Schulter landete. Sexy.

Toby starrte Lane immer noch an. Sein kleines Gesicht war ernst, obwohl sie ihn anlächelte.

»Er ist wunderhübsch, Anna.«

»Finde ich auch.« Sie schaute zu Toby. »Und das weißt du auch.« Sie piekte ihn in den Bauch und versuchte damit, den ernsten Ausdruck von seinem Gesicht zu verscheuchen.

Er schrie, kicherte und vergrub sein Gesicht in Annas Halsbeuge, dann legte er die Arme um sie.

Lane sah aus, als würde sie ihn schnappen und knuddeln wollen. »Ist er immer so schüchtern?«

»Nicht mal annähernd.«

»Hatte ich auch nicht erwartet.« Lane sah sie an. »Ich bin am Samstag übrigens dabei. Als ob das infrage gestanden hätte.«

Anna rieb Tobys Rücken. »Toll.«

»Darf ich dich abholen? So um sechs?«

»Sechs Uhr dreißig? Dann wird der hier nämlich schlafen.«

»Sechs Uhr dreißig ist perfekt. Bereite dich darauf vor, vom Hocker zu fliegen.«

»Großartig.«

»Was meinst du, Toby?«

Toby blickte von Annas Arm aus zu Lane.

»Kann ich mir deine Tante für eine Weile borgen?«

»Meine Na.« Er vergrub das Gesicht wieder in ihrer Halsbeuge.

Lane lächelte und Anna verdrehte die Augen. Sie piekte ihn wieder in die Rippen, um ihn dazu zu bringen, glücklich zu quietschen. »Du kannst mich ruhig teilen, kleiner Mann.«

»Meine Schicht ist noch lange nicht vorbei, also muss ich mich beeilen. Aber morgen sehe ich dich zum Mittag?«

»Aber klar.«

Lane stand einen Moment lang unschlüssig da und sah aus, als wäre zu gehen das Letzte, was sie tun wollte. Dann machte sie einen Schritt zurück und lächelte bedauernd. »Dann bis später. Tschüss, Toby«

Bevor sie ganz verschwunden war, setzte Toby sich plötzlich auf und begann zu winken. »Schü-Schü.«

Anna kitzelte ihn und er wand sich.

Mit einem letzten Winken ging Lane und Anna sah ihr nach, bis sie verschwunden war. Ihr Gesicht zierte ein idiotischer Ausdruck, das wusste sie; es interessierte sie nur nicht.

Sie blickte zu Toby, der Lane nachsah, als ob er bereute, nicht netter zu ihr gewesen zu sein, jetzt, da die Lady mit dem hübschen Lachen verschwunden war. Er sah verwirrt zu Anna.

»Du siehst sie wieder, Tobes, da bin ich sicher.«

Er nickte ernst und schob sich die Finger wieder in den Mund.

KAPITEL 11

»Warum trägst du ein Kleid?«

Anna drehte sich vom Spiegel weg und sah, wie Ella vom Türrahmen aus in ihre Richtung spähte.

Mit seiner zerknitterten Decke in der Hand stand Toby vor ihr. Er grinste Anna an, bevor er zu ihr lief und gegen ihre Knie stieß. Zu den blauen Augen, die sie ansahen, konnte Anna nicht Nein sagen, und sie nahm ihn hoch auf ihren Arm. Sofort ließ er seinen Kopf auf ihre Schulter sinken und seine Hand legte sich auf ihr Schlüsselbein; die Decke klemmte zwischen ihnen.

Sie strich über sein Haar, das nach dem Waschen ganz weich war. Abends, wenn er schläfrig und kuschelbedürftig war, war er unglaublich niedlich und liebenswert. Sie hatte ja keine Ahnung gehabt, dass ein Kind die Macht besaß, ihr Herz so zum Schmelzen zu bringen.

Anna sah an sich herab und fragte: »Ist das ein schlechtes Kleid?«

Als Ella energisch den Kopf schüttelte, wehte ihr rotblondes Haar um ihr Gesicht. »Nein! Du siehst wirklich hübsch aus.« Sie setzte sich auf die Bettkante und hielt ihren bemalten, orangen Gipsarm fest. Während sie Anna weiter ansah, verzog sie ihr Gesicht. »Aber du trägst sonst nie Kleider.«

Anna lächelte schief, drehte sich wieder zurück zum Spiegel und sagte dann, ohne nachzudenken: »Das habe ich mal, Ella Bella.«

»Warum jetzt nicht mehr?«, fragte Ella neugierig.

Anna sah den halb schlafenden Toby in ihrem Arm an. Ihrem roten Cocktailkleid war noch nie ein Kind nahe gekommen. Auf dieses Kleid war in Datingfragen immer Verlass gewesen: Der Ausschnitt war tief genug, um Aufmerksamkeit zu erregen, ohne aber billig zu wirken, und der Rockteil flatterte um ihre Knie, genau wie sie es mochte. Aber es war der Rücken, der es zu einem Hingucker machte, der Teil zwischen ihren Schulterblättern war ausgeschnitten. Ihr hellbraunes Haar trug sie offen und sie hatte es glatt geföhnt.

Anna achtete darauf, dass sie ihr Lächeln beibehielt, als sie sich Ella zuwandte, die sie unschuldig ansah. »Ich war so beschäftigt mit meinem Job.«

Ella nickte mit ernsten Augen. »Du hast einen wichtigen Job. Oma hat mir erzählt, dass du Menschen das Leben rettest. So wie Schwester Lane meinen Arm gerettet hat.«

»Ganz genau.«

»Kann ich das auch machen, wenn ich groß bin?«

»Willst du das denn?«

Ella überlegte kurz und schüttelte dann den Kopf. »Ich will einen Eiscreme-Truck.«

Anna beugte sich vor und rieb ihre Nase an Ellas. Ella bewegte ihren Kopf vor und zurück, um die Bewegung nachzumachen.

»Wenn du das möchtest. Du könntest wie Ben und Jerry ganz neue Eissorten kreieren.«

Ella hüpfte mit leuchtenden Augen auf dem Bett. »Ich könnte Makkaroni- und Käse-Eis machen!«

Anna rümpfte die Nase. »Als Eiscreme?«

»Japp.«

»Als Geschmacksrichtung?«

»Mein Lieblingsessen sind Makkaroni mit Käse und zum Nachtisch ein Eis. So hätte ich alles auf einmal.«

»Nur weil es sich in deinem Bauch vermischt, heißt das nicht, dass es sich auch schon in deinem Mund vermischen sollte.«

»Oh.«

Anna streckte Ella die freie Hand hin, während sie Toby noch auf dem Arm hatte. Er blinzelte immerzu, um nicht einzuschlafen. Anna legte die Finger um Ellas kleine Hand und zog sie auf die Füße.

»Wenn du daraus eine Geschmacksrichtung machen willst, dann kannst du das auch, Ella Bella. Wir hatten ja Makkaroni mit Käse zum Abendessen. Also kannst du etwas E-I-S-C-R-E-M-E bekommen, wenn Toby im Bett ist.«

Ellas Augen leuchteten auf, als sie in den Flur und die Treppe hinuntergingen. »Darf ich wirklich?«

»Es ist Samstagabend. Ich sehe also nichts, was dagegenspricht.«

»Morgen ist keine Schule.«

Anna nickte, als sie ins Wohnzimmer gingen. »Ganz genau. Du kannst mit Kym aufbleiben und eine DVD ansehen. Hast du dir was ausgesucht?«

Ella warf sich auf ihren Sitzsack und setzte sich in den Schneidersitz. »Japp. *Die Schöne und das Biest.*«

Anna setzte sich auf die Couch und Toby auf ihren Schoß, sodass sich seine Beine um sie schlangen und sich sein Kopf an ihrem Hals betten konnte. Sie rieb seinen Rücken. »Gute Wahl. Ich denke, der wird Kym gefallen.«

»Werde ich Kym mögen?« Ella nestelte absichtlich an ihrem Gips und vermied es, Anna in die Augen zu sehen.

»Ich glaube, du wirst sie toll finden. Sie ist irgendwie witzig.«

»Ich mag witzig.«

»Dann wirst du Kym mögen.«

Momente wie dieser, wenn es Ella nervös machte, neue Leute kennenzulernen, erinnerten Anna an die Veränderungen, die der Verlust ihrer Eltern bewirkt hatte. Sie hatte etwas von ihrem Selbstvertrauen eingebüßt; ihre früher so ausgelassene Nichte war nun verschlossen und nachdenklich. Die Angst war neu. Anna biss sich auf die Lippe.

»Okay.« Ella hielt den Blick gesenkt.

»Alles klar bei dir?«

Sie starrte zu Boden. »Ja.« Ihre Stimme zitterte.

»Komm her, Püppchen.«

Ella schüttelte den Kopf und Anna streckte den Arm aus als Einladung, mit ihr und Toby zu kuscheln. Ella stand auf und setzte sich dazu, drückte sich fest an Anna und malte mit den Fingern Muster auf Tobys Dinosaurierpyjama. Er war schon fast eingeschlafen und reagierte nicht.

»Was ist los?«

Sie zuckte mit den Schultern.

»Du kannst über alles reden.«

»Wenn …«, sie atmete zittrig ein, »wenn Mummy sich früher fertig gemacht hat, habe ich ihr mit dem Make-up geholfen. An dem Abend auch.«

Anna schluckte. »Vermisst du das?«

»Ich vermisse vieles.«

»Ich weiß, Ella Bella.« Anna küsste ihren Kopf. »Willst du mir mit meinem Make-up helfen?«

Ella dachte einen Moment darüber nach. »Nächstes Mal?«

»Klar. Heute gibt's Eis?«

Endlich spielte ein Lächeln um Ellas Lippen. »Ja. Und eine DVD.«

»Nur eine, ja?«

Ellas Lächeln wurde etwas breiter. »Nur eine.«

»Ich weiß, dass du *Die Schöne und das Biest* im Doppelpack mit der *Kleinen Meerjungfrau* hast, aber es sind immer noch zwei Filme.«

»Aber …«

Anna hob die Augenbrauen.

Ella ließ sich gegen Anna plumpsen und seufzte. »Na gut. Kann ich es morgen schauen?«

»Wenn Tobes seinen Mittagsschlaf hält, können wir Popcorn machen und den Film zusammen ansehen. Was meinst du?«

»Okay.«

»Und Ella, vergiss nicht, was ich gesagt habe – wenn du den Abend nicht mit Kym verbringen willst, dann musst du es nur sagen und ich bleibe bei dir, okay?«

»Ich weiß.«

Sie wand sich, als Anna sie piekte. »Ich meine es ernst. Oder du sagst stattdessen, dass du Bananen zum Frühstück willst und das ist dann unser Codewort.«

»Okay. Ich denk dran.« Ella sah sie mit großen Augen an. »Wann kommt Schwester Lane?«

Anna stand auf. »Bald. Kym wird gleich hier sein. Ich gehe mal und lege Toby schlafen – wenn es klingelt, wartest du auf mich.«

»Weiß ich, Tante Na.«

»Solltest du auch.« Anna streckte ihr die Zunge raus.

»Nacht, Toby!«

Toby winkte seiner Schwester, ohne wirklich den Kopf zu heben.

Vor dem Essen waren sie in den Park gegangen und er hatte eine Stunde lang nichts anderes getan, als den Enten hinterherzujagen und Chaos zu verursachen. Der Plan, ihn müde zu spielen, hatte anscheinend funktioniert.

In der Küche gab Anna ihm seine vorbereitete Flasche. Ein süßes ›Da‹ verließ seinen Mund, kurz bevor er den Nuckel hineinschob.

»Gern geschehen«, antwortete Anna.

Als sie die Treppe hinaufgingen, schlossen sich seine Augen. Sie stand mit ihm neben seinem Bettchen und streichelte ihm den Rücken, während sie ihn wiegte. Toby schlief praktisch schon. Trotzdem hörte sie noch nicht auf; er war so süß, mit seinen langen Wimpern, die Schatten auf seine Wangen warfen. Er sah so sehr wie Jake aus, nur dass seine Nase kerzengerade war wie die von Sally.

Es klingelte an der Tür und sie küsste Toby auf den Kopf, bevor sie ihn hinlegte. Seine blaue Schmusedecke hielt er unter seinem Arm festgeklemmt und Anna breitete die dickere Decke über ihm aus. »Nacht, Tobes.«

Sie ging die Treppe hinunter und sah Ella vor der Haustür warten.

»Da ist sie!«, schrie Ella der Tür entgegen und beantwortete damit anscheinend die Frage, die von der Person draußen gestellt worden war.

»Ella, Zimmerlautstärke. Toby schläft.«

»Du hast gesagt, ich darf nicht aufmachen.«

»Richtig, das habe ich gesagt.« Anna öffnete und sah Kym vor der Tür, in Jeans und einem Hoodie – mit einem grell-pinken Tutu darüber. Anna starrte mit weit aufgerissenen Augen auf Kyms Beine und ein Grinsen schlich sich auf ihre Lippen. »Hey, Kym.«

Kym ignorierte das Grinsen. »Hey.« Sie musterte Anna und ihre Augen wurden größer. »Nettes Kleid, du wirst so was von flachgel…«

Anna schob die Tür weiter auf, um Kym daran zu erinnern, dass Ella noch da stand.

»Gel… gelandet. Du wirst so was von auf dem Hintern landen, wenn du dazu High Heels trägst.«

Anna presste die Lippen aufeinander und versuchte, nicht zu grinsen. Kyms Gesichtsausdruck war geradezu panisch. »Kym, das ist Ella. Ella, das ist Kym.«

»Was meinst du?«, fragte Ella.

Kym räusperte sich. »Ähm, ich meine damit, dass solche Schuhe zu hoch sind. Und sie umknicken könnte.«

Ella sah Anna besorgt an. »Knick nicht um.«

Anna lachte und legte Ella die Hand auf die Schulter. »Werde ich nicht, Ella Bella.« Sie sah Kym an. »Komm rein. Du hast eine Nacht mit *Die Schöne und das Biest* und einer Portion Eis vor dir.«

Kyms Augen leuchteten auf. »*Die Schöne und das Biest*?«

Ella sah sie an. »Ja?«

»Das ist mein Lieblings-Disneyfilm.«

Anna war erleichtert, als Ellas Augen strahlten. »Wirklich?«

»Klar! Ich wollte immer schon die Bibliothek von Belle haben.«

»Ich auch!«

Ella nahm Kyms Hand und zog sie ins Wohnzimmer. Anna hörte, wie Ella anerkennend sagte: »Ich mag deinen Rock. Meiner ist lila.«

»Ich werde mich mal weiter fertig machen!«, rief Anna, als sie am Wohnzimmer vorbei nach oben ging.

Beide winkten ihr zu. Ella schnappte sich die DVD und erzählte Kym wahrscheinlich gerade, dass sie zwei Filme anschauen konnten.

Anna ging hinauf und machte sich fertig. Ein Badezimmer mit zwei Kindern zu teilen war nicht lustig. Sie seufzte und warf die gelbe Quietscheente, die es irgendwie ins Waschbecken geschafft hatte, in die Badewanne – wo sie hingehörte.

Sie zögerte, als sie am Zimmer ihres Bruders und von Sally vorbeiging. Dort gab es ein großes, sauberes Badezimmer, das sie nicht teilen müsste.

Doch es war noch immer voll mit ihren Sachen und Erinnerungen, wie die von Ella an das Auftragen von Makeup in der Nacht, als ihre Eltern starben.

Sie atmete tief durch, ging weiter und schob die Entscheidung wieder auf. Zurück in ihrem Zimmer schlüpfte Anna in ein Paar schwarze High Heels und betrachtete sich ein letztes Mal im Spiegel. Sie sah gut aus. Anna richtete das Kleid, es saß etwas lockerer, als sie in Erinnerung hatte. Der Stress und die Trauer hatten anscheinend zu ein wenig Gewichtsverlust geführt.

Es klingelte an der Tür. Annas Herzschlag beschleunigte sich und sie musste über sich selbst grinsen. Sie nahm ihre Tasche vom Bett und ging die Treppe runter. Als sie den Kopf ins Wohnzimmer steckte, sah sie Ella und Kym auf Sitzsäcken vor dem Fernseher und mit Eisschalen im Schoß. Ella hatte ihr Tutu ebenfalls hervorgeholt und die Spitze plusterte sich um die beiden auf.

Kopfschüttelnd öffnete Anna die Tür – und hielt die Luft an. Lane sah umwerfend aus.

Ein Lächeln huschte über Lanes Gesicht, als sie Anna von Kopf bis Fuß musterte. »Hey.«

»Selber hey. Du … also, du siehst klasse aus.« Und das tat sie in diesem schwarzen Kleid, das überall da gut saß, wo es sollte. Lanes Haare waren auf einer Seite hochgesteckt und hingen in kleinen Locken auf der anderen Seite herunter, das Make-up war perfekt und minimalistisch.

»Du auch. Du siehst toll aus.«

Anna senkte den Kopf. »Danke.«

»Schwester Lane!« Der Ruf kam aus dem Wohnzimmer.

Bei dem Schrei sah Lane fast ängstlich aus.

Anna zuckte entschuldigend mit den Schultern. »Sie ist aufgeregt, seit sie gestern erfahren hat, dass du kommst.«

Lane kicherte. »Gut zu wissen, ich war nämlich seit Donnerstag aufgeregt.«

»Willst du dann lieber mit Ella ausgehen?«

Sie schüttelte den Kopf. »Ich will nicht mal im Scherz Ja sagen.« Sie lächelte immer noch, doch in ihren Augen war etwas, das Anna den Türgriff fester umklammern ließ.

»Heute Abend will ich nur dich.«

Sie starrten sich eine Minute lang an, bevor es Anna gelang, zu antworten. »Gut, ich will nämlich nicht mit einer Sechsjährigen konkurrieren müssen.«

»Schwester Lane!« Der Ruf klang diesmal viel lauter und zeigte keine Rücksicht auf schlafende Geschwister.

»Du kommst besser rein, bevor sie Toby aufweckt.«

Lane trat ein, hielt einen Moment inne und streifte Annas Schulter. Ihr Blick huschte zu Annas Mund und wieder zurück zu ihren Augen, bevor Lane sich wegdrehte. Schließlich ging sie den Flur entlang zum Wohnzimmer, aus dem die Geräusche kamen.

Anna atmete tief durch und schloss die Haustür, dann folgte sie ihr. Sie verschränkte die Arme und lehnte sich an den Türrahmen, während sie Ella dabei beobachtete, wie diese Lane anstarrte, die sich neben sie gehockt hatte.

»Wie geht es dem Arm, Ella?«

Mit dem eingegipsten Körperteil fuchtelte Ella in der Luft. »Tut gar nicht mehr weh.«

»Das ist toll. Kannst du alle Finger bewegen?«

Sie tat es und erntete dafür einen anerkennenden Blick von Lane.

»Gut. Jetzt das Wichtigste: Hast du noch Platz zum Draufmalen?«

Ella riss die Augen auf und schüttelte den Kopf. »Nein! Es war alles ganz schnell voll.«

Der Gips war überall mit bunter, grober Grundschulschrift und Zeichnungen bedeckt. Ella war nach ihrem ersten Schultag so heimgekommen, glücklich darüber, dass alle etwas hatten Draufmalen wollen.

»Das ist cool. Ich mag das Pferd, das einer deiner Freunde gemalt hat.«

»Das war Tante Na.«

Ein Lächeln umspielte ihre Lippen, als Lane zu Anna aufschaute.

»Kunst ist nicht so meins.«

»Sieht man.«

»Ich mag es, Tante Na.«

»Danke, Ella Bella.«

»Könnt ihr nicht hierbleiben und DVDs mit mir und Kym schauen?«

»Ach, das würde ich gern, aber wir haben reserviert. Vielleicht beim nächsten Mal?«

»Okay.« Ella schaute wieder zum Fernseher.

Lane wuschelte durch Ellas Haar und stand auf, dann schaute sie zu Kym, die etwas albern aussah mit ihrer Eisschale auf dem Kindersitzsack und in ihrem Tutu, das sich um sie herum aufplusterte. »Geht's dir gut da unten, Kym?«

Die Augen immer noch auf den Bildschirm gerichtet, wackelte Kym mit ihrem Löffel. »Super! Geht ihr Kinder ruhig aus.« Sie sah endlich zu ihnen auf. »Viel Spaß und beeilt euch nicht. Ich fühl mich wohl hier.« Mit einem übertriebenen Zwinkern sah sie wieder zum Fernseher.

»Wo hast du das gekauft, Kym?«

»Dieses edle Teil habe ich auf dem Queen Vic erworben.«

»Nun, du siehst sehr hübsch aus.«

Ohne aufzusehen, sagte Ella: »Jeder sieht in einem Feenrock hübsch aus, Schwester Lane.«

Immer noch auf den Film konzentriert, stimmte Kym ihr zu. »Kindermund tut Wahrheit kund.«

Grinsend winkte Lane ihnen zu und ging dann zu Anna.

»Danke nochmals, Kym. Tschüss, Ella!«, sagte Anna.

Die beiden winkten nur mit ihren Löffeln.

»Du hast meine Handynummer. Wenn Toby aufwacht, sollte er sich mit ein paar Streicheleinheiten beruhigen lassen. Wenn du verzweifelt bist, kannst du einen Schnuller benutzen.«

Kym wackelte erneut mit dem Löffel, diesmal stärker. »Das wird schon. Geht jetzt. Habt Spaß!«

Ein wenig nervös schaute Anna ihre Nichte wachsam an. »Ella?«

Ihre Nichte sah nicht auf.

»Ella Bella?«

Ella sah weiter fern. »Ich will keine Bananen, Tante Na. Psst.«

Anna unterdrückte ein Lachen und ging auf Zehenspitzen aus dem Raum. Lane folgte ihr. Hinter sich hörten sie Kym sagen: »Sie haben uns unterbrochen, Ella – wie unhöflich. Sollen wir zurückspulen?«

Anna und Lane kicherten immer noch, als sie aus der Tür traten. Anna zog sie zu und schnappte nach Luft, als sie plötzlich gegen das Holz gedrückt wurde.

Lane presste sich an sie, ihre Gesichter nur Zentimeter voneinander entfernt.

»Hey.«

»Hey.«

Lane drückte sanft ihre Lippen auf Annas. Zarte Finger strichen über Annas Wange. Ihre Münder öffneten sich und gegenseitig griffen sie nach ihren Kleidern, als Lanes Zunge an Annas stieß.

Lane wich langsam zurück, ihre Stirn legte sie an Annas und ein Lächeln umspielte ihre Lippen. »Das wollte ich die ganze letzte Woche über tun.«

»Nicht so clever von uns, dem Drang eine Woche zu widerstehen.«

»Warum haben wir das noch mal gemacht?«

»Wir hatten auf der Arbeit viel zu tun und… Eigentlich weiß ich auch nicht, warum.«

»Das machen wir nie wieder.«

Anna nickte. »Einverstanden.«

Lane küsste sie noch einmal und verweilte einen Moment lang in dem Kuss. »Okay. Ich habe einen Tisch beim Italiener gebucht, aber wenn wir so weitermachen, können wir das auch gerne ausfallen lassen.«

»Lassen wir es ausfallen.«

»Und den ganzen Abend auf deiner Türschwelle verbringen?«

Anna sah sich um. »Auch wieder wahr. Lass uns essen gehen.«

Am Auto öffnete Lane Anna die Beifahrertür mit einer kleinen Verbeugung. Dann ging sie herum und stieg ebenfalls ein. Sie startete den Wagen und lehnte sich dann im Sitz zurück, um Anna ernst anzuschauen.

Anna fühlte sich unwohl unter dem prüfenden Blick und rutschte auf dem Sitz hin und her. »Was?«

»Du siehst toll aus. Ich könnte den ganzen Abend damit verbringen, dich zu küssen.«

Anna stockte der Atem. Sie lehnte sich zurück, ihr Gesicht war Lane zugewandt und ihre Augen auf sie geheftet. »Kann ich nur zurückgeben.«

»Okay. Ich fahre jetzt los oder wir gehen nirgendwohin.«

Anna entspannte sich und genoss das Gefühl, aufgestylt zu sein und auszugehen – und angesehen zu werden, als wäre sie alles, was Lane sah.

Die Fahrt war kurz und von leichtem Geplauder erfüllt. Anna genoss Lanes Gesellschaft in vollen Zügen. Sie musste laut über Lanes Anekdote über einen Patienten lachen, der mit einem fragwürdigen Objekt an einer interessanten Stelle in die Notaufnahme gekommen war.

Schließlich hielten sie vor dem Restaurant und Lane gab die Schlüssel an den Jungen vom Parkdienst, bevor sie Annas Hand nahm und sie hineinführte. Anna summte anerkennend. Kerzen tauchten den Raum in sanftes Licht und Classic Jazz lief über versteckte Lautsprecher. Gesprächsfetzen waren gedämpft zu hören; fast alle Tische waren belegt. Das Restaurant lag im Herzen von Melbourne und Anna war noch nie dort gewesen.

Nachdem Lane dem Maître d'hôtel ihren Namen gesagt hatte, wurden sie zu einem Tisch geführt. Der Wein wurde gereicht, bevor Anna auch nur blinzeln konnte.

»Schneller Service.« Anna sah Lane über ihr Weinglas hinweg an, als sie einen Schluck nahm.

»Mein Vater kennt den Besitzer; sie sind alte Freunde aus den Staaten.«

»Du bist aus Amerika? Warum weiß ich das nicht? Wo hast du deinen Akzent versteckt?«

»Oh Gott, wir sind hergezogen, als ich zehn war, und ich habe sehr hart daran gearbeitet, ihn loszuwerden. Der Akzent ist hier nicht so beliebt.«

»Das kommt darauf an, wer mit diesem Akzent spricht.« Sie lächelte Lane an. »Also, warum so ein großer Umzug?«

»Die Familie meiner Mutter kommt aus Australien und sie ist in die Staaten gezogen, nachdem sie meinen Vater beim Backpacking kennengelernt hatte. Als ihr Vater starb, entschlossen sie sich zurückzukommen, um näher bei der Familie und besonders bei meiner Großmutter zu sein.«

»Wow. Wie war das für dich?«

»Ich war aufgeregt, Australien war ja sehr exotisch.« Anna verzog das Gesicht und Lane lachte. »Nein, ehrlich, das ist es immer noch, aus der Perspektive einer Amerikanerin. Es war trotzdem eine große Umstellung.«

»Glaub ich dir. Und deine Eltern, dein Dad, wollten sie nie zurück?«

Lane fuhr mit der Fingerspitze über die Tischdecke. »Er dachte darüber nach. Aber dann, ich weiß auch nicht, wurde es einfach zu seinem Zuhause. Und jetzt würde ich auch nicht mehr wegwollen. Aber meine Mutter wollte es damals sehr.«

»Das überrascht mich. Darf ich fragen, warum?«

Lane zuckte mit den Schultern. »Ihre Familie wurde nie damit warm, dass sie einen Schwarzen geheiratet hat, dazu noch von der anderen Seite der Welt. Ihre Mutter tat sich anfangs sehr schwer damit, aber sie hat's akzeptiert, und jetzt läuft es ganz gut.«

Anna sah sie mit großen Augen an. »Das muss ziemlich schwierig für deinen Dad gewesen sein.«

»Er hat sich eigentlich ganz gut damit abgefunden. Meine Mutter wurde richtig sauer. Aber das ganze Drama ist vorbei, und jetzt sind wir eine fast glückliche Familie. Nur nicht an Weihnachten, aber das ist normal.«

»Stimmt.«

Lane lächelte Anna zu und senkte dann den Blick kurz auf die Speisekarte. »Also, worauf hast du Lust?«

»Auf alles – was empfiehlst du mir?«

Lane besah sich das Angebot. »Du solltest die Linguine probieren. Die sind fantastisch.«

»Dann nehme ich die.« Die Entscheidung war getroffen und Anna legte die Karte beiseite. Sie konnte kaum glauben, dass sie gleich etwas essen würde, das nicht darauf abzielte, kleine Kinder zufriedenzustellen.

»Also, was hast du in Brisbane gemacht?«

»Es ist nicht so interessant wie deine Geschichte.«

Lane sah auf.

»Als ich zwölf war, haben wir dort gewohnt und ich habe es geliebt, und als wir nach Melbourne gezogen sind, wollte ich irgendwie immer zurück.

Als Jake in Übersee stationiert war, hatte ich das Gefühl, dass hier nichts mehr war, für das es sich lohnte zu bleiben. Also bin ich umgezogen.«

»Es muss schwer gewesen sein, ihn dort drüben zu wissen.«

»War es. Obwohl es Sally und mir anfangs einen Grund geliefert hat, viel Wein zu trinken.«

»Brauchtet ihr zwei wirklich einen Grund dafür?«

Anna lächelte sanft. »Das hat Jake auch gesagt.«

Der Kellner kam, um ihre Bestellung aufzunehmen. Sie plauderten über Lanes Familie, während sie warteten, und Anna fragte Lane über ihre Schwestern aus. Die Geschichten machten Anna dankbar dafür, nur zwei Kinder in ihrer Obhut zu haben und nicht drei. Als sie Lane so lebhaft sprechen sah, platzte sie mit einer Frage heraus, die sie nicht aufhalten konnte. »Lane, warum zum Henker bist du noch Single?«

Lane sah ruckartig von ihrem Wasserglas auf. Sie schien amüsiert. »Was?«

Anna verzog das Gesicht und versuchte, die Frage umzuformulieren. »Also, ich meine … Vergiss es, das kann ich nicht mehr retten. Du bist, du weißt schon … witzig, verständnisvoll, siehst toll aus. Wieso bist du noch Single?« Sie warf noch ein bezauberndes Lächeln ein, um die Frage weniger seltsam erscheinen zu lassen.

Lane zuckte unbehaglich mit den Schultern und lächelte etwas über die Komplimente. »Ich weiß nicht … Wahrscheinlich ist meine letzte Beziehung zu mies in die Brüche gegangen.«

Nickend brach Anna ein Stück Brot auf ihrem Teller auseinander. »Verrückte Ex?«

Lane senkte den Blick auf Annas Hände und lächelte gezwungen. »So kann man das auch sagen. Es war ein schlechter Start und ein schlimmes Ende. Ich glaube, ich habe einfach … das Daten für eine Weile aufgegeben.«

Anna war sich nicht sicher, wie sie nach mehr Informationen fragen sollte, wenn es so offensichtlich war, dass Lane nicht darüber reden wollte. »Was …?«

Der Kellner kam zurück und servierte das Essen; Dampf stieg ihnen von den Tellern entgegen. Durch die Unterbrechung schien Lane sich zu entspannen und Anna beschloss, das Thema fallenzulassen. Für den Moment.

Sie schaute auf die Linguine und atmete das Aroma der Sahnesoße ein. »Das sieht wunderbar aus.« Der erste Bissen brachte ein Stöhnen über ihre Lippen, als sich der intensive Geschmack auf ihrer Zunge ausbreitete. Sie sah zu Lane hinüber, die sie beobachtete; ihre Augen waren weit aufgerissen, ihre Gabel hing vor ihrem Mund in der Luft.

»Was?«

Ihre Wangen wurden rot. »Nichts … du, ähm … du magst die Linguine ja?«

Nun war es an Anna, zu erröten. »Na ja, die sind gut.« Verzweifelt suchte Anna nach einem anderen Thema, um von ihrem peinlichen Geräuschausbruch abzulenken. »Ich bin froh, dass wir die Vorspeise weggelassen haben. Ich will hier unbedingt ein Dessert essen.«

»Ja, sie haben hier mit das beste italienische Essen in Melbourne.«

»Also, die Eltern deiner Mum waren nicht so happy über die Sache mit dem Schwarzen, aber die Sache mit der Lesbe ist okay für sie?«

»Ja, stell dir das mal vor. Ich glaube, sie dachten, dass es nur eine Phase wäre und ich mich irgendwann mit einem Mann niederlasse.« Sie zwinkerte. »Ups.«

Anna lachte herzlich. »Wirklich, ups.«

»Deine Familie hat keine Probleme damit?«

»Ich hatte Glück. Obwohl, mein Dad hat sich, glaube ich, schwergetan. Wir haben einfach nicht darüber geredet.«

»Und jetzt?«

»Alles gut. Er redet nie über Gefühle, egal, worum es geht.«

»Mein Dad hat immer die Diskussionen eröffnet. Am Esstisch wurden wir immer mit Fragen und Gesprächen bombardiert.«

»Er klingt lustig.«

»Oh, das ist er auch. Er treibt meine Mutter regelmäßig zur Verzweiflung.«

»Wie hat er es mit drei Mädchen ausgehalten?«

»Er fand es super – meine Mum hatte es da schwerer, glaube ich.«

Anna verzog das Gesicht. »Überrascht mich nicht. Muss spaßig gewesen sein, als ihr Teenager wart.«

»Es war laut.«

Mit einem zufriedenen Seufzer schob sich Anna den letzten Bissen Pasta in den Mund. »Das war so gut.«

Lane nickte. »Warte, bis du die Schokotorte probiert hast. Dein ständiger Gebrauch des Wortes ›Gut‹ wird erbärmlich wirken – göttlich beschreibt es nicht mal ansatzweise.«

»Du führst mich auf die dunkle Seite.«

»Darauf kannst du wetten.« Lanes Augen leuchteten.

Der Kellner kam zu ihnen, räumte die Teller ab und nahm ihre Dessertbestellung entgegen.

Anna schaute auf die Uhr. »Ich frage mich, wie Kym sich macht.«

»Sie sah aus, als fühlte sie sich wohl, als wir gegangen sind.«

»Ich sollte sie öfter einladen. Sie schien ziemlich zufrieden.«

Lane lächelte schief. »Du kannst eine SMS schicken, um zu checken, wie es läuft, Anna. Ich hab nichts dagegen.«

»Was? Ich …« Anna gab es auf und fischte in ihrer Handtasche nach dem Handy. »Bin ich so durchschaubar?«

»Total.«

Als ihre Finger über den Bildschirm wischten, lachte Anna laut auf.

»Was ist so lustig?«

Ohne zu antworten, hielt Anna das Handy hoch, um ihr das Selfie von Kym und Ella zu zeigen, die beide ihre Zungen rausstreckten. »Das hat sie vor fünf Minuten geschickt. Bestimmt wusste Kym, dass ich ein Update wollte.«

Lane zwinkerte ihr amüsiert zu. »Sieht ganz so aus. Sehe nur ich das so oder hat Kym mehr Eis im Gesicht als Ella?«

»In der Tat.«

»Wo wir gerade über Desserts reden…« Lanes Augen leuchteten auf.

Der Kellner stellte einen Teller mit dunkler Verführung vor ihnen ab. Anna wurde der Mund wässrig. »Das ist böse.«

»Ja, aber böse schmeckt gut.«

Lane hielt Annas Blick und schob sich ein Stück der Torte in den Mund. Ihre Augen schlossen sich vor Genuss, als sie es hinunterschluckte. »Mein Gott, das ist köstlich. Ja, Kym sah seit Langem mal wieder entspannt aus.«

Anna wandte den Blick von Lanes Lippen ab und nahm selbst einen Bissen, wobei sie versuchte, nicht an Lanes Gesichtsausdruck zu denken. »Ella hat diesen Effekt. Genau wie *Die Schöne und das Biest.*«

Lane lachte.

Am Ende gewann Lane den Streit darum, wer bezahlen sollte.

»Ich habe das hier organisiert. Du bist nächstes Mal dran.«

»Nächstes Mal?«, fragte Anna mit flatternden Lidern.

»Ja, nächstes Mal.«

»Das gefällt mir.«

Sie verließen das Restaurant und stiegen ins Auto, das der Parkdienst schon bereitgestellt hatte.

Anna wollte nicht, dass die Verabredung endete, aber mit nach Hause konnte sie Lane auch nicht nehmen. Mit zu Lane konnte sie ebenfalls nicht, auch wenn Kym sich um die Kinder kümmerte. Sie konnte Kym nicht die ganze Nacht allein dort lassen und es war jetzt schon nach zehn. Die alten Sorgen darüber, wie sie das alles schaffen sollte, Verabredungen und Kinder, kamen wieder hoch. Sie presste die Hände auf die Schenkel und versuchte, den Stein in ihrem Magen zu ignorieren.

»Hey, was ist los?«, unterbrach Lanes sanfte Stimme Annas Gedanken.

»Nichts. Ich will nur noch nicht nach Hause.«

Lane lächelte. »Gut, denn dahin fahren wir auch nicht.«

»Ach, wirklich?«

»Vertrau mir. Ich will dir einen Grund geben, Melbourne zu lieben.«

Annas Abneigung gegenüber ihrem neuen Heimatort hatte sich schon deutlich gelegt, seit sie Lane kennengelernt hatte. »Verrätst du mir, wohin wir fahren?«

»Nein, aber wir sind fast da. Schließ schon mal die Augen.«

»Ernsthaft, Lane?«

»Ja, ernsthaft. Schließ die Augen.«

Anna seufzte gespielt und schloss sie. Von der leisen Musik und den fließenden Bewegungen des Wagens wurde sie fast in den Schlaf gewiegt. Minuten später fuhren sie langsamer und hielten schließlich an, dann hörte sie, wie Lane den Gurt löste.

»Okay, mach sie auf.«

Anna folgte der Aufforderung und blinzelte gegen die plötzliche Helligkeit an. Ihr Mund stand offen. Vor ihnen lag ein atemberaubender Ausblick auf die Skyline der Stadt. Die Gebäude waren erleuchtet, doch immer noch weit genug weg, um das Funkeln der Sterne nicht zu verschlucken.

»Lane, das ist fantastisch. Wo sind wir?«

»Ruckers Hill in Northcote. Hier sind wir früher immer hergekommen, um das Feuerwerk anzusehen.«

»Das ist unglaublich.«

»Siehst du … Melbourne ist nicht nur schlecht.«

Anna drehte sich zu ihr. »Ich fange langsam an, das zu sehen.«

Lane beugt sich vor und fuhr mit den Fingern um den Träger von Annas Kleid. »Gut.« Sie zog sanft daran und küsste Anna auf halber Strecke.

Anna stöhnte leise, als Lane ihre Finger in ihrem Haar vergrub und mit den Fingerspitzen leicht daran zog. Anna öffnete ihren Gurt, um sich besser vorbeugen zu können. Sie saugte zart an Lanes Unterlippe und drückte die Finger in die weiche Haut ihrer Hüfte. Ein Stöhnen drang über ihre Lippen. Das letzte Mal hatte sie sich als Teenager derart verrenkt, aber jetzt tat Anna es wieder und glitt mit dem Bein über die Mittelkonsole, um sich auf Lane zu setzen. Beide mussten kichern, als Lane ihr mit dem Kleid helfen musste, damit sie gut sitzen konnte. Lächelnd führte Lane Annas Gesicht zurück an ihre Lippen.

Als Lanes Zunge über ihre strich, drückte Anna zur Antwort ihr Becken an Lanes. Die Hand auf Annas Schenkel glitt höher unter dem Kleid und Lane legte ihre Finger an Annas Hintern. Sie hörten auf sich zu küssen und Annas Kopf sank zurück, als zarte Lippen ihre Halsbeuge entlangwanderten, um schließlich an einem Punkt hinter ihrem Ohr zu saugen, der sie zum Zittern brachte.

»Das fühlt sich so gut an, Lane.«

Lane lächelte gegen ihren Hals und Anna erschauderte, als Lanes Zunge erneut über die empfindliche Stelle fuhr. Sie stöhnte, bevor sie Lane zu sich zog. Ihre Münder begegneten sich leidenschaftlich, die Sanftheit von gerade eben war verschwunden. Anna bewegte ihre

Hüften, suchte Reibung und fand nicht genug. Lane brachte sie zum Wahnsinn. Anna sog scharf die Luft ein, als sie eine Berührung auf ihrer Brust spürte. Mit der anderen Hand zog Lane sie näher an sich und grub ihre Finger in ihren Nacken.

Anna versuchte spielerisch, zu entwischen, doch Lane presste die Lippen auf die weiche Haut und saugte sanft daran. Anna spürte, wie sich eine Hand auf den Stoff legte, der ihre Brust bedeckte, während Lane gleichzeitig an der Stelle saugte, wo die Halsschlagader verlief.

»Hör nicht auf«, stöhnte Anna. »Hör jetzt bloß nicht auf.«

Lane kicherte.

Scheinwerferlicht fiel in den Wagen, als ein weiteres Auto nur ein paar Meter neben ihnen parkte.

Sie hielten inne, ihr Atem ging schwer. Lanes Hand lag immer noch auf Annas Brust.

»Verdammt.«

Anna ließ den Kopf nach vorne fallen, bis ihre Stirn Lanes berührte. »Irgendwie ist das Glück nicht auf unserer Seite.«

Lane grinste sie an. »Vielleicht ist das ganz gut so. Das erste Mal … in einem Auto? Wie alt sind wir, sechzehn?«

»Als wenn du mich nicht deswegen hierhergebracht hättest.«

»Wie bist du mir nur auf die Schliche gekommen?«

»Ein romantischer Ausblick auf die Stadt, ein scheinbar verlassener Parkplatz?«

»Nimmst du mir das übel?«

»Habe ich mich beschwert?« Anna küsste Lane erneut. Sie seufzte. »Ich will mich nicht bewegen.«

»Wenn du nicht mit dem weitermachen willst, was wir gerade getan haben und was das Pärchen neben uns wahrscheinlich auch gerade tut, dann wirst du wohl müssen. Denn wenn du weiter so dicht an mich gedrückt bleibst, kann man mich nicht für meine Handlungen verantwortlich machen.«

Anna kicherte und krabbelte so elegant wie möglich von Lane runter, um sich wieder in ihren eigenen Sitz fallen zu lassen. Sie musste mit der Hüfte wackeln, um ihr Kleid wieder in Ordnung zu bringen. Beide saßen mit den Köpfen an die Kopfstütze gelehnt da. Anna versuchte, sich auf den Ausblick zu konzentrieren, aber ihr Körper vibrierte immer noch von Lanes Berührungen. Es brauchte einen Moment, bevor ihre Atmung sich beruhigte.

»Ich glaube, ich habe gerade Sexgeräusche von dort drüben gehört.«

Anna rümpfte die Nase. »Iiih, okay. Lass uns fahren.«

Lane schnallte sich wieder an und fuhr los. »Im Moment hasse ich diesen Wagen dahinten wirklich.«

Anna drehte den Kopf, lächelte Lane sanft an und legte ihr die Hand auf den Schenkel. »Ich auch.«

Viel zu früh hielt Lane vor Annas Haus. Einen Moment lang waren sie still, bis Lane sagte: »Ich würde dich gern bis zur Tür bringen …«

»Aber du machst dir Sorgen, dass Kym uns auflauert?«

»Genau.«

»Es ist sicherer, wenn du nicht mitkommst. Wir werden die Finger nicht voneinander lassen können, sie wird uns unterbrechen, das wird uns wahnsinnig machen – es ist wahrscheinlich besser so.«

Lane lachte. »Ich habe mich sehr gut amüsiert, Anna.«

»Ich mich auch.«

»Dann sehe ich dich am Montag?«

»Ich werde dir morgen sicher texten.«

»Gut.«

Anna küsste sie, einmal, und zwang sich, es dabei zu belassen. Sie war sich nicht sicher, ob sie sonst noch hätte aufhören können. Sie hob eine Hand und drückte sie sanft auf Lanes Brustbein. »Du bist unglaublich geduldig.«

Lane sah sie an, als hätte sie etwas ziemlich Dummes gesagt. »Warum auch nicht? Ich habe Spaß dabei – bei allem.«

Anna sah sie kritisch an.

»Okay, ja, ich würde liebend gern mit reinkommen.« Lane grinste. »Du hast mich erwischt. Aber trotzdem nehme ich erst mal, was ich kriegen kann.«

»Ich auch.«

Diesmal schloss Lane die Lücke zwischen ihnen und küsste Anna einmal mehr. »Geh, bevor ich dich in meine Wohnung entführe.«

»Ist das eine Drohung?«

»Nein, genau das werde ich in einer Minute tun. Du machst süchtig.«

Anna küsste Lane noch mal und löste dann ihren Gurt, um die Tür zu öffnen. »Danke für den tollen Abend, Lane.«

»Ich danke dir, Anna.«

Anna lächelte, stieg aus und ging die Stufen zum Haus hinauf. Lanes Wagen startete erst, als Anna die Tür hinter sich geschlossen hatte.

Blassblaues Licht erhellte das Wohnzimmer. Anna biss sich auf die Lippe, um nicht laut loszulachen. Ella und Kym lagen seitenverkehrt auf der Couch, teilten sich eine Decke und schliefen tief und fest. Ein pinkes und ein lila Tutu nebeneinander. An Ellas Wange klebten noch Eisreste.

Anna zog ihr Handy hervor und machte schnell ein Foto, das sie an Lane schickte.

Ich werde sie wohl so liegen lassen.

Nachdem sie den Fernseher ausgemacht hatte, sah sie noch einmal zur Couch, um sich zu vergewissern, dass sie niemanden aufgeweckt hatte. Sie schliefen beide noch tief und fest. Die Couch war breit und bot viel Platz und sie sahen zufrieden aus. Es gab wirklich keinen Grund, sie zum Schlafen woanders hinzubringen.

Ihr Handy vibrierte:

Das ist unglaublich niedlich. Du kannst sie definitiv nicht aufwecken. Tante Kym – wie süß!

Anna lächelte und antwortete, während sie die Stufen hinaufging:

Sie bleiben, wo sie sind. Ella hat immer noch Eis auf der Wange.

Sie sah kurz nach Toby. Alle zwei oder drei Nächte wachte er noch auf, aber es brauchte dann nur ein paar Streicheleinheiten, um ihn zu beruhigen, oder manchmal auch eine frische Windel. Jetzt allerdings schlief er tief und fest auf dem Bauch, mit den Beinen unter sich und dem Hintern in der Luft. Die Decke hielt er fest und es war kein Schnuller in Sicht. Wenigstens ein Kampf, den Anna gewonnen hatte.

Schnell putzte sie sich die Zähne und wusch ihr Gesicht. Dann zog sie ihren Schlafanzug an und legte sich ins Bett. Kaum hatte ihr Rücken die Matratze berührt, kamen die alten Zweifel wieder in ihr hoch. Ja, Ella mochte Lane, und Toby würde das auch. Ja, sie fand Lane toll. Aber so einfach war es nicht. Mit Lane auszugehen war das eine, aber eine Freundin, eine Partnerin zu haben? Das würde die Kinder beeinflussen, und vielleicht nicht im guten Sinne.

Es war kompliziert und schwierig.

Aber heute Abend? Heute genoss Anna ihr erstes richtiges Date, die Erinnerung an Lanes Lippen auf ihren eigenen. Das Gefühl von Lanes Händen auf ihrem Körper.

Sie sah auf ihr Handy und stellte fest, dass Lane auf ihre SMS geantwortet hatte:

Sie ist ein Kind, das Eis kann dort bleiben.
Ist es unangemessen zu sagen, dass ich dir liebend gern Eis von deiner Wange lecken würde?

Mit einem Lächeln auf den Lippen schlief Anna ein.

KAPITEL 12

Anna lehnte mit der Hüfte am Eingang zum Schwesternzimmer, während sie geistesabwesend einen Kugelschreiber zwischen den Fingern drehte. Ein kurzer Blick auf die Uhr sagte ihr, dass es erst zwölf Uhr war. Enttäuschung machte sich in ihr breit – sie war müde und freute sich darauf, nach Hause zu kommen und sich mit den Kindern zu entspannen. Das Drehen des Kugelschreibers wurde langsamer. Anna hob ihre Augenbrauen. Seit wann wollte sie lieber nach Hause, anstatt zu arbeiten?

Als Anna damals in Melbourne angekommen war, war sie an so manchem Tag aufgewacht und hatte für einen kurzen Moment geglaubt, wieder in ihrem alten Leben zu sein. Und dann hatte die Trauer sie übermannt. Sie war so tief und erschreckend gewesen, dass ihr übel geworden war. Sie hatte nicht nur um zwei geliebte, verstorbene Menschen getrauert, sondern auch um das Leben, das sie zurückgelassen hatte. Unter der Trauer und dem Schock, hinter dem Lernprozess, für zwei Kinder zu sorgen, hatte sich der tiefe Wunsch versteckt, wieder in ihr altes Leben zurückzukehren. Besonders Hayley hatte sie vermisst. Obwohl Anna wusste, dass sie zusammen nicht perfekt gewesen waren und sich manchmal kaum gesehen hatten, obwohl sie beide auf ihre Karrieren konzentriert oder oft mit Freunden in Bars gewesen waren, hatte sie Hayley doch vermisst. Sie waren ein tolles Paar gewesen, hatten einander unterstützt, waren abenteuerlustig und unglaublich tolerant gewesen, wenn es um die Karriereziele der anderen ging. Anna hatte es vermisst, eine Partnerin zu haben.

Aber langsam wachte sie nicht mehr mit dem Gefühl auf, in ihrer Trauer zu ertrinken.

Stattdessen wachte sie mit den Gedanken an die Kinder auf, und manchmal, ziemlich oft sogar, mit Gedanken an Lane.

Anna hörte auf, den Stift zu drehen und starrte darauf. Ella und Toby gehörten immer mehr in ihr Leben und nahmen dort den leeren Platz ein, den ihr altes Leben hinterlassen hatte. Sie waren hineingeschlittert und hatten eine Lücke geschlossen. Zwar auf andere Weise, aber Anna fragte sich, ob sie nicht besser dort hineinpassten, als ihr altes Leben es getan hatte. Sie haderte noch immer, spürte immer noch ein wenig Unmut in ihr. Manchmal sehnte sie sich noch immer mehr als alles andere danach, dass Jake noch am Leben wäre, nur damit sie ihm auf den Arm boxen und ihn anschreien konnte: ›Was hast du dir verdammt noch einmal dabei gedacht, großer Bruder?‹

Aber in der letzten Woche hatte sie kaum über ihr altes Leben nachgedacht. Morgens hetzte sie sich damit ab, Ella zu ihrer Mutter zu bringen und Toby rechtzeitig vor der Visite in der Betreuung abzugeben. Sie verbrachte ihre Tage im Krankenhaus mit Arbeit, lachte mit Kym und flirtete mit Lane.

Anna war sich darüber bewusst, dass Lane zum großen Teil verantwortlich dafür war, dass sie sich so gut schlug. Seit ihrer Verabredung hatten sie auf der Arbeit so viel Zeit wie möglich miteinander verbracht. Sie hatten sogar einen Treppenaufgang gefunden, den nicht viele Leute benutzten, und der sich hervorragend zum Rumknutschen eignete. Sie nahmen sich hier und da mal fünf Minuten, um einander zu sehen, verschwanden dann in besagtem Treppenhaus oder quatschten in einem der Flure. Aber immer wurde Anna schnell wieder von einem Assistenzarzt angepiept oder musste ihren Papierkram erledigen. Oder Lane musste zurück in die Notaufnahme, weil ihre Pause vorbei war.

Annas Bedenken, ob Dates und Kinder sich vereinbaren ließen, waren immer noch da, plagten sie, meistens kurz vor dem Schlafengehen. Aber Lane schien das Warten nicht allzu schwerzufallen. Ihr war wohl bewusst, dass Anna Reißaus nehmen würde, wenn sie zu schnell vorging oder zu viel verlangte.

Als der Stift auf das Klemmbrett fiel, auf dem Anna eigentlich etwas ausfüllen sollte, gab sie es komplett auf, so zu tun, als ob sie beschäftigt wäre.

Manchmal, wenn sie über all das zu sehr nachdachte, schwirrte ihr der Kopf. Dates bedeuteten mehr Dates – wie brachte sie das mit den Kindern unter einen Hut? Wie zum Henker sollte sie Zeit für eine neue Freundin finden, wenn sie manchmal kaum Zeit zum Duschen hatte? Wie sollten sie die gemeinsame Zeit und das Prickeln genießen, wenn Anna an zwei charmante, aber fordernde Kinder gebunden war? Würde Lane sich langweilen und gehen? Verdammt, sie und Hayley waren drei Jahre zusammen gewesen und *sie* war trotzdem geflohen.

Und schadete sie den Kindern damit, wenn sie mit Lane ausging? Ella und Toby verdienten es, zu wissen, dass immer jemand da war, was auch geschah. Sie wollte nicht versagen. Die Kinder waren das Einzige, was ihr Bruder ihr hinterlassen hatte.

»Wenn du noch länger auf diesen Stift starrst, explodiert er wahrscheinlich.«

Anna schaute auf.

Kym hielt ihr einen Kaffee entgegen.

»Genau das versuche ich ja zu schaffen.«

Lächelnd lehnte Kym sich an die andere Seite des Türrahmens. »Und wie läuft es so?«

Anna blinzelte. »Nicht so gut.«

»Willst du mir die komplexen Gedankengänge mitteilen, wegen derer du die Zunge rausstreckst?«

»Das habe ich *nicht* getan.«

»Doch, hast du.«

»Ist irgendwas, Kym?«

Plötzlich wirkte Kym abwesend und schaute zu Boden, dann wieder zu Anna. »Ich habe dir Kaffee gebracht?«

Anna sah Kym durchdringend über ihren Becherrand hinweg an und nahm einen Schluck. »Das hast du, und er ist toll.« Sie sahen sich einen Moment in die Augen. »Was ist los?«

Kym öffnete den Mund, schloss ihn aber schnell wieder. Ihre Finger spielten mit einem losen Faden an ihrem Ärmel, ihre Augen huschten hin und her.

Ohne sie zu einer Antwort zu zwingen, beobachtete Anna sie weiterhin.

»Ich … ich habe nicht in unserem Bett geschlafen, seit er, na ja, seit er gestorben ist.«

Mit leicht schief gelegtem Kopf fuhr Anna mit dem Daumennagel über den Rand ihres Bechers, während sie Kym anschaute und darauf wartete, dass ihre Freundin weitersprach.

»Nicht einmal. Es ist sechs Monate her. Ich schlafe hier, meistens, oder auf dem Sofa, wenn ich nach Hause gehen muss; einmal auch auf dem Küchenfußboden. Ich weiß, dass das nicht normal ist, dass ich dort schlafen *sollte.* Aber ich habe Angst aufzuwachen und nach ihm zu greifen und ihn dann nicht dort vorzufinden. Ich … ich denke darüber nach, umzuziehen, aber das wäre so, als würde ich ihn komplett aufgeben.« Ihre Augen waren voller Tränen, und keine fiel, als ihre Lippe sich kräuselte. Ein feines Zittern ergriff ihre Stimme, als sie darum kämpfte, zwanglos zu klingen. »Das ist nicht normal, oder? Ich sollte … etwas dagegen tun. Irgendwas?«

Anna wusste nicht, was sie dazu sagen sollte. »Du tust, was du musst. Dafür gibt es kein Handbuch.« Sie gestikulierte mit der Hand zwischen ihnen, um das ›Dafür‹ darzustellen. »Ich glaube nicht, dass du irgendwas tun *solltest.*«

»Ich war bei einer Selbsthilfegruppe«, platzte Kym heraus. »Ich bin wieder abgehauen, weil ich das Gefühl hatte, den anderen zehn Schritte hinterherzuhängen.«

»Es ist erst sechs Monate her. Das ist gar nichts, wirklich nicht.«

»Manchmal halte ich es nicht aus, Anna, dass ich am Leben bin und er nicht mehr.« Kyms Gesichtsausdruck verzerrte sich, als sie versuchte, gefasst zu bleiben. »Die ganze Luft weicht aus dem Raum und ich, ich kann es einfach nicht ertragen.«

Ein Kloß bildete sich in Annas Hals und sie legte Kym die Hand auf den Arm. »Ich weiß, Kym.«

Kym nickte mit Tränen in den Augen.

Annas Stimme war so angespannt wie ihr Lächeln. »Ich war nicht im Elternschlafzimmer. Nicht einmal.« Sie legte den Kopf schief, streckte das Kinn vor. »Es ist wahrscheinlich voller Staub und es dient als gruseliger Schrein für die Toten, aber ich kann mich nicht dazu durchringen.« Sie drückte Kyms Arm. »Ella auch nicht. Ich schlafe im kleinen Gästezimmer und teile mir ein Badezimmer mit den Kindern, in einem Haus, das anscheinend mir gehört. Aber ich kann es nicht. Dort hineinzugehen, die Sachen zu packen und mich dem zu stellen, wäre der erste Schritt, der all das Wirklichkeit werden ließe.«

Kym atmete langsam aus. »Danke.«

»Es gibt kein Handbuch, egal wie nützlich das auch wäre.«

Beide lächelten gezwungen und nahmen einen zittrigen Schluck Kaffee.

Aus Kyms Lächeln wich ein wenig der Anspannung. »Wenn der Stift nachher in deiner Brusttasche ausläuft, werde ich beeindruckt von der Kraft deiner Gedanken sein.«

Anna tat das Einzige, was ihr einfiel, jetzt wo Kym das Thema gewechselt hatte: Sie öffnete sich. »Gestern war eine vom Jugendamt da, Lorna heißt sie, um zu schauen, wie es läuft.«

Kym riss die Augen auf. »Wie, etwa zur Beobachtung?«

»Sie haben uns gesagt, dass es in den ersten sechs Monaten zu einigen unangekündigten Besuchen kommen wird. Sie hat auch schon einige Male angerufen.«

»Ich dachte, es wäre alles geklärt, mit dem Papierkram und so.«

»Das ist es auch. Noch habe ich keine Bestätigung, aber sie sagte, es könnte Monate dauern, und ich habe ja alles erst vor etwa sechs Wochen unterschrieben. Manchmal gibt es noch so eine Art Anhörung, aber wenn es keine Probleme gibt, dann unterschreiben die es auch einfach.« Anna spielte wieder mit dem Deckel des Bechers. »Es war der Wunsch meines Bruders und von Sally, also sollte es keine Probleme geben.«

Kym drückte sich vom Türrahmen weg und ging voran zum Aufzug, ihre Augen waren immer noch feucht. »Wie ist es denn mit der Frau vom Jugendamt gelaufen?«

Anna zuckte mit den Schultern und hielt ihr Gesicht ausdruckslos. »Sie kam um halb sieben abends, Toby war splitternackt und rannte durch das Haus, gejagt von Ella, die versuchte, ihm eines ihrer alten Kleider anzuziehen. Ich hing faul in der Küche rum und habe eine Pizza aufgetaut.«

Kym blieb abrupt stehen und kräuselte die Lippen, ihr Gesicht lief rot an und Anna vermutete, dass sie einen Lachkrampf unterdrückte. »Oh. Na ja, also …« Sie sah Anna von der Seite an und lachte dann doch.

Anna konnte nicht anders, als mit einzustimmen.

»Es tut mir leid, aber natürlich. Natürlich musste sie genau *dann* auftauchen.«

Anna war froh, dass die Anspannung aus Kyms Stimme verschwunden war. »Ja, oder? Sie ist aber ganz nett. Es war ihr zweiter Besuch. Sie war anfangs schon mal da. Sie hat sogar gelacht und erzählt, dass sie ihren Bruder einmal dazu gebracht hat, ihren pinkfarbenen Turnanzug anzuziehen und im Garten Übungen zu machen.«

»Also hat sie Ella noch mehr Flausen in den Kopf gesetzt?« Die Anzeige des Fahrstuhls leuchtete auf, als er sich nach oben in Bewegung setzte. »Also war trotzdem alles okay, obwohl es nicht der beste Zeitpunkt war, um euch einen Besuch abzustatten?«

»Ja. Ich habe mir Sorgen gemacht, dass sie nur kommt, um Missstände aufzudecken, aber sie ist eigentlich wirklich nur dafür da, um zu schauen, wie es läuft.«

»Gut.« Kym zögerte einen Moment. »Hey, kann ich dich was fragen?«

Anna sah sie von der Seite an, als sie in den Kardioflügel abbogen. »Klar.«

»Was ist mit Sallys Eltern? Du hast mir erzählt, warum deine nicht in Frage kommen, aber warum ihre nicht?«

Anna biss sich auf die Lippe. »Sie, na ja, sie hatten keine gute Beziehung zu Sally. Oder besser gesagt, Sally sah sie nicht sehr oft.«

»Oh.«

Anna zuckte mit den Schultern. »Einmal waren wir sturzbetrunken und sie hat sich darüber ausgelassen, was für fanatische, engstirnige, voreingenommene Arschlöcher sie waren, und dass sie nicht mehr Zeit mit ihnen verbringen wollte als unbedingt nötig, und dass sie nicht in der Nähe der Kinder sein sollten.«

»Oh.«

»Japp.« Sally hatte ihr noch viel mehr erzählt. Aber das brachte alles ganz gut auf den Punkt.

»Sie klingen ja entzückend.«

Anna nahm sich die Akte, die sie brauchte, vom Tresen. »Das sind sie. Sie haben Sally gesagt, dass Ella geradewegs in die Hölle kommen würde, weil Sally schon vor der Hochzeit schwanger war.«

»Alles klar. Hab's verstanden. Sie sind für'n Arsch.«

»Genau. Jetzt muss ich in den OP.«

Kym seufzte. »Ich sollte zurück in die Psychiatrische. Mein Assistenzarzt ist eine Null.«

Anna hielt die Akte an ihre Brust gedrückt und sah Kym nach, bis diese um die Ecke gebogen war. Sie bereitete sich darauf vor, Patientengespräche zu führen, und stellte sicher, dass in der Akte alles war, was sie brauchte. Dann machte sie sich auf den Weg zu ihrem ersten Patienten.

Nachdem die OP früher als gedacht beendet war, ging Anna gerade an einem Treppenaufgang vorbei, als Finger sich um ihren Oberarm legten und an ihr zogen. Schon war sie durch die Tür und wurde dagegen gedrückt.

Lane stand lächelnd da, ihr weicher Körper presste sich an sie. »Hi.«

Ein unwillkürliches Lächeln breitete sich auf Annas Lippen aus. »Hi. Das ist nicht der Treppenaufgang, in dem wir uns sonst treffen.«

»Öfter mal was Neues. Ich wollte nicht im Trott stecken bleiben.«

Anna streifte Lanes Lippen. »Gute Idee.«

»Dachte ich mir.«

Sie küssten sich leidenschaftlicher, als Anna erwartet hätte. Lanes Schenkel bewegte sich zwischen Annas, woraufhin sie in Lanes Mund stöhnte. Ihre Finger schlüpften unter Lanes OP-Shirt, um nackte Haut zu streicheln.

So war es immer. In den kurzen Momenten, die sie miteinander hatten, fielen sie hungrig übereinander her. Ihr ständiges Flirten, die kleinen Neckereien, die Blicke und Berührungen – das alles war unglaublich intensiv. In den Augenblicken, in denen sie allein waren, machte eine von ihnen aus den sanften, spielerischen Küssen immer etwas sehr viel Wilderes.

Lane knabberte an Annas Zunge und Anna vergrub ihre Nägel in der weichen Haut. Lane machte sie wahnsinnig mit dem Rhythmus, den ihr Oberschenkel vorgab. Sanfte Lippen zogen sich von Annas zurück und ihr empörtes Stöhnen wandelte sich in einen Lustschrei, als diese Lippen sich an ihren Hals drückten.

Das Klingeln eines Handys hallte durch den Treppenaufgang.

»Das ist«, Lane biss die sensible Stelle an Annas Hals, während sie sprach, »doch wohl«, ihre Zunge folgte dem Weg zu Annas Schlüsselbein, »nicht dein Ernst.« Sie kicherte.

»Was?«

»Du siehst so zerzaust aus.«

»Ich hasse dein Telefon.«

Lane bewegte sich nicht, sie genoss den engen Körperkontakt ganz offensichtlich. »Na ja, gestern Nachmittag habe ich deinen Pager gehasst.«

»Ach ja? Gestern früh hat dein Handy geklingelt.«

»Sollen wir den Abend davor erwähnen?« Lane angelte blind nach ihrem Telefon.

Anna wurde rot. »Tess hätte klopfen sollen.«

»Ja, sicher. In einem öffentlichen Treppenaufgang.«

»Wir müssen damit aufhören wie Teenager, überall im Krankenhaus rumzumachen.«

Mit offenem Mund starrte Lane sie an. »Aber ich will nicht aufhören.«

»Nun ja, das ganze Krankenhaus weiß schon, was zwischen uns läuft – Tess ist ein Klatschmaul. Die Dame aus der Cafeteria hat mir gestern zugezwinkert und gesagt, wie gut sie es fände, dass Ärzte Schwestern nicht nur anschnauzen.«

»Echt jetzt?«

»Ja, und jetzt geh. Ruf zurück – rette Patienten oder mach deine Stationsrunde oder was auch immer ihr Krankenschwestern so tut.«

»Ja, Frau Doktor.« Lane salutierte gespielt mit zwei Fingern. »Sehen wir uns später?«

»Natürlich.«

Lane küsste sie und wich schmollend zurück, als ihr Handy erneut klingelte. Sie starrte es an. »Okay, ich habs kapiert!« Sie schaute Anna eingeschnappt an. »Bis dann.«

»Mach's gut.«

Lanes Blick streifte Annas Lippen und es sah so aus, als wollte sie sich noch einmal vorbeugen. Mit einem Stöhnen drehte sie sich um und ging die Treppe hinunter, dann rief sie über die Schulter zurück: »Du wirst noch mein Tod sein, Foster.«

Sie ging ans Telefon. »Dad, du hast ein grauenvolles Timing.« Es entstand eine Pause. »Ja, ich sollte auf der Arbeit sein.«

Anna seufzte glücklich und lehnte den Kopf gegen die Tür.

Nach der OP wusch Anna sich schnell die Hände, während ihr der Duft von Kaffee in die Nase zog. Neben ihr wartete Lane geduldig mit zwei Bechern in der Hand. Sie hatten nur fünf Minuten und Anna wollte sie nicht verschwenden. Sie trocknete ihre Hände mit einem

Papiertuch ab und hatte es gerade weggeworfen und sich Lane zugewandt, als ihr Telefon klingelte.

Mit einem schweren Seufzer sah Anna Lane entschuldigend an und holte das störende Ding aus der Hosentasche. »Ja?«

»Anna! Abendessen heute! Lasagne! Steht das noch?«

Anna kicherte. »Klar, Mum. Darauf habe ich mich die ganze Woche gefreut.«

»Ich wette, die Kinder auch.«

»Was soll das heißen?«

»Nichts! Gar nichts. Eine Frage – warum lädst du nicht auch Lane ein?«

Panik schoss in Annas Bauch. Was sollte sie darauf antworten, wenn Lane direkt daneben stand? Sie sah zu ihr rüber.

Lane gab vor, zu lesen, was auf ihrem Kaffeebecher stand.

»Ähm, vielleicht, Mum?« Fragte man die Frau, mit der man erst ein richtiges Date verbracht hatte, ob sie zum Essen mit zu den Eltern wollte? War das überhaupt etwas, das Anna wollte? Die Antwort darauf war ›Scheiße, nein‹. Anna versuchte, das mit Lane von den Kindern zu trennen und Grenzen zu ziehen. Lane Freitagabend mit zum Essen bei ihrer Mutter mitzubringen, war wirklich nicht Teil dieses Plans.

Aber verdammt sei ihre Mutter, denn Anna hörte Ella im Hintergrund rufen: *»Schwester Lane kommt? Toll! Beim letzten Mal habe ich sie gar nicht gesehen, weil Tante Na sie sich geschnappt hat.«*

Anna kräuselte die Lippen und betete, dass Lane das Gespräch nicht hörte. Anna schaute ein weiteres Mal kurz zu ihr rüber.

Lane starrte immer noch auf den Becher und ihre Augen bewegten sich nicht einmal – Betrügerin.

Jetzt dachte Ella, dass Lane kommen würde. Ihre Mutter und ihre verdammte, köstliche, selbstgemachte Lasagne.

Sandra setzte wieder an: *»Oh, Liebling, du solltest sie sehen. Sie ist so aufgeregt.«* Ihre Stimme wurde leiser. *»Und sie hatte einen schlimmen Tag in der Schule.«*

Anna schloss die Augen und zählte bis sechs. »Ist Dad dann auch dabei?«

Die Stimme ihrer Mutter änderte sich. *»Ähm, nein. Er bleibt zu Hause.«*

Er ging also immer noch Toby und ihr aus dem Weg. Anscheinend konnte er sich mit Ella arrangieren, aber sie und Toby schienen ihn zu sehr an Jake zu erinnern.

Toll. Na immerhin musste sie Lane das dann nicht auch noch zumuten. »Klar, ich werde sie fragen. Sag Ella, sie soll sich nicht zu früh freuen. Sie hat vielleicht schon was vor.«

»Sie klingt wie die Sorte Frau, die für dich alles stehen- und liegen lassen würde, aber wie auch immer, Liebling. Ich sehe euch dann bei Jak… dir.« Ihre Mutter beeilte sich, weiterzusprechen. *»Ich bringe Ella rüber und treffe dich und Toby gegen halb sieben. Sag Lane, sie soll pünktlich sein. Ella und ich fangen mit den Vorbereitungen hier an.«*

»Ja, Ma.«

»Ich hab dich lieb.«

»Ich dich auch, Mum.«

Das Handy sank schwer in ihre Tasche.

Lane tat nicht länger so, also ob sie die drei Sätze auf ihrem Becher immer noch lesen würde und sah auf. »Das klang … lustig?«

»Eltern.«

»Ich weiß.«

»Ähm, Mum kocht heute Abend bei mir, mit den Kindern – Lasagne. Sie fragt, ob du auch kommen willst.«

»Oh. Ähm, bist du denn damit einverstanden?«

Konnte diese Frau noch rücksichtsvoller sein? »Ähm, klar, Ella hat es gehört und war unglaublich aufgeregt. Sie wird dir ein Ohr davon abkauen, dass ihr Gips in ein paar Wochen abkommt.«

»Eigentlich nur noch eine Woche.«

»Das ist wie im Flug vergangen.«

»Ja. Ich bin heute Abend gern dabei.« Lanes Lächeln erleuchtete den verdunkelten Waschraum.

Schuld gesellte sich zu der Panik in Annas Magen, aber sie zwang ihre Stimme dazu, normal zu klingen, obwohl sie sich nicht sicher war, ob ihr die Panik nicht ins Gesicht geschrieben stand. »Halb sieben?«

»Klingt toll.« Lane griff sich eine Handvoll von Annas OP-Kittel und zog sie zu sich heran. Als Lanes Weichheit sie umfing, wurde Anna etwas ruhiger. »Mach nicht so ein Gesicht, Anna. Es ist nur Lasagne.«

Lane war ihr auf der Spur. »Entschuldige. Es ist die beste Lasagne, und meine Mutter und du seid in meinem Haus und …«

»Ich muss nicht kommen«, sagte Lane. »Wenn es deinen komplizierten, kleinen Kopf zum Explodieren bringt, werde ich mich einfach mit Kym betrinken und ihr den ganzen Abend von dieser *total* heißen Anästhesistin erzählen, die ich treffe.«

Anna lachte und entspannte sich, als Lane sie küsste. »Nein. Ist schon gut – kompliziert, wie du gesagt hast. Komm nur. Ella wäre unglaublich enttäuscht, wenn du es nicht tust.«

Lane küsste sie noch einmal und fragte dann: »Nur Ella?«

»Vielleicht auch meine Mum.«

Lane schmollte tatsächlich. »Fies.«

»Na gut.« Anna gab nach. »Ich würde dich auch vermissen.«

»Ich wusste es.«

Ihr Kuss wurde unterbrochen, als Lane mit weit aufgerissenen Augen zurücktrat. »Mist. Ich werde deine Mutter kennenlernen.«

Anna lehnte sich grinsend ans Waschbecken. »Das hab ich ja gemeint.« Sie nahm ihren Kaffee und trank vergnüglich einen Schluck, während Lane sie noch immer anstarrte.

»Wenigstens gibt's Lasagne.« Lanes Stimme war noch nie so hoch gewesen.

Anna hatte genau eine halbe Stunde allein mit Toby, bevor alle kommen würden. Sie versuchte, ihre zwiespältigen Gefühle herunterzuschlucken.

Es war ja nicht so, dass sie und Lane auf dem Tisch rummachen würden. Sie sah zum großen Esstisch, als ihr dieser Gedanke kam, und es fiel ihr nicht leicht, die Bilder einer halb nackt darauf ausgestreckten Lane zu verscheuchen.

Anna las Toby etwas vor und genoss die stille Zweisamkeit, die sie in der Krippe nicht hatten. Er lehnte sich an sie, während er in ihrem Schoß saß. Er zeigte fröhlich auf jede Seite und seine Lippen formten ein »Ooh!« zu allem. »Ooh! Na! Ooh!«

Um halb sieben wurden sie von Annas Mutter überrollt, die, begleitet von dem unglaublichen Duft vorbereiteter Soße und einer vollkommen aufgeregten Ella, hineinschneite.

Die Lasagne war schnell zusammengeworfen und im Ofen. Es würde nur zwanzig Minuten dauern.

Schnell goss Sandra ihnen zwei Gläser Wein ein und reichte Anna eines. »Hier, das brauchst du.«

Nach einem großen Schluck fühlte Anna sich ein bisschen besser. Nach den Anweisungen ihrer Mutter begann sie damit, den Salat zu machen, und war froh, dass sich jemand anderes um die Koordination der Vorbereitungen kümmerte. Sie hatte schnell festgestellt, warum Eltern sich darüber beschwerten, jeden Abend kochen zu müssen: Ohne die Möglichkeit, jeden zweiten Abend auszugehen, war es schwer, etwas zu finden, das ein wählerisches Kleinkind und eine Sechsjährige essen würden. Anna seufzte, als sie Tomaten klein schnitt. Sie war verblüfft darüber, dass sich nach so kurzer Zeit schon so viel verändert hatte. Ab und zu träumte sie davon, langsam gegartes Lamm in ihrem alten Lieblingsrestaurant zu essen.

Ella hing an ihr wie ein sehr süßer, aber aufdringlicher Geruch. Aber Anna freute sich, dass sie für den Moment ihre alte Geschwätzigkeit wiederentdeckt hatte.

»Wann kommt Schwester Lane?«

Zum fünften Mal sah Anna auf die Uhr. »In fünfzehn Minuten. Drei Minuten weniger als das letzte Mal.«

Ella hielt sich mit einer Hand an der Arbeitsplatte fest und nahm mit der anderen die Karotte, die Anna ihr hinhielt und steckte sie sich dann in den Mund.

Die Hoffnung, dass sie dies für einen Moment zum Schweigen bringen würde, war schnell verflogen. »Bleibt sie die ganze Zeit?«, fragte Ella kauend.

Darüber musste Anna lachen. »Ja, Ella Bella. Sie wird nicht einfach mittendrin aufstehen und gehen.«

»Wie lang genau?«

Annas Lid fing an zu zucken.

Offensichtlich bemerkte Sandra, dass Anna bald die Geduld verlieren würde, und holte ein paar Teller heraus. »Deck bitte den Tisch, Miss Ella.«

Ella nickte, nahm die Teller und ging ins Esszimmer, dabei plapperte sie noch immer munter weiter und merkte nicht, dass ihr niemand zuhörte.

Anna atmete tief durch und trank einen weiteren großen Schluck Wein, als der Timer am Ofen anfing zu piepsen.

Sandra holte die Lasagne raus und versuchte gar nicht erst, ihre Belustigung zu verbergen. »Du warst genau wie sie.«

Anna unterdrückte ein Stöhnen und schnippelte weiter die Gurke.

»Das warst du. Du konntest in dich gekehrt sein und verschlossen wie sonst nur was; aber an manchen Tagen haben dein Vater und ich ernsthaft überlegt, dich zu knebeln, um mal fünf Minuten Ruhe zu haben.«

»Toll, danke, Mum.«

»So war es halt.«

Anna goss etwas Dressing über den Salat. Sie wandte den Blick nicht von ihrer Arbeit ab und versuchte, beiläufig zu klingen: »Ich vermisse Dad, Mum.«

Sie spürte, wie sich ihre Mutter hinter ihr versteifte. Stille umgab sie, nur Toby machte ein Geräusch, als er Bausteine aneinanderstieß.

»Ich auch, Liebes.«

»Er sieht mich nicht mal an.« Sie beugte sich über die Arbeitsplatte, um nach Toby zu sehen, der unter dem Tisch saß. »Oder Toby.«

»Er weiß nicht, was er machen soll.« Ihre Mutter klang gepresst. »Er ist nur … er …«

Anna wusste, dass sie dieses Thema nicht hätte erzwingen sollen. Sie drehte sich um und schloss ihre Mutter in die Arme. Einen Moment lang wiegten sie sich vor und zurück. Unter ihrer Berührung wurde Anna bewusst, wie dünn und zerbrechlich ihre Mutter war. »Entschuldige.«

Sandra schüttelte den Kopf an Annas Schulter, trat dann zurück, räusperte sich und fuhr sich über die Augen. »Nein, mir tut es leid. Im Moment ist er so verbittert. Es ist nicht einfach mit ihm.«

Einer der vielen Gründe, warum Jack sie hierfür ausgewählt hatte. Anna entschied sich, das nicht laut zu sagen und streichelte Sandra stattdessen über den Arm.

»Komm rüber, wann immer du möchtest, Mum. Oder nimm die Kinder. Sie übernachten so gern bei dir und früher waren sie alle zwei Wochen bei dir.«

»Zurück zur Routine. Das könnte ihnen helfen.«

Anna zwinkerte ihr zu. »Das, und die Tatsache, dass du es liebst, sie bei dir zu haben.«

»Natürlich.«

Ella sprang zurück ins Zimmer. »Schwester Lane ist da! Schwester Lane ist da! Ich habe ihr Auto gesehen! Schwester Lane ist da!«

»Zimmerlautstärke, Ella.«

Ella flüsterte gespielt: »Schwester Lane ist da!«

Toby sah seine Schwester mit großen Augen an.

»Okay, wenn es klingelt, darfst du die Tür aufmachen. *Aber*«, rief Anna, als Ella schon losgelaufen war, »frag, wer da ist!«

Ella, der kleine Wirbelwind, war zu viel für Toby. Als seine Augen ihr schneller folgten als der Rest seines Körpers, verhedderten sich seine Beinchen und er verlor das Gleichgewicht und fiel auf seinen bewindelten Hintern. Erstaunte blaue Augen blinzelten Anna an, und dann fing er an zu kichern.

Kopfschüttelnd nahm Anna ihn hoch. »Du bist ein Tollpatsch, Tobes.«

Sie gab ihm ein Stück Tomate, obwohl ihr klar war, dass er es im Zweifel überall verteilen würde, küsste seine Wange und stellte ihn dann wieder ab. Die kleinen Füße trugen ihn aus dem Zimmer, während er sich das ganze Stück Tomate in den Mund schob.

Es klingelte.

Ella schrie: »Wer ist da?«, und riss im selben Moment die Haustür auf.

»Ella, es ist nicht Sinn der Sache, dass du die Tür öffnest, bevor man überhaupt die Frage gehört, geschweige denn darauf geantwortet hat!«, rief Anna.

»Schwester Lane!«, quietschte Ella.

»Lass sie doch, Anna.«

Wie immer hatte ihre Mutter wahrscheinlich recht und Anna widmete sich wieder dem Salat.

Tobys Füßchen patschten auf den Fliesen und Anna drehte sich um. Er streckte mit erschrockenem Blick die Arme nach ihr aus.

Sandra kicherte hinter ihr. »Oh, Tobes. Bist du deiner Schwester gefolgt und hast eine Fremde im Flur gesehen?«

Er sah von Anna in Richtung Flur und deutete dorthin. »El!«

»Sie ist keine Fremde; du hast sie schon kennengelernt. Sollen wir der Sache nachgehen?«

Als sie sich zur Haustür bewegten, hörten sie Lane mit leiser Stimme sprechen, gefolgt von Ellas lauter und aufgeregter.

Toby zeigte den ganzen Flur entlang und wies ihr so den Weg.

»Sind sie da draußen, Toby?«

Mit ernstem Gesicht nickte er und zeigte weiter Richtung Haustür.

Sie gingen um die Ecke und sahen Ella, die an Lane hing und ihr all die neuen Sprüche und Zeichnungen auf ihrem Gips zeigte. Die Kinder in ihrer Klasse hatten bereits über die älteren Bilder gemalt.

Lane nickte zu Ellas Worten und sah auf, dann grinste sie Anna an.

Als Lanes Lächeln sie voll erwischte, wurde Toby ganz ruhig in Annas Armen. In diesem Moment realisierte Anna, dass diese Frau sie alle in ihren Bann ziehen würde, wenn sie nicht aufpasste.

Lane formte ein tonloses ›Hi‹ und Anna winkte ihr zu.

»Das ist Lane, Tobes.«

Ella schaute kaum von ihrem Gips auf und sagte: »*Schwester* Lane, Tante Na.«

Lane zwinkerte ihr zu und nickte. »Ja, Tante Na. *Schwester* Lane.«

»Oh, mein Fehler.« Anna sah Toby an, der Lane offen anstarrte, sein Mund war leicht geöffnet – man konnte förmlich sehen, wie sich Gedanken formten, ohne dass er die Situation begriff. »Hey, Ella Bella, ich bin mir ziemlich sicher, dass du den Tisch noch nicht fertig gedeckt hast.«

»Aber das *habe* ich.«

»Gläser? Und Besteck? Tobys Becher und dein *Transformers*-Glas?«

»Ähm …«

»Los, Miss. Lane bleibt den ganzen Abend.«

Ella seufzte laut und wandte sich dann Lane zu. »Entschuldige mich, Schwester Lane, ich komme gleich wieder.«

Lane sah ihr amüsiert nach, bevor sie Anna anschaute. »Weißt du, sie hat ziemlich viel von dir.«

»Fang du nicht auch noch an.«

Lane betrachtete Toby, der sie immer noch mit großen Augen anstarrte. »Hallo noch mal, Toby. Ich mag deine Schuhe.«

Sofort trat Toby gegen Annas Oberschenkel und die Sohlen seiner neuen Schuhe mit Klettverschluss leuchteten auf. Dann grinste er Lane an und zeigte auf seine Schuhe. »Na!« Toby starrte sie eine Sekunde lang an, sein Bein immer noch ausgestreckt, und schaute dann zurück zu Lane.

»Tante Na hat sie dir gekauft? Verwöhnt sie dich?«

Toby zappelte hartnäckig und Anna setzte ihn ab. Er hielt sich mit seiner kleinen Hand an ihrer fest und hüpfte, denn diese Bewegung bekam er ohne etwas zum Festhalten noch nicht ganz hin. Als seine Schuhe wieder aufleuchteten, quietschte er und deutete darauf.

»Wie cool, Toby!«

Er ließ Annas Hand los und drehte sich um, dann rannte er kichernd in die Küche.

»Wo zum Himmel will er hin?«

»Er hat die Aufmerksamkeitsspanne einer Mücke. Wer weiß das schon?«

»Wenigstens mochte er mich diesmal.«

»Er ist ein kluger Mann: Er erkennt eine Lady, wenn er sie sieht.«

»Ich frage mich, woher er das hat.«

»Wer weiß. Hallo erst mal.«

Lane kam etwas dichter und hielt die Flasche Wein hoch. »Hallo, du.« Sie verharrte einen Moment und lächelte Anna zu.

Sie beide machten einen kleinen Schritt aufeinander zu und Anna schloss fast die Augen, als sie Lanes Atem an ihren Lippen spürte. Obwohl sie sie küssen wollte, zwang Anna sich, zurückzuweichen.

»Später«, flüsterte sie.

Lanes Augen leuchteten auf.

Es war undenkbar, dass Lane über Nacht bleiben würde oder dass *das* passieren könnte. Aber das bedeutete nicht, dass Anna sich nicht ein paar Freiheiten nehmen konnte, nun da Lane bei ihr zu Hause war.

»Bereit, meine Mutter kennenzulernen?«

Lane sah sie mit großen Augen an. »Klar.«

»Hast du immer so eine hohe Stimme?«

»Sei still.«

Lachend führte Anna sie in die Küche, wo ihre Mutter gerade die Lasagne zerteilte. »Mum, das ist Lane. Lane, das ist meine Mutter, Sandra.«

Sandra wischte sich die Hände ab und kam um den Küchenblock herum.

»Freut mich, Sie kennenzulernen, Mrs Foster.«

Sandra blieb vor Lane stehen, lächelte und umarmte sie dann.

Manchmal brachte ihre Mutter Anna innerlich zum Seufzen. Doch egal, sie lächelte ihr trotzdem zu. Lane strich Sandra einen Moment lang umständlich über den Rücken, bevor sie sich löste.

»Nennen Sie mich Sandra. Es ist schön, Sie kennenzulernen, Lane. Ich habe schon viel von Ihnen gehört.«

Anna vermied es, auf Lanes wissendes Lächeln zu reagieren, und fügte in Gedanken ihrer Liste der Momente, in denen ihre Mutter sie wahnsinnig machte, einen weiteren hinzu. Sie selbst hatte nicht so viel von Lane erzählt, aber Ella musste Details ausgeplaudert haben. Oder vielleicht hatte Anna auch ein oder zwei Dinge unbewusst erwähnt. Aber ganz sicher nicht so viele.

»Ich hoffe, nur Gutes.«

»Sie haben dabei geholfen, den Arm meiner Enkelin wiederherzustellen, natürlich nur Gutes. Und Ihretwegen ist meine Tochter mal wieder vor die Tür gekommen.«

»Okay!«, unterbrach Anna und klatschte in die Hände. »Lasst uns essen. Lane hat einen tollen Rotwein mitgebracht, Mum. Willst du ein Glas? Ich bleibe bei weißem.«

Anna führte sie ins Esszimmer. Wie erwartet bestand Ella darauf, neben ›Schwester Lane‹ zu sitzen. Anna bugsierte Toby in seinen Hochstuhl neben ihrem eigenen Stuhl, damit sie ihm beim Essen helfen konnte, falls nötig. Sofort rutschte er tiefer und streckte seinen Fuß aus, damit Lane seinen Schuh bewundern konnte. Er trat weiter gegen das Stuhlbein und rief ein sinnloses Wort, damit alle darauf achteten, wie die Sohle aufleuchtete.

Anna bereute es, diese Schuhe gekauft zu haben.

Ella dominierte den Großteil der Konversation und Toby hatte dankbarerweise seine Liebe für Lasagne entdeckt und aß mit Löffel und Händen, sodass er weitestgehend von den Schuhen abgelenkt war.

Zwischen Ellas Plauderei quetschte Sandra Lane aus und versuchte gar nicht erst, es zu verbergen.

»Also, Lane, wo sind Sie aufgewachsen?«

Lane sah von Toby auf, der wieder auf seine Schuhe deutete. »Ja, Tobes, sie sind wirklich toll.« Sie trank einen Schluck Wein und dachte über die Antwort nach. »Ich bin hier aufgewachsen. Obwohl ich aus den Staaten hergezogen bin, als ich zehn war.«

»Anna hat das erwähnt. Was machen ihre Eltern denn beruflich?«

»Mum.«

Der Blick, den Anna ihrer Mutter zuwarf, brachte sogar Ella zum Schweigen, doch Sandra blieb ungerührt.

Lane schmunzelte. »Mein Vater ist Buchhalter, meine Mutter war mit uns Kindern zu Hause, aber später hat sie meinem Dad in der Firma geholfen.«

Toby, der es geschafft hatte, Soße in seinem Haar zu verteilen, warf seinen Löffel auf den Boden und grinste, während er darauf wartete, dass Anna ihn wieder aufhob. Sie gab ihm den Löffel mit einem Blick zurück, der klarstellen sollte, dass das kein Spiel war, und überlegte gleichzeitig, ob sie Toby saubermachen sollte. Dann besann sie sich eines Besseren, denn nach dem Essen würde sie es sowieso tun müssen.

Nach dem Dessert stand Sandra auf und begann damit, das Geschirr abzuräumen. Anna und Lane wollten helfen, doch Sandra wies sie an, sitzen zu bleiben, und verpflichtete stattdessen Ella, die darüber nur ein bisschen grummelte.

Anna grinste Lane über den Tisch hinweg an und trank ihr zweites Glas Wein. »Willkommen in meiner verrückten Welt.« Es war nicht komplett als Scherz gemeint. Wusste Lane wirklich, worauf sie sich einließ?

»Sie sind wirklich süß.«

»Na!« Toby schlug mit dem Löffel gegen seine Plastikschüssel, die er auf dem Brettchen seines Hochstuhls umgedreht hatte.

Anna piekte ihn sanft in den Bauch. »Zeit, dich sauber zu machen, kleiner Mann.«

»Nein.« Tobys kleines Gesicht verfinsterte sich und seine Augenbrauen zogen sich zusammen.

Lane musste über dieses bockige Verhalten laut lachen.

Anna ignorierte das. Sie stach ihn noch mal in die Seite. »Nein?«, fragte sie spielerisch.

Toby kicherte jetzt zwar, schaffte es aber trotzdem »Nein!« zu sagen.

»Ich bin gleich wieder da, Lane. Nimm dir noch Wein, wenn du willst.« Anna ließ Lane mit Toby und seinem Schuh zurück, an den er sich gerade wieder erinnert hatte. Der Anblick brachte sie zum Lächeln.

In der Küche steckte ihre Mutter bis zu den Ellbogen im Schaum und Ella stand auf einem Tritt neben ihr, war ganz still und tat ihr Bestes, das Geschirr zu trocknen.

»Arbeitest du schwer, Ella Bella?«

»Oma erzählt mir gerade, dass du als Kind genauso warst wie ich.«

Anna drückte sich zwischen ihnen durch, um einen Lappen zu befeuchten. »Ist das so? Das Thema scheint sich heute durch den ganzen Abend zu ziehen.«

Sandra knuffte sie. »Na ja, dein Einfluss lässt das noch mehr hervorstechen.«

Anna widerstand dem Drang, die Augen zu verdrehen, und küsste Ella auf den Kopf. Dann ging sie wieder hinaus.

Die Stimme ihrer Mutter folgte ihr: »Lane ist übrigens toll.«

»Danke, Mum.«

»Schwester Lane ist cool, nicht *toll*, Großmutter.«

»Richtig. Entschuldige.«

Als Anna wieder ins Esszimmer kam, saß Toby still und entspannt auf Lanes Schoß und spielte mit der Kette um ihren Hals. Er hatte sich geradewegs in ihre Arme gekuschelt, seine kleinen Beinchen hingen über ihren.

»Er wurde unruhig; ich hoffe, das ist okay.«

»Na klar.« Anna verlor kein Wort darüber, wie sehr sie der Anblick von Toby, der sich in Lanes Arme kuschelte, berührte.

Das Glas vor Lane war noch immer leer. »Willst du nichts mehr?«

Sie schüttelte den Kopf. »Ich muss noch fahren.«

Anna hockte sich neben Lanes Stuhl und rieb Toby schnell mit dem Lappen übers Gesicht; ein heimlicher Angriff war ihre beste Chance. Wenn er den Lappen kommen sah, rannte er davon, so schnell ihn seine kleinen Füße trugen. Sie fuhr flink über seine Finger, und dann war er schon wieder ein unruhiges Bündel, rutschte von Lanes Schoß und rannte ins Wohnzimmer zu seinem Spielzeug.

Lane sah ihm hinterher, als er davonstürzte. »Er sieht wirklich aus wie du. Das ist unheimlich.«

Anna lächelte, sie hockte immer noch da, die Hände auf Lanes Schenkeln. »Er sieht aus wie Jake. Die Leute haben uns wirklich für Zwillinge gehalten.«

Ein Seufzen verließ Annas Lippen, als Lanes Finger über ihr Haar strichen, ihr Blick war sanft. »Wäre es seltsam, zu sagen, dass ich wünschte, ich hätte ihn kennengelernt?«

Anna legte das Kinn auf Lanes Oberschenkel und sah zu ihr auf. »Nein. Ich denke, er hätte dich gern gemocht.«

Die Küchentür öffnete sich.

Anna sprang auf und trat einen Schritt von Lane zurück, aber Ella reagierte gar nicht auf die ungewöhnliche Nähe zwischen Anna und Lane, als sie hereinkam.

»Ich habe morgen keine Schule – kann Schwester Lane bleiben und eine DVD mit uns anschauen?« Ella, die sie mit ihrem besten Bettelgesicht ansah, fügte noch hinzu: »Bitte, Tante Na?«

Anna drehte sich zu Lane um und begegnete exakt dem Ausdruck, der auch auf Ellas Gesicht lag. »Bitte, Anna?«

Anna riss die Arme hoch. »Diesen beiden Blicken zusammen kann ich unmöglich standhalten. Wenn Lane gern bleiben und einen Film anschauen will, dann darf sie das natürlich.«

»Juhu! Ich suche einen aus, und du bringst Toby ins Bett.« Ella stürzte davon.

»Ja, Ma'am.« Als Anna sich wieder Lane zuwandte, grinste die sie an. Anna schüttelte verzweifelt den Kopf: »Hast du gemerkt, wie sie dich am Ende gebeten hat?«

»Und wie sie dir aufgetragen hat, Toby ins Bett zu bringen.«

»Sie hat Glück, dass sie süß ist.«

»Wie ihre Tante.«

»Du bist wirklich gut im Süßholz raspeln.«

»Du machst es mir einfach.«

»Siehst du!«

Lane hob die Hände und signalisierte, dass sie aufgab, dann lehnte sie sich in ihrem Stuhl zurück. »Sind DVDs eine Tradition am Freitagabend?«

»Ja, wir schauen Disneyfilme und werden high von Eiscreme, wenn Toby im Bett ist.« Anna biss sich auf die Lippe. »Wirklich, Lane. Du musst nicht bleiben.«

»Bist du irre? Eis und Disney. Hoff mal lieber, dass Ella und ich dir noch Platz auf der Couch lassen.« Lane stand auf und nahm Tobys Schale. »Du hast Ella gehört, bring deinen Neffen ins Bett.« Sie zwinkerte Anna zu und ging.

Seufzend bemerkte Anna, dass es langsam zur Tradition wurde, dass man sich gegen sie verbündete. Im Wohnzimmer nahm sie Toby hoch und hielt das kichernde Bündel kopfüber, damit Ella ihm einen Gutenachtkuss geben konnte. Dasselbe Spiel wiederholte sie bei ihrer Mutter und Lane, dann nahm sie ein Fläschchen für Toby und ging hinauf. Während sie Toby umzog, murmelte Anna leise vor sich hin und dimmte dann das Licht.

In seinem Bettchen, die Flasche im Mund, nahmen Tobys Augen einen ganz schläfrigen Ausdruck an. Ein Anblick, der Anna nie kalt ließ. Anna legte ihm eine Hand auf die Brust und sah ihm zu, wie er langsam wegdriftete.

Als sie sich zurückziehen wollte, griffen seine Finger nach ihrem Handgelenk und hielten sie fest. Ein Kloß formte sich in ihrem Hals und sie blieb, bis er eingeschlafen war, seine Hand sich entspannte und langsam auf die Matratze sank.

Unten saßen Lane und Ella auf der Couch; Ella in der Mitte und Lane an ihrer Seite. Beide hatten unglaublich große Schüsseln mit Eis im Schoß.

Lane zuckte mit den Schultern und nahm einen Löffel. »Was? Deine Mum hat uns die gegeben.«

Wie gerufen erschien Sandra in ihrem Mantel und hielt noch eine weitere Schale in der Hand. »Gut, ihr Lieben, ich mache mich dann auf den Weg.«

»Du bleibst nicht für den Disneyfilm, Mum?« Anna nahm die angebotene Schale und sah Sandra argwöhnisch an, die damit beschäftigt war, ihren Mantel zuzuknöpfen. Normalerweise blieb ihre Mutter und genoss die ruhige Zeit mit Ella und Anna.

Ein Grinsen umspielte Sandras Mundwinkel und ihr Blick wanderte von Anna zu Lane und zurück. »Ich … ich muss zu Hause noch Papierkram erledigen. Habt noch viel Spaß, Mädels.«

Anna küsste sie flüchtig. »Papierkram, was?«

Sandra schaffte es, Anna nicht anzusehen, indem sie Ella zum Abschied knuddelte. Sie nickte: »Oh, ja. Papierkram. Tonnenweise.«

»Klar, Mum.« Soweit Anna wusste, gab es für ihre Mutter absolut keinen Papierkram zu erledigen. »Vielen Dank fürs Abendessen.«

Sandra brachte Ella zum Kichern, indem sie ihr auf die Wange prustete. »Gerne. Reste sind im Kühlschrank.«

Lane stellte ihre Schale ab und stand auf, dann streckte sie die Hand aus. »Es war sehr nett, Sie kennenzulernen, Sandra. Danke für das Essen.«

Diesmal sah Lane entspannter aus, als Sandra ihre Hand wegschob und sie stattdessen umarmte.

»Es war ganz *reizend*, Sie kennenzulernen, Lane.« Ihre Mutter trat einen Schritt zurück und schwebte dann fast durch den Raum. »Viel Spaß beim Film. Ich sehe euch am Wochenende.«

Subtil war ihre Mutter nie gewesen. Anna nahm einen Löffel voll Eis und musterte die beiden auf der Couch. »Also, was sehen wir uns an?«

Eine Eisfontäne sprühte aus Ellas Mund, als sie rief: »Nemo!«

»Ah, gute Wahl.«

»Schwester Lane hat ihn ausgesucht. Komm, setz dich neben mich, Tante Na.« Anna setzte sich, lehnte sich zurück und nahm einen großen Löffel von ihrem Eis. »Jetzt kann ich neben euch *beiden* sitzen!« Ella war im siebten Himmel.

Anna drehte den Kopf, um Lanes Blick aufzufangen, und biss sich auf die Lippe; Lane grinste. »Du Glückliche. Drückst du auf *Start?*«

Sie schafften es fast bis zu der Stelle, an der Nemo im Fischernetz gefangen wurde, bevor Ella einschlief und sich unter der Decke neben Lane zusammenrollte. Sie ließen den Film bis zum Ende laufen, beide interessierter, als sie es zugeben würden. Dann nahm Anna Ella hoch und trug sie in ihr Bett, wo sie sie mit ihrem Lieblingsplüschtier im Arm zurückließ. Anna lehnte die Tür an und sah auf die Uhr. Es war erst halb zehn, aber sie war todmüde.

Als sie ins Wohnzimmer zurückkam, standen zwei Gläser Wein auf dem Tisch. Lane lehnte sich zurück, ein Bein unter sich angewinkelt.

»Was für ein erfreulicher Anblick.«

Schmunzelnd reichte Lane ihr eines der Gläser. Das mit erheblich weniger Inhalt blieb in Lanes Hand.

Anna setzte sich, drückte ihr Knie gegen Lanes und hielt ihr Glas hoch. »Cheers.«

Sie stießen an und nahmen beide einen Schluck, dann balancierte Lane ihr Glas auf dem Knie. »Du gehst toll mit ihnen um, weißt du?«

Anna sah sie leicht verwirrt an.

»Sie lieben dich sehr. Du bist toll mit ihnen. Ich dachte nur, dass du das wissen solltest.«

»Danke«, sagte Anna leise und zwang sich dazu, dass Kompliment anzunehmen, ohne sich zu winden oder es abzutun.

Das Glas erzeugte ein Geräusch, als Lane es auf dem Tisch abstellte. »Soll ich dir ein Geheimnis verraten?«

Anna stellte ihr Glas ab und schaute Lane ganz fasziniert an. »Immer.«

»Ich habe *Findet Nemo* ebenfalls auf DVD. Und noch eine ganze Reihe von anderen Kinderfilmen.«

Anna lachte auf.

»Als du mich neulich fragtest, ob wir eine DVD schauen können, die kein Kinderfilm ist, hab ich mich ziemlich schwergetan, eine zu finden. Die meisten, die ich dir angeboten habe, waren Kyms.«

»Das ist verdammt lustig; bis vor Kurzem hatte ich so was nie gesehen. Ich meine, ich habe früher gelegentlich einen Film mit Ella geschaut, als ich hier zu Besuch war. Mittlerweile kann ich schon ganze Passagen mitsprechen.«

»Ich kann fast jeden Disney-Song mitsingen.«

Mit einer Hand auf Lanes Knie versuchte Anna, ernst auszusehen. »Lieber Gott, mach das bloß nicht hier oder Ella wird sich mächtig in dich vergucken und alle Welt wird den Einfluss der lesbischen Tante dafür verantwortlich machen.«

Lane wirkte gekränkt. »Ähm, nein, sie würde sich in mich vergucken, weil ich unglaublich bin. Das hat nichts mit dir zu tun.«

»Diese Unterhaltung wird seltsam.«

Sanfte Finger spielten mit Annas Hand. Lane schmunzelte. »Ja, wird sie.« Mit leicht geneigtem Kopf sah sie durch dichte Wimpern zu Anna auf. »Es wird langsam spät, gerade für jemanden, der morgens mit zwei Kindern zusammen aufstehen muss. Und ich muss um sieben bei der Arbeit sein.«

»Ja, es wird langsam spät.«

Lane grinste und beugte sich zu Anna. »Ich sollte mich auf den Weg machen.«

Nickend griff Anna nach Lanes Shirt und zog sie zu sich. »Solltest du wirklich.«

Sie trafen aufeinander, halb kichernd, halb stöhnend. Lane presste sich gegen sie und Anna rutschte gegen die Sofalehne. Lanes Hand strich über ihre Wange, ihre Berührung hatte etwas so Zärtliches, dass Annas Magen sich fast verkrampfte. Das Gefühl von Lanes Zunge, von ihren Lippen auf ihrer Haut machte Anna schwindelig.

Sie vertraute ihr. Diese Erkenntnis kam Anna, als Lanes Hand über ihre Wange glitt und ihre Finger ihren Nacken streichelten. Anna hatte Lane instinktiv vertraut, und Vertrauen war etwas, das sie nicht leicht fasste. Sie hielt inne, als ihr ein Gedanke kam: Lane war nicht nur eine Ablenkung. Sie war nicht nur ein Abenteuer. Da war noch mehr.

Anna küsste Lane stürmisch, die aufwallenden Emotionen in ihrer Brust ließen sie nach mehr suchen. Die Finger, die über ihr Dekolleté fuhren, verursachten ihr Gänsehaut. Annas Bein wickelte sich um Lanes, zog sie enger an sich.

Als Lanes Hand unter ihr Shirt schlüpfte und die Haut an ihrer Hüfte streichelte, stöhnte Anna. Lanes Lippen waren an ihren Hals gepresst und neckten Annas Haut, während ihre Hand sich um Annas Brust legte. Sie fühlte, wie Lane ihr Shirt hochschob, spürte, wie ihr BH zur Seite geschoben wurde. Sie biss sich zu hart auf die Lippe, als sie Lanes heißen Atem an ihrem Nippel fühlte, Lanes Zunge drückte sich gegen die sensible Körperstelle. Anna bewegte ihre Hand in Lanes Haar, hielt sie dort fest. Zähne streiften sie und Anna war *sicher*, dass Lane die Frau war, in der sie sich verlieren konnte.

Lane erstarrte.

Anna konnte es nicht glauben.

Die Laute eines halb wachen Kleinkinds waberten die Treppe hinab. Undeutlich, nicht so fordernd wie manchmal mitten in der Nacht, aber schon nahe dran.

Ein trockenes Lachen entwich Lane und ihre Stirn sank gegen Annas Schulter. »Diesmal ist es deine Schuld.«

»Ja. Das hier nehme ich auf mich.«

Als Lane den Kopf hob, musste Anna sich zurückhalten, um sie nicht noch einmal zu küssen, als sie die geröteten Wangen und die geschwollenen Lippen sah.

Stöhnend ließ Lane den Kopf wieder sinken. »Tu das nicht.«

Verwirrt fragte Anna: »Was nicht?«

»Dir so auf die Lippe beißen, das ist zu sexy. Manchmal machst du das auf der Arbeit, wenn du mich ansiehst, und es ist schon schwer genug, es dort zu ignorieren. Aber hier ist das fast unmöglich.«

»Na, dann sieh du mich nicht so verdammt umwerfend und frustriert an.«

Lane hob erneut den Kopf und lächelte. »Wir sind schon ziemlich lustig, wir zwei. Wenn ich dich um mich habe, kann ich einfach nicht klar denken.«

»Sieht ganz so aus.«

Lane setzte sich ordentlich hin und half Anna, ihr Shirt geradezurücken. Die aufgebrachten Rufe oben wurden etwas hartnäckiger. Anna beugte sich vor und küsste Lane, dabei versuchte sie, die Berührung so keusch wie möglich zu halten.

»Es dauert immer etwas, bis er sich beruhigt.«

»Ich sollte gehen, wie wir vorhin schon gesagt haben. Wenn ich bleibe, dann … na ja, mit den Kindern um dich wirkst du etwas zögerlich und unsicher, oder?« Sie beeilte sich, weiterzumachen und schob ihre Finger zwischen Annas. »Vielleicht liege ich falsch. Aber wie ich schon gesagt habe, ist das okay. Ich weiß, dass dein Leben kompliziert ist. Das macht mir nichts aus.«

»Selbst wenn wir ständig von Kindern unterbrochen werden?« Woher wusste Lane immer, was sie sagen musste? Intuitiv schien sie immer zu wissen, wo Anna gerade mit ihren Gedanken war. Manchmal wusste Anna das selbst kaum.

»Wir werden von Pagern und Handys und dummen, ungeschickten Freunden unterbrochen. Was macht da schon ein Kind?«

Beide lachten, als Toby, wie um Lanes Aussage zu untermauern, laut quietschte.

Lane stand auf und zog Anna mit sich.

Anna ließ ihre Hand nicht los, als sie zur Tür gingen. Sie drückten sich ein wenig im Flur rum und küssten sich. Gerade als Lane es vertiefen wollte, wurde Toby noch lauter.

Anna zuckte zusammen. »Sorry.«

»Alles gut.« Lane trat einen Schritt zurück. »Danke für einen lustigen und wirklich schönen Freitagabend.«

Ein warmes Gefühl breitete sich in Annas Brust aus, als sie Lane nachsah, wie sie zum Wagen ging.

Sie schloss die Tür und stieg die Treppe hoch zu Tobys Zimmer. Er saß in seinem Bettchen, mit zerzausten Haaren, die in alle Richtungen abstanden, und sah sie verärgert an.

»Kleiner Mann, sieh dich an.« Sie beugte sich zu ihm runter, hob ihn hoch und wurde ganz rührselig, als er nach ihr griff und sich an ihre Schulter ankuschelte. Sie setzte sich in den alten Schaukelstuhl und streichelte seinen Rücken, während er leise wimmerte. »Du weißt, dass du das nur ein- oder zweimal in der Woche machst. Also, gutes Timing, Tobes.« Anna sprach ganz leise und beruhigte ihn so, während er sich an sie schmiegte.

Sie wartete auf den Ärger, der früher immer unter der Oberfläche gebrodelt hatte, aber da war nichts. Sie fühlte nur Weichheit, den Kleinen in ihren Armen und die Wärme in ihrer Brust. »Wenn du älter bist und diese Andeutungen verstehst«, sagte Anna und rieb weiter Kreise auf seinem Rücken, sodass er langsam wieder wegdämmerte, »dann wirst du das so was von zurückkriegen. Wenn du sechzehn bist, wirst du gar nicht wissen, wie dir geschieht. Rache ist ein Gericht, das man am besten kalt serviert«

Noch eine ganze Weile nachdem er eingeschlafen war, saß sie mit ihm da, denn seine Nähe tröstete sie, seine Wärme gab ihr Sicherheit.

Das fühlte sich normal an.

Und darum vermisste Anna ihren Bruder umso mehr.

KAPITEL 13

Hölle war das einzige Wort, das ihr zu diesem Tag einfiel – von Änderungen im Ablaufplan, die ihrer aller Leben zum Albtraum machten, über einen Patienten, der auf dem OP Tisch starb, bis dahin, dass ihr den ganzen Tag übel war. Schlimmer noch war der Umstand, dass Anna zu spät kommen würde und immer noch in ihrem Büro festhing.

Sie hatte nur zwanzig Minuten in der Mittagspause mit Lane verbringen können, bevor sie von Papierkram überrollt wurde. Gerade im allerletzten Moment hatte sie Toby aus der Krippe abgeholt und nun saß er mit ihr im Büro, während sie sich durch den Papierwust quälte. Sie schrieb ihrer Mutter und bat sie, Ella etwas zu Essen zu machen und ihr auszurichten, dass sie so schnell sie konnte kommen würde.

Die Antwort ihrer Mutter war Annas Highlight:

Natürlich versorge ich Fella, nimm dir ruhig Leid.

Anna konnte sich nicht einmal über diese offensichtlichen Fehler der Autokorrektur freuen, da Toby parallel versuchte, ihr Bein hochzuklettern. Das Telefon auf ihrem Schreibtisch klingelte unentwegt und der Papierstapel vor ihr wackelte unsicher.

Ihr Handy piepte erneut:

Versorge Ella! Nimm dir Zeit! Was ist nur los mit diesem verdammten Ding?

Diesmal schaffte Anna einen kleinen Pruster, der als Lachen herhalten musste. Toby jammerte, ihr Telefon klingelte schon wieder, und die Bürokraft brachte einen weiteren Stapel Akten und legte sie entschuldigend auf ihren Tisch. Ein tiefer Atemzug half auch nichts. Toby trampelte mit seinen kleinen Füßen auf dem Boden und streckte die Arme aus, dabei stand er wahrscheinlich kurz vor einem Wutanfall.

»Okay, Tobes, du kannst auf meinem Schoß sitzen, aber du musst brav sein, einverstanden?«

Er grinste triumphierend, als sie ihn hochnahm, und warf sich sofort nach vorn, um die Papiere zusammenzuknüllen, die sie gerade unterzeichnet hatte.

»Tobes, nicht. Komm schon!«

Anna zog seine Hand fort und setzte ihn wieder ab, wo er sie erst einmal anblinzelte und dann zu weinen begann.

Es waren unglaublich lange anderthalb Stunden. Schlimmer noch: Als Anna endlich bei ihrer Mutter ankam, war Ella bockig und Sandra übergab sie ihr mit einem schiefen Grinsen und den Worten: »Viel Glück«.

Zu Hause angekommen, machte sie es sich einfach und gab Toby Cheerios zum Abendessen, die er nicht wollte und stattdessen mit den Händen zerbröselte, während Ella Anna vom anderen Ende des Tisches aus bockig ansah.

»Ich will Eis.«

Anna versuchte, Toby einen Löffel voll Cheerios einzuflößen, der hielt jedoch den Mund fest geschlossen und sah sie auf eine Weise böse an, wie es nur ein Kleinkind konnte. »Ella, du hattest bei Oma schon Eis. Es ist acht Uhr und ihr zwei solltet längst im Bett sein.«

»Tja, du hast mich so spät abgeholt.«

Anna gab auf und warf den Löffel neben die Schüssel, die Toby mit beiden Händen von sich schob. Er bäumte sich auf und versuchte, aus dem Hochstuhl zu klettern. Die kleinen Finger zogen an den Gurten und er schaffte es, auszusehen, als wäre er auf einer Folterbank festgeschnallt.

»Dann bleib halt hungrig, Toby, ist in Ordnung.« Sie sah zu Ella. »Ich weiß, dass es spät ist. Ich wurde auf der Arbeit aufgehalten, Ella. Das bedeutet aber nicht, dass du noch mehr Eis bekommst.«

»Auch egal.« Ella stand auf und wandte sich mit Tränen in den Augen und rotem Gesicht zum Gehen.

»Ella Bella, was ist los?«, rief Anna ihr nach.

»Gar nichts!« Sie drehte sich nicht mal um.

Anna blieb sitzen und schloss kurz die Augen. Sie sah zu Toby, der sie mit großen Augen anstarrte, seine Hände versuchten, den Sicherheitsgurt über seinem Schoß aufzubekommen.

»Irgendwas stimmt hier nicht.«

Sie hatte es kaum ausgesprochen, da landete jede Menge Erbrochenes auf dem Tablett des Hochstuhls und in ihrem Schoß. Anna musste ihren Würgereiz unterdrücken. Sie hasste Erbrochenes. Mit geschlossenen Augen zählte sie von zehn an rückwärts.

Toby fing bei acht an zu weinen.

Anna zwang sich dazu, bis null zu zählen, bevor sie Geduld aus irgendeinem Hut zauberte, den sie bis heute nie getragen hatte, und dann schluckte sie ihre Frusttränen hinunter.

»Okay, Tobes. Machen wir dich erstmal sauber.« Sie sah an sich hinab. »Und mich auch.«

Oben zog Anna sich eine saubere Trainingshose an und steckte Toby in die Wanne.

Er saß im warmen Wasser und sah furchtbar aus, wie er sie mit großen, feuchten Augen anschaute, während sie ihn säuberte und ihm mit einem Waschlappen die geröteten Wangen abwischte. Er erbrach sich noch einmal, aber wenigstens über den Wannenrand und nicht ins Wasser. Seufzend nahm Anna ein altes Handtuch, um die Schweinerei aufzuwischen, und warf es dann in eine Ecke des Badezimmers, um es später zu waschen.

Sie wollte Toby nicht zu lange in der Wanne lassen, also holte sie ihn heraus und wickelte ihn in das wärmste, flauschigste Handtuch, das sie finden konnte.

Jetzt, wo sie darüber nachdachte, war er etwas warm gewesen, als sie ihn abgeholt hatte, aber sie war zu abgelenkt gewesen, um dem Bedeutung beizumessen. Schuldgefühl brannte in ihrem Bauch. Sie zog Toby eine frische Windel und einen Strampler an. Dann setzte sie sich mit ihm in den Schaukelstuhl in seinem Zimmer und rieb seinen Rücken, während er unglücklich leise vor sich hin grummelte. Seine feuerroten Wangen waren warm an ihrer Haut und Tränen glitzerten in seinen Wimpern.

Anna strich ihm die Haare aus der Stirn und fühlte, wie heiß er war. Sie nagte an ihrer Lippe, während sie ihn sacht wiegte. Er war heiß, aber nicht zu sehr. Sie tippte auf Magen-Darm-Grippe. Nachdem sie seine Temperatur gemessen hatte, die zum Glück nur bei 37,9 Grad lag, brachte sie ihn dazu, ein Fläschchen Wasser zu trinken. Später würde sie noch einmal messen, und wenn die Temperatur dann gestiegen war, würde sie sich auf die Suche nach dem Baby-Paracetamol machen, das irgendwo im Badezimmer sein musste.

Erst als sie ihm den Schnuller gab, nach dem er seit einer Woche nicht gefragt hatte, wurde er endlich stiller, obwohl er unruhig blieb. Es würde sicher nicht lange dauern, bevor er wieder aufwachte.

Mitleid und Erschöpfung vermischten sich auf seltsame Weise, als Anna ihn betrachtete. Sie wollte nur noch ins Bett und sich die Decke über den Kopf ziehen. Wenn eine nackte Lane neben ihr liegen würde, wäre das allerdings noch besser.

Nichts von alledem würde im Moment geschehen. Ihr Leben, ihre Beziehung, diese Nacht – all das fühlte sich furchtbar an.

Kopfschmerzen pochten hinter ihren Schläfen. Anna wollte nicht von den Kindern genervt sein, Toby war krank und konnte nichts dafür, und Ella war unglücklich über etwas und konnte sich nicht anders ausdrücken.

Aber Anna war genervt. Sie hatte selbst einen langen Tag gehabt. Sie wollte, dass man sich um sie kümmerte, dass man ihr ein Glas Wein einschenkte und sie ins Bett zog. Wenn sie darüber nachdachte, war Hayley immer verschwunden, sobald Anna Anzeichen von Krankheit gezeigt hatte.

Anna ging in ihr Zimmer, nahm ihr Handy und las eine Nachricht von Lane. Zum ersten Mal seit einem halben Tag umspielte ein kleines Lächeln ihre Lippen:

Hab dich heute vermisst, hoffe dein Tag wurde besser, seit wir uns gesehen haben. x

Anna seufzte und tippte eine schnelle Antwort:

Gar nicht besser. Ich wurde vom Ella-Monster angeschrien und von einem Kleinkind vollgespuckt. Zweimal. Es liegt was im Argen im Hause Foster. Buchstäblich.

Sie drückte auf *Senden* und suchte nach Ella, die ihre Tür fest zugedrückt hatte, als Anna mit Toby hochgekommen war. Sie klopfte. »Ella Bella?«

Es kam keine Antwort, also machte Anna die Tür auf, und ihr Magen zog sich zusammen, als sie sah, dass das Zimmer leer war.

Wo war Ella?

Ihr Blick schoss wild im Raum umher; sie nahm die wehenden Gardinen wahr, die Unordnung – keine Spur von ihrer Nichte. Anna grub die Nägel in ihre Handflächen, während Angst sich in ihr ausbreitete, das Adrenalin arbeitete schnell genug, um ihren Herzschlag zu beschleunigen und ihren Mund auszutrocknen. Als sie die Toilettenspülung hörte, wurde ihr fast schwindelig vor Erleichterung.

Anna verharrte vor der Badezimmertür und hörte das Geräusch von grauenvollem Würgen. Sie kniff die Augen einen Moment lang zusammen und fragte sich, ob sie für all das wirklich geschaffen war. Sie atmete noch einmal tief durch und drückte dann die Tür auf.

Ella hockte über die Toilette gebeugt auf dem Boden, ihre kleinen Hände griffen die Schüssel, während sie würgte.

»Oh, Ella«, murmelte Anna, dann ging sie zu ihr und hielt Ella die rotblonden Strähnen aus dem Gesicht. Sie fühlte die klamme Haut, als ihre Finger über Ellas Nacken strichen. Sie steckte die Haare hinten in ihr Nachthemd und wischte Ella mit einem kühlen Waschlappen über den Hals, als ihre Nichte sich erneut erbrach.

»Tante Na«, wimmerte Ella.

»Ich weiß, Kleines.«

Ella drehte den Kopf etwas, ihre erhitzten Wangen waren mit Tränen benetzt und ihre Unterlippe zitterte. »Ich habe gespuckt.« Ihre krächzende Stimme klang unglaublich elend.

Mit einem traurigen Lächeln rieb Anna ihr beruhigend über den Rücken. »Ich weiß, Ella Bella.«

Nichts kam heraus, als Ella noch einmal würgte.

»Tante Na?«, flüsterte Ella und sah nicht von der Toilettenschüssel auf.

»Ja?«

»Ich will Mummy und Daddy.«

Ihre Stimme brach und das brach Anna das Herz. Sie zog Ella in ihre Arme, die sich praktisch um sie wickelte und Anna ihr warmes Gesicht an den Hals drückte, während diese weiter ihren Rücken streichelte.

Ellas Schultern zuckten und sie weinte. »Ich fü… fühle mich eklig und Mummy ha… hat immer gemacht, dass es besser war.«

Anna ließ sich langsam gegen die Wand sinken, zog Ella mit sich, sodass die Kleine an ihrer Brust lag. Wie sie es mit Toby getan hatte, drückte sie Ella an sich und bemerkte, dass sie gar nicht zu groß dafür war.

So saßen sie da, bis Ella aufhörte zu weinen. Anna stützte ihr Kinn auf Ellas Kopf ab und wiegte sie sanft vor und zurück, dabei summte sie eines der wenigen Lieder, an die sie sich noch aus ihrer Kindheit erinnern konnte.

Hitze ging von Ella aus und sie griff nach Annas Shirt direkt über ihrem Herzen. Als sie endlich etwas sagte, war es nur ein Flüstern: »Das hat Daddy mir immer vorgesungen, wenn ich krank war.«

Anna unterbrach ihr Wiegen, das Summen blieb ihr im Hals stecken.

»Hör nicht auf.« Ella presste ihr feuchtes Gesicht in Annas Shirt.

Anna begann von neuem und wiegte sie weiter. Ihr traten Tränen in die Augen und ihre eigene Wange war feucht, dort, wo sie sich an Ellas Haare schmiegte.

Zwei kranke kleine Kinder, die beide ihre Eltern herbeiwünschten. Eltern, die sicher wussten, wie alles wieder gut werden könnte.

Voller Tatendrang stand Anna umständlich auf und nahm Ella dabei mit hoch. Sie war sich nicht sicher, ob das eine gute Idee war oder nicht. Ab und zu wurde Ella noch von einem Schluchzen geschüttelt, ihr Gesicht war heiß an Annas Haut, als sie die Arme um Annas Hals legte und wimmerte. Anna ging in den Flur, blieb dann einen Moment unschlüssig vor der Tür stehen, bevor sie eine Hand unter Ella hervorzog. Die Tür öffnete sich langsam.

Jakes und Sallys Zimmer lag in Schatten. Die Jalousien waren hochgezogen, sodass das Licht der Straßenlaternen ungehindert in den Raum schien. Rechts war die Tür zum begehbaren Kleiderschrank einen Spalt breit offen, in der Eile nicht geschlossen worden, um schnell zu einem Abendessen zu kommen, bei dem sie nie ankamen. Das Bett war gemacht, makellos – eine Angewohnheit, die Jake auch nach seiner Air Force-Zeit nicht abgelegt hatte. Auf dem Boden lag ein einzelner Schuh, einer mit Absatz. Über dem Bett verlief eine Dachschräge, und bei dem Anblick traf Anna eine Erinnerung.

Ihr Handy klingelte unerbittlich in ihrer Tasche, während sie verzweifelt versuchte, im Bereitschaftsraum etwas Schlaf zu finden. Nach drei vollen Tagen im Krankenhaus setzte ihr der Schlafentzug langsam zu. Sie zwang sich, das Handy zu ignorieren.

Den dritten Anruf konnte sie nicht mehr ignorieren. Sie holte das Handy hervor und starrte böse auf das Display, auf dem der Name ihres Bruders aufleuchtete. »Jake, ernsthaft? Weißt du, wie spät es ist?«

»Es ist erst vier Uhr nachmittags.«

»Weiß du, wie spät es in Krankenhauszeit ist?«

»Da musst du jetzt durch.«

Anna bemerkte endlich die Panik in seiner Stimme. Sie setzte sich leicht alarmiert auf und stützte sich auf den Ellbogen. »Ist alles okay?«

»Ähm … nein. Ich versage als Vater, und Sally wird mich umbringen.«

Anna zog die Brauen zusammen. »Was ist denn los?«

»Also, ich habe mit Ella getanzt und gesung …«

Anna kicherte.

»Ha, ha, ich bin ein Softie. Halt den Mund. Konzentrier dich. Sie war auf dem Bett mit der blöden Dachschräge genau darüber; Sally hat das geliebt, als wir das Haus gekauft haben. Es kann sein, dass ich Ella ermutigt habe, auf dem Bett rumzuhüpfen, und es kann sein, dass sie sich den Kopf angeschlagen hat. Ziemlich heftig.«

Anna ließ sich wieder zurückfallen. Also wirklich, wenn es nicht schlimm genug war, um sofort den Notarzt zu rufen, dann reagierte ihr Bruder ganz sicher über. »Blutet sie?«

»Nein.«

»War sie ohnmächtig?«

»Nein.«

»Weinen, schreien?«

»Erst ja. Jetzt schaut sie Elmo.«

»Ist sie wackelig auf den Beinen? Also mehr, als für eine Zweijährige normal ist?«

»Nein.«

»Hat sie gespuckt? Oder Gegenstände seltsam angestarrt?«

»Nein.«

»Es geht ihr gut. Behalt sie im Auge. Wenn eines von diesen Dingen eintritt, bring sie in die Notaufnahme.«

Sie hörte, wie Jake lange ausatmete. »Sicher?«

Anna warf sich den Arm über die Augen. »Na ja, ich kann sie nicht sehen, aber es klingt, als ginge es ihr gut.«

»Okay. Jetzt der wichtige Teil: Kann ich das vor Sally verheimlichen?«

»Wie groß ist die Beule?«

»Sieht aus wie ein Ei.«

Anna verzog das Gesicht. »Arme Ella. Wahrscheinlich nicht.«

»Scheiße.«

»Psst. Deine Tochter könnte dich hören. Du willst ihr nicht auch noch Schimpfwörter beibringen, nachdem du ihr einen Hirnschaden verpasst hast.«

»Hirnschaden!«

»Jake. Beruhige dich. Ich mache Witze. Es geht ihr gut. Außerdem ist sie als Baby mal vom Wickeltisch gefallen und Sally hat mich genauso aufgelöst angerufen. Ihr seid jetzt quitt.«

»Hat sie?«

»Hat sie. Und einer Million anderer Eltern ist das gleiche auch schon passiert. Du machst das gut.«

»Manchmal habe ich gar keine Ahnung, was ich da tue.«

Anna lachte trocken. »So fühlen sich wahrscheinlich alle Eltern.«

»Und wann bekommst du welche?«

»Himmel, nein, Jake. Als wir klein waren, hast du meine Puppe am Tisch gefüttert, während Mum mich aus dem Schlamm gezogen hat.«

»Ich habe auch im Matsch gespielt. Und es ist nicht meine Schuld, dass Andy Kartoffeln mochte.«

»Du bist ein sehr seltsamer Mensch, Brüderchen.«

»Dito. Jetzt geh wieder schlafen.«

»Gott sei Dank.«

»Hey, und danke, Doktor Foster.«

»Weißt du, irgendwann wirst du aufhören müssen, es als Witz zu sehen. Ich bin eine richtige Ärztin.«

»In meinen Augen niemals, Kleines.«

»Sagt der, der sein Kind kaputt gemacht hat.«

»Ich hasse dich.«

»Geh weg, ich bin sehr beschäftigt und wichtig.«

Sie legten beide lachend auf.

Im gedimmten Licht konnte Anna Staub in der Luft wirbeln sehen. Bis auf einen leicht muffigen Geruch war alles wie immer. Ihr Herz tat ihr weh, als sie sich umsah.

Ella drehte den Kopf und starrte sie mit weit aufgerissenen Augen an. »Es riecht nach Mummy.«

Ein Hauch von Parfüm, der Anna vorher nicht aufgefallen war, machte sich bemerkbar. »Willst du in ihrem Bett schlafen?«

Ella blinzelte und sah sich um. Sie nickte. »Wenn ich krank war, durfte ich in der Mitte schlafen. Daddy hat mich seine Wärmflasche genannt.«

Anna atmete tief ein und trat über die Türschwelle.

Nichts geschah.

Nicht, dass sie das erwartet hatte; vielleicht hatte sie nur darauf gehofft. Diesen Raum zu betreten, war zu einem Symbol ihrer Verdrängung geworden.

So sanft wie sie es mit dem unbequemen Gewicht eines Kindes auf dem Arm konnte, legte sie Ella, die sich an Annas Shirt festhielt, ins Bett. Sie sank neben Ella und beide schlüpften unter die Decke. Ella seufzte, als sie sich an sie kuschelte. Anna legte die Arme um sie und zog sie enger an sich.

Sie lagen still nebeneinander. In diesen zwei Monaten hatte sich nicht sehr viel Staub hier angesammelt. Das hatte Anna sich nur eingebildet.

Ellas kleine Stimme schnitt durch das Halbdunkel. »Ich vermisse es, wie Mummy immer wusste, wenn ich einen Albtraum hatte und mich dann holen kam.«

Anna legte ihr Kinn auf Ellas Kopf und das Mädchen drückte sich an ihre Brust. Sie klang fast nachdenklich, so, wie es bei jemandem ihres Alters sehr selten war. »Ich vermisse es, wie deine Mummy und ich zusammen gelacht haben, wenn ihr Rabauken im Bett wart.«

»Ich vermisse es, wie Daddys Wange sich morgens anfühlte, wenn er mich gekuschelt hat; sie war ganz kratzig.«

Anna lächelte sanft bei der Erinnerung. »Ich vermisse es, dass dein Daddy immer wusste, was ich denke.«

»Weil ihr beide wie Zwillinge wart?«

»Genau.«

»Ich vermisse es, wie Daddy Eier gemacht hat. Seine Eier waren lecker.«

»Ich vermisse es, wie deine Mummy tolle Geschenke ausgesucht hat und deinen Daddy die Lorbeeren dafür ernten ließ.«

»Ich vermisse es, dass Mummy immer zu Hause war.«

»Ich vermisse die dummen Witze, die dein Dad gemacht hat.«

»Daddy hat auch lustige Witze gemacht.«

»Hey, Ella, was bekommst du, wenn du in einem Baum hängst?«

»Was?«

»Schmerzen in den Armen.«

Ella quietschte kurz vor Lachen. »Hat mein Daddy den Witz gemacht?«

»Das war sein Lieblingswitz.«

»Siehst du? Guter Witz.«

Anna konnte praktisch fühlen, wie ihre Nichte zufrieden grinste.

»Wir sind uns einig, dass wir uns uneinig sind, Ella Bella.« Anna zog sie enger an sich. »Ich vermisse es, wie deine Mummy und ich zusammen shoppen gegangen sind.«

»Ich vermisse es, wie Mummy mich geknuddelt hat.«

»Ich vermisse die Umarmungen deines Daddys.«

»Ich auch.«

Sie machten ewig weiter, bis Tobys Weinen sie stoppte. Anna setzte sich auf und sah Ella an, deren Gesicht ganz heiß war, als sie Anna aus schläfrigen Augen anblinzelte.

»Kommst du klar hier, wenn ich Toby hole?«

Ella nickte.

Anna ging hinaus und zu Tobys Zimmer.

Ihr Neffe stand auf und hielt sich am Gitterbettchen fest. Sie konnte die Hitze schon fühlen, bevor sie ihn anfasste. Anna zog ihn in eine Umarmung, seine Beinchen wickelten sich um sie, dann zog sie ihm den Strampler aus, sodass er nur noch die Windel und ein Unterhemd trug.

Nachdem sie seine Temperatur gemessen hatte, holte sie die Baby-Paracetamol. Ein paar Schlucke Wasser und er wurde ruhiger.

Sie drückte ihn an ihre Brust und ging leise den Flur entlang zu Jakes und Sallys Zimmer. Die Tür ließ sie offen, um etwas Flurlicht hineinzulassen.

Versunken in der Mitte des Kingsize-Bettes lag Ella und blinzelte wie eine Eule.

»Ella Bella, was hast du da an?«

Ella sah an sich hinab und den Pullover an, der ihr viel zu groß war. »Das ist Daddys Armeepullover.«

Anna setzte sich im Schneidersitz zu Ella aufs Bett, während Toby sich immer noch an sie klammerte. Sie rieb über seinen Rücken und sprach leise: »Wo hast du den gefunden?«

»Unter Mummys Kissen. Sie hat ihn immer getragen, wenn Daddy weg war.« Ella schlang die Arme um sich selbst. »Es ist, als würden sie mich beide umarmen.«

Ellas Worte zerrten an Annas Innerem.

Sie legte sich auf die Seite, Toby wühlte sich in Position, damit er sich wieder an ihre Brust kuscheln konnte. Sie streckte die Hand aus und legte die Arme um beide Kinder.

Die drei schlummerten ein. Ella rief nicht im Schlaf nach ihren Eltern und auch Toby schlief durch.

Annas Arme blieben die ganze Nacht, wo sie waren.

»Du machst irgendwie süchtig.«

Lippen berührten Annas Nacken und ein Arm wanderte um ihre Taille. Sie hatte verträumt auf einen Computer im Arztzimmer gestarrt, als Lane sie plötzlich von hinten umarmte.

»Du solltest einer Selbsthilfegruppe beitreten.« Anna grinste schief und tat so, als würde sie sich noch auf den Bildschirm konzentrieren.

Lanes Kinn kam auf Annas Schulter zum Liegen, ihre Brust schmiegte sich eng an Annas Rücken. War es normal, sich umdrehen und jemanden an die Wand drücken zu wollen und sich gleichzeitig so ruhig und friedlich zu fühlen?

»Die Anonymen Anna-Abhängigen. Ich kann Jenny dazu bringen, beizutreten.«

Anna prustete vor Lachen und verdrehte die Augen.

Lane wandte sich wieder Annas Nacken zu und lächelte gegen ihre Haut. »Lach, so viel du willst, diese PJlerin ist unglaublich in dich verknallt.«

Anna drehte sich um, sodass sie Lane in die Augen sehen konnte und ihre Lippen sich fast berührten. »Zu schade, dass ich nur an Notfallschwestern interessiert bin.«

Lane blieb der Mund offen stehen. »Ich wusste, dass du dich mit Tess triffst!«

Mit einem amüsierten Kichern drückte sie ihre Lippen auf Lanes.

»Wie geht es den Kindern?«

Anna zuckte mit den Schultern. Obwohl sonst niemand im Raum war, trat sie einen Schritt zurück, um etwas Platz zwischen ihnen zu schaffen, bevor sie weiter gingen, als sie an ihrem Arbeitsplatz sollten. »Besser. Es war ein kurzlebiger Virus.«

»Hat sich Ella gefreut, dass sie gestern nicht zur Schule musste?«

Anna nickte, während sie das Zimmer verließen und den Flur hinunter zum Aufzug gingen. »Hat sie. Ihr und Toby ging es morgens schon besser, aber ich dachte, es wäre klüger, ihren Virus nicht noch weiter zu verteilen. Anscheinend grassiert der gerade in der Krippe, also geben wir denen die Schuld.«

»Gute Idee. Hast du deinen ruhigen Vormittag gestern genossen?«

Nach der furchtbaren Nacht war Anna später gekommen. Sie hatte den Kindern einen ruhigen Vormittag gegönnt, bevor sie sie bei ihrer Mutter abgesetzt hatte. »Eigentlich ja. Es war sehr angenehm. Jemand Nettes hatte mir einen Kaffee auf den Tisch gestellt, als ich kam.«

Lane riss die Augen auf, als sie den Aufzugknopf drückte. »Wer das wohl gewesen ist?«

Als die Tür sich öffnete, ging Lane vor. Sobald sie sich geschlossen hatte, drückte Anna Lane gegen die Wand. »Du?«

Lane grinste und legte die Arme um Anna. »Es macht keinen Spaß, wenn du es so schnell errätst.«

Anna schmolz in Lanes Umarmung – es war Tage her, seit sie zuletzt die Gelegenheit dazu gehabt hatte. Erst war da ihr eigener Höllentag, und dann hatte Lane gestern den ganzen Tag in der Notaufnahme festgesteckt. Ihre letzte Rummach-Session auf der Couch war fast eine Woche her.

Anna hätte sich für immer in ihren Küssen verlieren können. Das Gefühl von Lanes Zunge an ihren Lippen ließ sie stöhnen. Sie drückte sich fester an Lane, die ihre Hand in Annas Haar vergrub, ihre Finger drückten sich sanft in Annas Kopfhaut.

Der Aufzug stoppte, Anna trat zurück und drehte sich um, als die Tür aufging. Sie blickten so unschuldig drein, als hätten sie die ganze Zeit so gestanden.

Kym verzog keine Miene, hob jedoch die Brauen, bevor sie sich umdrehte und den Knopf drückte.

Anna biss sich auf die Lippe, als Lane neben ihr vor schlecht unterdrücktem Lachen bebte.

»Und ich soll jetzt glauben, dass ihr nicht gerade rumgemacht habt wie kleine, geile Teenager?«

»Jeder andere hätte uns geglaubt.« In Lanes Stimme schwang ein Schmollen mit.

»Anna ist ganz rot im Gesicht und deine Bluse, Lane ...«, sie drehte sich um und musterte Lane, »... ist fast komplett aufgeknöpft.«

Anna versteckte ein triumphierendes Grinsen, während Lane empört sagte: »Verdammt, Anna, wie schnell kannst du deine Hände bewegen?«

Lane hatte ja keine Ahnung.

»Ich wette, Lane würde gern wissen, wie schnell genau deine Finger sich bewegen können.«

Sie und Lane starrten Kym mit offenem Mund an, doch die tat ganz unschuldig: »Was? Das war doch witzig.«

Anna schlüpfte aus dem Fahrstuhl, ließ Lane ihre Knöpfe schließen und lachte über Kym.

Es gab Nächte, wie die vor zwei Tagen, wenn alles unmöglich schien, und es gab Tage wie diesen, an denen sich ihr Leben beruhigte und sie sich ganz friedlich fühlte. Sie wusste nicht, was das in der vorletzten Nacht mit den Kindern gewesen war. Aber als sie alle eng aneinander gekuschelt in dem Zimmer gelegen hatten, dessen Betreten sie vorher um jeden Preis vermieden hatte, waren ihre Gedanken darum gekreist, wo sie jetzt wären, wenn Anna sich nicht um sie kümmern würde. Und als sie am Morgen aufgewacht war, hatte es sich anders angefühlt. Das Ziehen in ihrem Magen war immer noch da, doch nun wurde es von etwas viel Stärkerem verdrängt.

Sie mochte sich manchmal fragen, was sie tat, aber niemals, warum sie es tat.

Und dann war da noch Lane. Lane machte alles ein bisschen besser. Das allein war schon fast ein wenig erschreckend.

Den Rest des Tages verbrachte sie in Besprechungen, und um fast Punkt drei Uhr gingen die Pager um sie herum los. Anna sah auf ihren und scrollte durch die ungewöhnlich lange Nachricht. Als die umstehenden Chirurgen, Anästhesisten und anderen Ärzte sich ihre Nachrichten durchlasen, beobachtete sie deren Gesichter – sie spiegelten wahrscheinlich ihren eigenen Ausdruck wider. Ihr Boss, der sehnsuchtsvoll auf sein spätes Mittagsessen schaute, das er nun nicht mehr beenden würde, rief: »Okay, hört zu. Es kommt ein Notfall rein. Ein Truck hat einen Schulbus gerammt und Chaos auf dem Freeway gestiftet. Das heißt, haufenweise Traumata – das wird für uns alle eine lange Nacht.«

Anna drehte sich auf dem Absatz um und lief zum Treppenhaus. Sobald sie durch die Tür war, zog sie ihr Handy hervor und telefonierte auf dem Weg nach unten. »Mum. Hi, ich bin's.«

»Hallo, Süße.«

»Es tut mir echt leid, aber es gab einen riesigen Unfall und ich werde heute nicht nach Hause kommen.«

»Oh, nein, erzähl's mir nicht. Ich will es gar nicht wissen.«

Anna nickte gestresst, polterte rhythmisch die Treppe herunter. Die Tür in der nächsten Etage öffnete sich, als Anna daran vorbeilief, und sie sah Lane, die ihr zuwinkte und sich ihr dann anschloss.

»Ich fürchte, dass es heute ziemlich spät wird – als eine von den Oberärzten kann ich hier wirklich nicht weg. Es stehen eine Menge OPs an. Kannst Du Toby und Ella nehmen?«

»Natürlich. Ich kann Ellas Uniform für morgen waschen – ich habe sie schon von der Schule abgeholt. Wie kann ich Toby holen?«

Anna entspannte sich etwas, als sie Lanes Hand auf ihrem unteren Rücken spürte, während sie ins Erdgeschoss gingen.

»Das habe ich dir mal erklärt, erinnerst du dich? Du stehst auf der Liste mit Leuten, die ihn abholen dürfen, nimm nur deinen Führerschein mit, um dich auszuweisen.«

»Okay, Liebes. Ich hole ihn in einer Stunde ab.«

»Danke, Mum. Tut mir leid.«

»Papperlapap. Dafür sind Omas doch da.«

»Sag Ella, dass es mir leidtut. Sag ihr, dass wir am Wochenende ins Kino gehen.«

»Das wird schon. Ich behalte Toby morgen bei mir. Das sage ich der Erzieherin, wenn ich ihn nachher hole. Viel Glück, Liebes.«

»Danke, Mum, mach's gut.«

Während Anna ihr Handy wegsteckte, schenkte sie Lane ein Lächeln. »Hi.«

»Hey. Mir wurde gerade gesagt, dass man mich in der Notaufnahme für eine Doppelschicht braucht. Bereit für eine lange Nacht?«

Als sie endlich an der Tür angekommen waren, die zur Notaufnahme führte, nickte Anna und öffnete sie. Es herrschte Chaos, alles war für das Massentrauma vorbereitet, draußen heulten die Sirenen, die ersten Patienten waren schon auf dem Weg. Kurz bevor sie durch die Tür traten, drückte Lane kurz ihre Hand. Das Adrenalin pumpte schon durch ihren Körper und Anna wippte auf den Fußballen.

»Darauf kannst du wetten.«

###

Falls Ihnen dieses Buch gefallen hat, könnte Sie auch *All the Little Moments – Was bleibt ist Liebe* interessieren, in dem die Geschichte mit Lane, Anna, Ella und Toby weiter geht.

ÜBER G BENSON

Die in Australien geborene G Benson hat als Kind jedes Buch gelesen, dass ihr über den Weg gelaufen ist. Glaubt man ihrer Mutter, hat sie sogar einen Weg gefunden, unter der Dusche zu lesen.

Sie begann mit dem Schreiben von Gedichten, die meist weniger gut waren, fing dann aber bald an, Geschichten zu schreiben. Letzteres macht sie heute noch. Sie dabei von ihrem Laptop wegzulocken, ist ein sehr mühseliges und schwieriges Unterfangen. Kaffee ist allerdings ein gutes Lockmittel.

Zurzeit wohnt die gebürtige Australierin in Spanien. Wenn der Geldbeutel es erlaubt, unternimmt sie so oft wie möglich Ausflüge zu neuen Orten. Unterm Strich bedeute das, dass sie diese neuen Plätze in der Stadt, in der sie lebt, erkundet.

KONTAKT:

Webseite: www.g-benson.com
E-Mail: gbensonauthor@gmail.com

EBENFALLS IM YLVA VERLAG ERSCHIENEN

www.ylva-verlag.de

Herzklopfen und Granatäpfel

Jae

ISBN: 978-3-95533-766-7
Umfang: 334 Seiten (109.000 Wörter)

Dr. Hope Finlay hat schon als Kind gelernt, keine Bindungen einzugehen.

Laleh Samadi, die aus einer großen Familie stammt, ist das genaue Gegenteil.

Als Laleh mit Herzrasen in der Notaufnahme landet, rettet Hope ihr das Leben. Daraufhin häufen sich seltsame Vorkommnisse, bis sie erkennen, dass eine mysteriöse Verbindung zwischen ihnen besteht.

Verlieren sie den Verstand … oder ihre Herzen?

L.A. Metro

In nur einem Herzschlag

(L.A. Metro-Serie - Buch 2)

RJ Nolan

ISBN: 978-3-95533-634-9
Umfang: 337 Seiten (101.000 Wörter)

Polizistin Sam fürchtet nichts – außer Beziehungen. Eine gerade gescheiterte Romanze zeigt ihr, dass sie sich an Affären halten sollte.

Unfallchirurgin Riley hat vor nichts mehr Angst als vor einem Coming-out.

Als ein Polizeieinsatz in Rileys Krankenhaus eskaliert, schwebt Sam plötzlich in Lebensgefahr. Das Ereignis bringt die beiden zusammen, doch kann es eine gemeinsame Zukunft für sie geben?

Heart's Surrender

Ein erotischer Liebesroman

Emma Weimann

ISBN: 978-3-95533-601-1
Umfang: 224 Seiten (65.000 Wörter)

Als Samantha eine Affäre mit Gillian beginnt, will eigentlich keine der beiden eine Beziehung. Bald aber wird aus der sexuellen Anziehung mehr.

Was passiert, wenn die Welt einer eher raubeinigen Handwerkerin mit der einer verwöhnten Hausfrau kollidiert? Können Nächte voller erotischer Freuden zu Liebe führen? Oder werden die zwei Frauen am Ende Wege gehen, die so verschieden sind wie sie selbst?

Wie ein neues Leben

Ein lesbischer Liebesroman

Lois Cloarec Hart

ISBN: 978-3-95533-220-4
Umfang: 378 Seiten (104.000 Wörter)

Jan hat es sich zur Aufgabe gemacht, ihren an MS erkrankten Ehemann Rob zu pflegen, der sich als ehemaliger Kampfflieger nur schwer mit seinem Schicksal abfinden kann. Durch Zufall tritt eines Tages Terry in ihr Leben. In kürzester Zeit stellt die junge Postbotin, die von einer Karriere als Schriftstellerin träumt, das Leben von Rob und Jan auf den Kopf.

DEMNÄCHST IM YLVA VERLAG

All the Little Moments
Was bleibt ist Liebe

G Benson

Endlich scheint alles in Annas Leben wieder unter Kontrolle zu sein. Ihre Nichte und ihr Neffe haben gelernt mit der Trauer über den Verlust der Eltern zu leben und Annas Beziehung zu Lane bereichert nicht nur ihr eigenes Leben, sondern dass der Kinder.

Gerade als sie daran glaubt, dass alles gut werden kann, beginnt ihr größter Kampf, und um den zu gewinnen, muss sie all ihre Kräfte aufbieten.

Hängematte für zwei

Jae

Dr. Jordan Williams verbringt ihre Tage im OP und ihre Nächte in den Betten ständig wechselnder Frauen.

Ihre neue Nachbarin, die alleinerziehende Emma, ist das komplette Gegenteil. Familie und Treue gehen ihr über alles.

Als Jordan sich bei einer Rettungsaktion den Arm bricht, fühlt Emma sich verpflichtet, ihre Hilfe anzubieten.

Könnten die sechs Wochen im Gips der Anfang eines Happy Ends sein?

Bibliografische Information der Deutschen Bibliothek
Die Deutsche Bibliothek verzeichnet diese Publikation in der Deutschen Nationalbibliografie; detaillierte bibliografische Daten sind im Internet über www.dnb.de abrufbar.

1. Auflage
Taschenbuchausgabe April 2017 bei Ylva Verlag, e.Kfr.

ISBN: 978-3-95533-645-5

Dieser Titel ist auch als E-Book erschienen.

Übersetzung: Nino Delia
Lektorat: Andrea Fries und Astrid Ohletz
Umschlaggestaltung: Streetlight Graphics
Printlayout: Allen at eB Format

Kontakt:
Ylva Verlag, e.Kfr.
Inhaberin: Astrid Ohletz
Am Kirschgarten 2
65830 Kriftel
Tel: 06192/9615540
Fax: 06192/8076010
www.ylva-verlag.de
info@ylva-verlag.de
Amtsgericht Frankfurt am Main HRA 46713

17851036R00162

Printed in Poland
by Amazon Fulfillment
Poland Sp. z o.o., Wrocław